ro
ro
ro

rororo

Rolando Villazón wurde 1972 in Mexiko-Stadt geboren, als Enkel des Wieners Emilio Roth. Villazón besuchte die deutsche Schule in Mexiko-Stadt und begann seine künstlerische Ausbildung am dortigen Konservatorium. 1999 hatte er seinen internationalen Durchbruch und wurde zu einem der bedeutendsten und beliebtesten Sänger seiner Generation. Neben seiner Gesangskarriere arbeitet er auch als Opernregisseur und ist für sein zeichnerisches Talent bekannt.

Rolando Villazón lebt in Paris und ist Mitglied des Collège de Pataphysique.

«‹Kunststücke› hat mich bezaubert mit seiner Sprachgewalt, die an die großen lateinamerikanischen Schriftsteller wie Borges, García Márquez und Vargas Llosa erinnert.» (Daniel Barenboim)

«Rolando Villazón, der zurzeit berühmteste Tenor der Welt, hat ein sehr ernsthaftes Stück Literatur geschrieben.» (Die Zeit)

«Villazón gelang eine sich selbst spiegelnde Geschichte, die genügend Rückschlüsse auf ihren singenden Autor zulässt und sich trotzdem als eigenständige Literatur verankert.» (Süddeutsche Zeitung)

Rolando Villazón

Kunststücke

Aus dem Spanischen von
Willi Zurbrüggen

Roman

Rowohlt Taschenbuch Verlag

Die Originalausgabe erschien 2013
unter dem Titel «Malabares»
bei Espasa Libros, Barcelona.

Veröffentlicht im Rowohlt Taschenbuch Verlag,
Reinbek bei Hamburg, März 2016

Innengestaltung Joachim Düster
Umschlaggestaltung ANZINGER | WÜSCHNER | RASP, München
Umschlagabbildung Oktay Ortakcioglu/Getty Images
Satz aus der Fleischmann PostScript bei Dörlemann Satz, Lemförde
Druck und Bindung CPI books GmbH, Leck
ISBN 978 3 499 26884 7

Für Lucía, immer.

Und für Alejandro Radchik.

Prolog

«Was schreibt er da bloß alles in sein blaues Buch?», fragt Max mit Stentorstimme.

«Sein Leben in einer Parallelwelt», antwortet Claudio bedächtig.

Eins

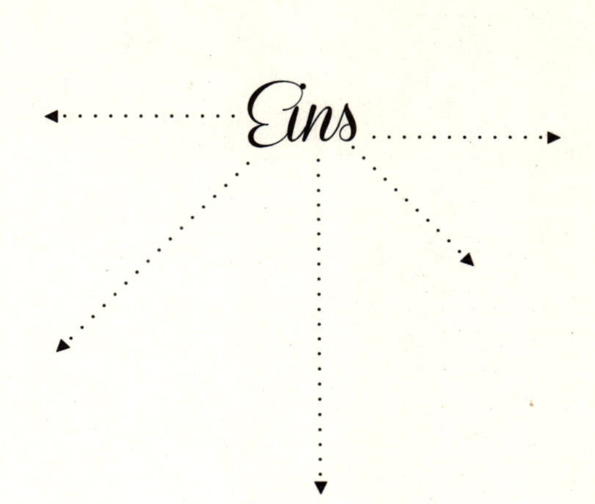

Etwas heult. Etwas schmerzt.

Macolieta sitzt mit dem blauen Buch auf dem Schoß in seinem Bett, kann aber nicht mehr schreiben. Er seufzt, blättert zur ersten Seite zurück und liest noch einmal den ersten Absatz.

Du bist aufgewacht, ohne die Augen zu öffnen. Diesmal ist es wahr. Diesmal bist du nicht mehr du selbst, sondern bist im Körper und im Leben eines anderen aufgewacht. Hinter dir lässt du den Unentschlossenen, den im Dickicht seiner endlosen Fragen nach Antworten Suchenden. Du hast das alte Ich wie eine nutzlose Haut abgeworfen, und wenn du jetzt die Augen aufschlägst, wirst du feststellen, dass du in einem Flugzeug nach Barcelona sitzt; dein Name ist Balancín, und neben dir ist, im Schlaf deine Hand festhaltend, sie, Verlaine, deine Antwort.

Etwas heult. Etwas schmerzt.

Der im Mondlicht tanzende Staub lässt die Linien der Wände, Möbel und Türen seines Zimmers verschwimmen, genau wie in jener Nacht vor Jahren, als er, um das einsetzende Heulen zum Schweigen zu bringen, anfing, in dem blauen Buch die schillernden Abenteuer des Clowns Balancín und seiner geliebten Verlaine aufzuschreiben; die Geschichte dieses fantastischen Lebens, das zu führen er sich vorstellte, wenn er Sandrine gefolgt wäre. Seines Lebens in einer Parallelwelt. Er hat Seite um Seite vollgeschrieben, doch das Heulen hört nicht auf. Und Balancín – mit Verlaine an seiner Seite – ist ein berühmter Künstler mit Engagements in Theatern und Zirkussen auf der ganzen Welt geworden, während Macolieta immer noch im selben Zimmer hockt und sich mit Fragen quält.

Er legt das Buch neben das Bett. Bevor er das Licht löscht, streichelt er mit dem Schatten seiner Hand den schlanken Schatten der Sonnenblume, die in einem Topf am Fenster steht. In der Nacht gleiten durch rissige Membranen geflüsterte Nachrichten aus der parallelen Welt. Macolieta ist eingeschlafen. Später wird sich das Heulen mit dem Flüstern und seinen Träumen verbinden. Er weiß, woher es kommt, will aber nicht daran denken.

Was da heult, was da schmerzt, ist das Fehlen von Sandrine.

◂ ERSTE TRIADE ▸

Geschichten

Die Wahrheit ist die Wahrheit,
ob Agamemnon sie sagt oder sein Schweinehirt.
AGAMEMNON: Einverstanden.
SCHWEINEHIRT: Das überzeugt mich nicht.

ANTONIO MACHADO, Juan de Mairena

1.1.1
MACOLIETA

Er wachte auf, ohne die Augen zu öffnen. Ein kalter, stechender Schmerz im Magen hinderte ihn, die Lider zu bewegen. Diesmal war es tatsächlich so weit; diesmal war Macolieta nicht mehr er selbst und erwachte im Körper und im Leben eines anderen. Er hatte dieses beklemmende Gefühl schon öfter gehabt, doch es war eher wie ein leichtes Jucken gewesen, ein vorübergehender unbehaglicher Kitzel, von dem am Ende nur das erlösende Gelächter blieb, das die dunkle Vorahnung zerschlug.

Jetzt erkennt er, dass diese flüchtigen morgendlichen Körperreaktionen nur die Vorboten waren, Begleiterscheinungen der diesmal wirklich stattfindenden Metamorphose. Er ist sich sicher, nicht in seiner eigenen Haut zu stecken, fremde Träume geträumt zu haben, und in einem Zimmer aufzuwachen, das die Erinnerungen eines anderen birgt, in dem die Minuten eines Lebens dahinkriechen, das nicht das seine ist.

Er hat Angst wie jemand, der mitten in der Nacht aufwacht, weil ihm der Arm eingeschlafen ist, der einen dumpfen Schmerz in der Brust verspürt, still liegen bleibt und kalt schwitzend auf den todbringenden letzten Schlag des Herzens wartet, während eine Lawine von Erinnerungen sein Inneres in Aufruhr versetzt. Denn wenn er die Augen aufschlägt, wird er das Letzte verlieren, das er noch besitzt von dem, was ihn bis gestern ausgemacht hat: das Bewusstsein seiner selbst. Wenn das Licht dieses Schicksalstages auf seine Netzhaut trifft, wird ihm sein Ich langsam, aber unausweichlich, entgleiten, so wie sich die Erinnerung an einen Traum auflöst, den wir nicht vergessen wollen, der aber unbarmherzig aufgesogen wird vom letzten Nebelschweif, der unter den ersten Sonnenstrahlen des neuen Tages verdampft. Und in diesen kurzen Albtraumminuten, auf diesem letzten Stück des abschüssigen Tunnels, dessen Wassermassen ihn unerbittlich fortreißen werden von dem, der er war, und hinspülen zu dem, der er sein wird, in diesen kurzen Minuten wird Macolieta Zeit haben, den ganzen Schrecken eines Mannes zu empfinden, der weiß, dass er ertrinken wird, und dessen wild rudernde Arme schon nicht mehr der eigenen Rettung dienen, sondern eher ein Abschiedsgruß an das Leben sind.

Er wird den blauen Vorhang mit dem quadratischen Flicken nicht mehr sehen, der das von einer Zigarette eingebrannte Loch verdeckt; nicht mehr seinen maulbeerfarbenen Lesesessel, und auch nicht das Regal, in dem sich Bücher und Zeitschriften in rigoroser Unordnung stapeln und mit seinen gesammelten Blechspielzeugen eine Wohngemeinschaft bilden. Auch seinen Schreibtisch wird er nicht mehr sehen, dessen Arbeitsfläche in Beschlag genommen ist von drei Schminktöpfen, einer winzigen Gitarre, vier bunten Jonglierbällen, drei riesigen orangefarbenen Knöpfen, mehreren roten Nasen, zwei gelben Taschentüchern, jeder Menge Puder und einer Spinne. Nichts von dem wird er sehen, sondern all das andere: andere Möbel, andere Gerätschaften, andere Schatten, die sich in Ecken eingenistet haben, die ihnen nicht gehören.

Verzweifelt wird er dorthin eilen, wo sich früher der Schminkspiegel mit seiner Umrandung aus Glühbirnen befand, von denen nur noch vier ihren Dienst taten, und an dessen Stelle ihm jetzt ein grauenhafter *Art déco*-Spiegel den entsetzten Blick aus fremden Augen zeigen wird, die groteske Schreckensfratze eines unbekannten Gesichts, die schaurige Spärlichkeit neuer Augenbrauen, das unmögliche Spiegelbild von jemandem, den er noch nie im Leben gesehen hat. In genau diesem Moment, wenn sein Mund sich öffnet, um den erwarteten Entsetzensschrei auszustoßen, und sich zu einem O rundet, bis er groß wie die Trichteröffnung ist, durch die der letzte Bewusstseinstropfen rinnt, und aus dem Schrei ein Gähnen wird, wenn er in seiner neuen Haut und mit seiner gebrauchten Erinnerung zum Bad schlendert, pfeifend unter die Dusche steigt und sich fragt, woher er diese komische Melodie wohl hat, genau in diesem Moment wird die Verwandlung vollendet sein.

Verdammt!, denkt Macolieta, sagt es aber nicht, weil er sich auch nicht zu sprechen traut. Er weiß – Ah, diese Gewissheit, die wie ein Zahnschmerz ist. Woher weiß er? –, dass auch seine Stimme anders sein wird, schrill, misstönend, unfähig, zu singen und die Stimmen von Comicfiguren nachzuahmen, sein spezielles Lachen wie von hicksenden Ameisen im Gänsemarsch, das die Kinder so mögen.

Das alles wird es nicht mehr geben.

Das Stück Pizza von gestern Abend, das er zum Frühstück essen wollte?

Nicht mehr da.

Die herrliche Sonnenblume in ihrem Tontopf?

Nicht mehr da.

Die nagelneue grüne Perücke?

Nicht mehr da. Verschwunden, verschwunden.

Und das blaue Buch?

Wieder dreht es ihm den Magen um. Auch das blaue Buch wird in dieser anderen Welt geblieben sein, auf dem Nachttisch neben dem Bett, aufgeschlagen auf der letzten beschriebenen Seite:

... in deinem weiten Clownskostüm wirbelst du wie ein tanzender Regenbogen über die Bühne, hast die letzten Seidentücher in die Luft geworfen, und sie fallen genau dorthin, wo du sie haben willst, nachdem du mit deinen Kunststücken unter den Lichtern und ihren Schatten die Illusion vom Fliegen und Träumen geschaffen hast. Das Orchester spielt die letzten Takte der Melodie, mit deren Ersterben die stumme Grenze zwischen zwei Nummern erreicht wird. Die Vorstellung geht zu Ende. Du hast dein Publikum auf einen fantastischen Weg vom Lacher zum Seufzer bis zur Verzückung geführt. Dein Herz rast. Was empfindest du? Erleichterung? Nachlassen von Spannung? Freude? Alles? Der Schlussakkord erklingt, und der Applaus des begeisterten Publikums ist wie der prasselnde Flügelschlag eines Schwarms aufflatternder Vögel. Der Applaus: explodierende Sonnen, die das Zirkusrund erwärmen; ein frischer Sommerregen; ein tauender Eisberg, dessen Schmelzwasser dich mitreißt bis an den Rand der Glückseligkeit. Die Welt lacht dich an, Clown. Du hast Verlaine, die Gefährtin deines Lebens, die deinen jugendlichen Hirngespinsten Flügel verliehen hat. Und du hast das Abenteuer auf den

Brettern, die die Welt bedeuten, mit ihren Kämpfen, grandiosen Höhepunkten, vernichtenden Stürmen, ihrem Lorbeer und ihren Abstürzen. Du hast dieses Publikum, die unermessliche Umarmung Tausender Herzen. Du bist dir des unaussprechlichen Glücks bewusst, die Höhenluft der Bühnenkunst zu atmen und jenen erhabenen Augenblick herbeizuführen, in dem Lachen, Magie und Träume jedes Mal neu lebendig werden. Weißt du eigentlich, wie reich du bist, Balancín?

Und als du schon glaubtest, die Vorstellung beenden zu können, das Orchester die letzten Takte spielte, die das finale Schattenspiel deiner virtuosen Hände vor der weißen Wand begleiten, da fordert das Publikum eine unerwartete Zugabe, noch einmal die Nummer mit den Tüchern. Nicht endenwollender Applaus. Und wieder tanzen die Tücher wie Kometenschweife. Der Schweiß rinnt dir von der Stirn und vermischt sich mit einer verschämten Träne aus deinem Auge.

Ja, Balancín, du weißt, wie reich du bist.

Das blaue Buch?

Verdammte Metaphysik. Nicht mehr da. Auch verschwunden.

Macolieta könnte heulen und in seinen Tränen ertrinken, doch davor rettet ihn eine andere Gewissheit: Das Bild wird noch da sein. (Woher hat er all diese schrecklichen Gewissheiten heute Morgen; er, der sonst in Zweifeln versinkt?) Nur noch das Gemälde; das einzige Bild, das dank einer Wette die Wände seiner Wohnung ziert.

Es war in einer Tequilakneipe in der Innenstadt. Sie tranken dort ein paar Gläschen, nachdem sie auf der Jagd nach Raritäten durch die Antiquariate der Stadt gezogen waren.

Er und seine beiden unzertrennlichen Freunde: Max, ein Koloss wie ein Nashorn ohne Horn und Clown aller Clowns; und Claudio, langer Lulatsch, Leser, Philosophierer und Pfeifenraucher. Er erklärte gerade die verschiedenen monistischen Theorien als materialistische Alternative zum kartesianischen Dualismus. Geist und Körper eins, nichts da mit Seele, mit Geist, der die Maschine steuert, jeder mentale Vorgang auch ein körperlicher. Nachdem sie schon reichlich Tequila intus hatten, wurden Claudios Satzgirlanden zunehmend verworrener, und in Macolietas schwammigem Hirn blieben nur noch Wortungetüme wie Anomaler Monismus, Analytischer Behaviorismus und Materialistischer Reduktionismus hängen sowie etwas über Kandinskys Farben und das dringende Bedürfnis, jetzt pinkeln zu müssen. Um den philosophischen Sturzbach einzudämmen, der sie mehr berauschte als der Saft der Agaven, kam Max das im Fernsehen übertragene Fußballspiel zwischen Gestreiften und Blauen gerade recht. Er brachte Claudio zum Schweigen, indem er Macolieta eine Wette anbot: Wenn die Blauen gewannen, würde Max seinem Nachbarn, dem Maler, das Gemälde abschwatzen, das Macolieta einmal gesehen und sofort voller Begeisterung als Porträt seiner eigenen Seele erkannt hatte, und es ihm schenken; verlören die Blauen, müsste Macolieta ihm zwei seiner aufziehbaren Blechspielzeuge überlassen. Diesem schien es das Risiko wert zu sein, zwei seiner geliebten Blechfiguren aufs Spiel zu setzen und dafür die Chance zu bekommen, das Bild seiner Seele zu gewinnen. Er schlug ein. Und da geschrieben stand, dass die Blauen sogar auch das Rückspiel gewinnen würden, standen einen Monat später Max und Claudio vor Macolietas Tür – unangemeldet, wie immer – mit dem Bild und einer Flasche Bordeaux unter dem Arm.

«Ich habe dein Gemälde ergattert», witzelte Max. «Obwohl das MoMA alles täte, um es bei seinen van Goghs und Pollocks hängen zu haben. Aber ich halte mein Versprechen, und nun müssen wir uns eben damit begnügen, es nur in deinen vier Wänden betrachten zu können.»

Claudio entkorkte die Flasche, sie füllten die Gläser mit rotem Wein, leerten sie, füllten sie erneut, und nachdem sie sie zum dritten Mal geleert hatten, wurde die Dauerausstellung an der Wand gegenüber Macolietas Wohnungstür offiziell eröffnet.

Und jetzt, wenn er die Augen aufschlägt, wird alles anders sein; alles, außer diesem Gemälde, Überbleibsel aus einer unwiederbringlich verlorenen Welt oder Verbindungsglied zwischen zwei parallelen Universen.

Das Bild ohne Rahmen (vielleicht aber hat es jetzt einen), auf dem zwei eigenartige Gestalten sich bei den letzten Zügen einer Schachpartie gegenübersitzen. Links auf einer unbehauenen Holzbank ein Satyr vor den weißen Figuren. Aus dem wirren Gestrüpp seiner schwarzen Mähne ragen zwei stumpfe Hörner und die spitzen Ohren. Sein Grinsen, als Vorspiel unflätigen Gelächters – wie ein Wolkenbruch über einer Prozession –, wird betont von eines Spitzbarts fahlem Haar. Auf dem nackten Oberkörper ist ein geflügeltes Herz tätowiert, und zwischen seinen Bocksbeinen spottet eine maßlose Erektion jeder Scham. Die rechte Hand umfasst in der Mitte einen Stock, dessen oberes Ende ein Harlekinkopf mit einer Schellenkappe ziert. Die Linke schwebt vor oder nach einem Zug nah über dem Schachbrett. Sein trunkener, spöttischer Blick ist auf das hagere Antlitz des Gegners gerichtet.

Ein fahrender Ritter spielt die schwarzen Figuren; er ist eine Art gen Himmel lodernde Flamme, wie ein Heiliger von El Greco. Die tiefliegenden wässrigen Augen sind konzentriert auf seine letzten Bauern, den Springer und den Turm gerichtet, die sich noch für das Leben des dunklen Königs in die zweifarbig quadrierte Schlacht werfen. Im Schwung seiner Lippen liegt eine rätselhafte Ruhe, doch die aufstrebenden Linien des Körpers sind Ausdruck einer beherrschten Spannung. Vom Zeigefinger und vom Daumen seiner auf dem Tisch ruhenden Rechten rinnen dünne rote Fäden, die zu zwei Blutstropfen werden. Die schwarzen Figuren sind mit spitzen Stacheln bedeckt. Schwert und Schild lehnen am herrschaftlichen Stuhl. In der Mitte des Wappenschilds erhebt sich ein erhabener Pegasus mit ausgebreiteten Schwingen und wieherndem Maul auf die Hinterbeine. Sie sitzen mitten in einer großen Stadt, und was wie eine lästige Wolke von Insekten aussieht, die beide Spieler umschwirren, ist in Wirklichkeit eine Schlacht. Winzige, mit Schwertern, Dreizacks, Lanzen, Pfeilen und Bogen bewaffnete Engel und Dämonen führen einen unerbittlichen Krieg. Überall sieht man von Pfeilen durchbohrte, blutüberströmte Teufel, enthauptete Engel, feuerspeiende, blonde Locken versengende Drachen, tödliche Umarmungen, verzweifelte Flucht, aufgespießte Erzengel und lauernde Dämonen. Unter dem Schachtisch hockt ein Gnom, der das Schlachtengetümmel ringsum ebenso ignoriert wie die beiden Spieler. Er hat ein längliches Werkzeug in der Hand, mit dem er die Mundöffnung einer Maske zu runden scheint, die er mit der anderen Hand festhält. Zwischen seinen gekreuzten Beinen hat sich ein graues Tier zusammengerollt, eine Katze vielleicht, die das Gesicht abwendet und dem Betrachter des Bildes den Rücken zukehrt. Und auf dem Boden, verstreut zwischen den Leichen des biblischen Gewürms, liegen weitere, schon fertige Masken. Macolieta ist wie verzaubert von diesem Bild. Sein Porträt. Der einzige Schmuck, der die Wände seiner Wohnung ziert.

Eines Nachmittags – Macolieta hatte sich ein Bier geholt und betrachtete versonnen das Gemälde – kam ihm der Gedanke, die Schachpartie zu Ende zu spielen, um herauszufinden, wer sie gewinnen würde, der Satyr oder der Ritter. Er holte das quadrierte Wachstuch, mit dem er vier Mal die Woche ins Café an der Ecke ging, um dort mit Don Eusebio Schach zu spielen, und stellte die Figuren so auf wie auf dem Bild. Er spielte und erzielte ein Remis. Er spielte noch einmal, wieder ein Remis. Längst hat er die Übersicht über all die Partien verloren, die er seit jenem Nachmittag gespielt hat. Die Stunden, die er damit verbracht hat, einen überraschenden Zug zu entdecken, eine Variante, ein unerwartetes Opfer oder einen Schlüssel, der den einen oder anderen Spieler zum Sieg führt. Alles vergebens.

Remis. Jedes Mal Remis.

«Hast du gewusst, dass die Spiele auf dem Bild immer mit Remis enden?», fragte Macolieta Max eines Tages, während er versuchte, mit einem Korken und mehreren Stecknadeln ein Gefängnis für die Schreibtischspinne zu bauen, die ihn in der Nacht fies gebissen hatte.

«Platon zufolge ist das Denken ein Dialog der Seele mit sich selbst. Also Remis», entgegnete Claudio anstelle von

Max, der damit beschäftigt war, den Affen mit den Becken und die Ente auf dem Dreirad für das Wettrennen gegen den Anspitzroboter und das Klapperkrokodil aufzustellen, die Claudio bereits aufgezogen hatte.

«Ja, aber mich interessiert, ob der Maler es so geplant hat oder ob das reiner Zufall ist.»

Statt einer Antwort setzte der mechanische Radau ein, mit dem die Blechfiguren ihrem Ziel entgegeneilten, hörte man die Anfeuerungsrufe von Max und Claudio, dann das begeisterte Klatschen des einen und das Gejammere des anderen, und nach einem Moment der Stille den gellenden Schmerzensschrei Macolietas, dem eine Stecknadel in die Handfläche gedrungen war und der das missglückte Korkgefängnis jetzt wütend in den Papierkorb warf.

Später, als sie sich verabschiedeten, fasste ihn Claudio an den Schultern und fragte ihn in ernstem Ton:

«Glaubst du, dass Eschers unmögliche Treppen reiner Zufall sind? Glaubst du, dass der Wechsel vom Zirkus zur Irrenanstalt in Cortázars *Rayuela* reiner Zufall ist? Dass das D-Moll, das Mozart für Don Juans Höllenfahrt wählte, Zufall ist?»

«Glaubst du, dass die Freiheit der Spinne reiner Zufall ist?», gab Max feixend zurück.

Dann verschwanden die beiden ohne weitere Worte.

Für immer, denn seine unzertrennlichen Freunde Claudio und Max würde es in dem neuen Leben auch nicht mehr geben. Bloß noch das Gemälde mit dem respektlosen Satyr, dem würdevollen, melancholischen Ritter, dem rätselhaften Gnom und seinen Masken, mit dem Schrecken der miniatürlichen Schlacht und dem Schachspiel ohne Sieg.

Die Geräusche der erwachenden Stadt dringen durch die Ritzen des Hauses und verdichten sich zu weckendem Gesumm. Der Tag beginnt, die Straße wird lebendig, Macolieta kann nicht länger liegen bleiben. Seine Lider schmerzen, weil er sie schon so lange zugekniffen hält. Was sein muss, wird sein.

Wild entschlossen und angespannt wie jemand, der mit spitzen Fingern den Deckel einer Mülltonne anhebt, weil er fürchtet, darin einer riesigen Spinne oder einer ihn japsend anspringenden Ratte zu begegnen, fährt er mit der Hand tastend an seine Wange. Doch anstelle der befürchteten ölig glatten Oberfläche eines Käfers fühlen seine Fingerkuppen den sanft schabenden Gruß einer scheuen Ansammlung weicher Stoppeln, die weit davon entfernt sind, Bart genannt werden zu können.

«Bin ich etwa doch immer noch ich?», denkt er. Hoffnung. Es gibt aber überhaupt keinen Grund, anzunehmen, dass dieser andere nicht auch unrasiert sein könnte. Also fährt er sich weiter wie rasend übers Gesicht, über die Knubbelnase, die Wangenknochen, die geschlossenen Lider und die buschigen Augenbrauen, gräbt seine Finger ins Haar, kneift sich ins Ohr, schreit «Aahhh!» und reißt die Augen auf.

Ahh, alles noch da. Der violette Sessel, die Invasion auf dem Schreibtisch, das überbevölkerte Bücherregal, die unvollendete Schachpartie, das Porträt seiner Seele an der Wand, der blaue Vorhang mit dem Zigarettenbrandloch, der ihm heute wie an jedem anderen Morgen beim Zurückziehen das Stückchen Stadt zeigen wird, das ihm täglich seine Vorstellung gibt.

Er schiebt das blaue Buch etwas zur Seite, damit er den

Wecker sehen kann, und als er feststellt, dass er noch eine Stunde schlafen kann, bevor der Wecker klingelt, lässt er den Kopf wieder ins warme Kissen sinken.

«Schließlich und endlich», sagt Macolieta zur Sonnenblume am Fenster und zur Spinne auf dem Schreibtisch, und seine Stimme – noch schwer von der Nacht und rau von Tabak – ist unverwechselbar die eigene, «wachen wir immer in der Haut eines anderen auf. Nur unsere Schreckgespenster, die bleiben dieselben.» Monisten, Dualisten, Existentialisten, zum Teufel mit ihnen!

1.1.2
Knack Knack Knack

Macolieta findet jedoch keinen Schlaf. Knack knack knack machen die Erinnerungen, die sich recken und strecken und ihm Bruchstückchen aus seiner Vergangenheit erzählen, als wollten sie ihren Beitrag leisten zur Bestätigung seines soeben wiedergewonnenen Ichbewusstseins.

Ich. *Yo.*

Yo,yo.

Das Jojo, das an seiner Hand auf und ab hüpft. Nicht das rote Jojo, das in der Nachttischschublade liegt, sondern das andere, das beim Vorwärtswurf – der Vorstufe zur Figur «Rund um die Welt» – in den Fernseher des Hotelzimmers flog, in dem er und Ximena sich gerade geliebt hatten.

«Was war das?», rief sie erschrocken, als sie mit ihren herrlichen nackten Tropenbrüsten und dem einer reifen Frucht gleichenden, immer noch von Schweiß und Speichel feuchten Körper aus dem Bad gestürzt kam.

«Ein Jojoismus», erwiderte er, auf den Fernseher deutend, aus dessen zertrümmerter Mattscheibe Rauch kräuselte und knisternde Funken sprühten.

Ximena lief zur Tür und schloss zwei Mal ab, dann raffte sie ihre Kleider zusammen.

«Jetzt haben wir ein Problem. Die Hotelleitung nutzt solche Vorkommnisse gerne aus … Erpressung, du weißt schon. Wenn mein Mann hiervon erfährt, ich schwöre dir … Wer kommt denn auch auf die Idee, nach dem Ficken Jojo zu spielen, verdammt!»

«Na ja, andere rauchen hinterher. Da kommt es leicht zu einem Zimmerbrand. So gesehen, ist meins ungefährlicher.»

«Und was machen wir jetzt?»

Sie hörten näher kommende Schritte.

«Wir klettern aus dem Fenster», antwortete er vergnügt, «und dann nehmen wir die Beine unter die Arme.»

Sie befanden sich in einem Stundenhotel im Norden der Stadt, in dem die Freunde klandestiner Liebe mit ihren Autos in die Garage fuhren und mit dem Fahrstuhl direkt vor ihre Zimmertür gebracht wurden. Da er aber kein Auto besaß und sie allein bei dem Gedanken, ihr blauer *Atlantic* könnte von einem Bekannten ihres Mannes oder ihres fünfzehnjährigen Sohnes erkannt werden, den blanken Horror bekam, richteten sie es so ein, dass sie sich an der Rezeption begegneten, wo sich der jeweilige Portier stets nur mit äußerster Mühe das Lachen verkneifen konnte, wenn er dem abenteuerlich mit Cowboyhut (sie), Mickeymausmütze (er), Sonnenbrille (beide) und sogar mit falschem Bart (sie natürlich) verkleideten Liebespaar die Schlüssel überreichte und das Geld kassierte.

Knack! Die Erinnerungen lassen nicht locker.

Vor einem Monat hatte das mit ihnen angefangen. Sie – fünfzehn Jahre älter als er – war rettungslos diesem jungen Körper verfallen, den sie in den Armen hielt; der Energie dieser dreiundzwanzig Jahre, die mit der glühenden Ungeduld eines Fünfzehnjährigen hervorbrach. Dass er sich so eruptiv gebärdete, lag an der fast fünfjährigen Abstinenz, zu der ihn seine religiöse Berufung verpflichtet hatte. Sie liebten sich auf eine hungrige und ungelenke Weise, bei der Ellenbogen im Weg waren und Beine sich verhakten, Slips in Kniekehlen hingen und halb ausgezogene Socken an den Füßen, wo gebissen wurde und gekratzt, wo fiebernde, endlos dauernde Küsse zu einem Kampf um die Zunge des anderen zu entarten schienen. Sie waren nicht verliebt. Für Ximena war es eine ganz gewollt unbeherrschte Sucht nach Sex mit jungen Männern; und bei ihm war es die ungestüme Freude seiner befreiten Sinne.

«Was ist da drinnen passiert?» Die alarmierte Stimme des Portiers auf der anderen Seite der Tür. (Der Fernseher war mit beträchtlichem Knall implodiert.) Sie wechselten rasche Blicke und zogen sich genauso hastig und linkisch an, wie sie sich umarmten, und noch bevor der Portier den Generalschlüssel zum zweiten Mal im Schloss gedreht hatte, waren sie aus dem Fenster gestiegen und hatten die Flucht ergriffen.

«Ich will nicht, dass uns jemand sieht», rief sie voller Panik. «Lauf du nach da, und wenn sie dich erwischen, erwähne ja nicht meinen Namen. Wir treffen uns in einer Stunde am Parkplatz. Sollte ich nicht da sein, sehen wir uns morgen. Ruf mich auf keinen Fall an.»

Damit verschwand sie um die Straßenecke und hinterließ ein zitterndes Wölkchen aus flatternden Nerven und Zorn.

«Bis an diesen Punkt wolltest du gelangen», sagt Macolieta in sein Kissen, «zu den knackend sich lösenden Erinnerungen, zu dem Moment, in dem das Schiff in Brand gesetzt wurde.»

Tatsächlich war er sich in dieser Stunde, in der er die Restbestände seiner filterlosen Zigaretten verpafft hatte, darüber klargeworden, dass sein Leben in einer Sackgasse endete; ähnlich der, an deren Mauer er jetzt lehnte, die mit übereinanderklebenden Reklameplakaten so zugekleistert war, dass man nicht mehr wusste, was man kaufen sollte. Und in wenigen Wochen wurde von ihm erwartet, dass er seine Gelübde von Gehorsam, Keuschheit und Armut erneuerte.

Gehorsam? Gerade war er aus einem Stundenhotel entwischt und qualmte in dieser verdammten Sackgasse eine Zigarette nach der anderen, anstatt in der Hochschule zu büffeln, wohin der Orden ihn geschickt hatte, um ihn zum Lehrer ausbilden zu lassen. Nicht zu reden davon, dass er immer häufiger nachts aus dem Seminar ausbüchste, um in einer Dominokneipe die Nacht durchzuspielen. Das alles würde nicht besser werden, da war er sicher.

Keuschheit? Die Ausrede, seine erotischen Abenteuer mit Ximena seien nur eine vorübergehende Abhängigkeit, die er nach ein paar Wochen in den Griff kriegen und aus der er am Ende mit gestärkter Moral hervorgehen würde, war bloß eine kindische Rechtfertigung, um sein Gewissen zu beruhigen, denn er wusste genau, dass er diesen Hunger so bald nicht stillen konnte.

Armut? Das einzige Gelübde, um das er sich keine Sorgen machte, würde er aus reiner Trägheit brechen. Allein durch Gewohnheit würde er – wie die meisten Menschen – in ein etabliertes Dasein hineingleiten, mit Jahreswagen, mit Eigenheim samt Fitnessraum, Videothek und Köchin, mit immer modischeren Anzügen und immer teureren *after-*

shaves, mit Restaurant- und Kinobesuchen und Strandurlaub, und ehe er es sich versähe, hätte er das asketische Ideal hinter sich gelassen und führte das Leben eines Familienvaters ohne Familie.

Und damit nicht genug, dachte er in dieser Stunde, während ihm der Zigarettenqualm in die Augen stieg, hat die Heilige Römisch-Katholische und Apostolische Mutter Kirche nichts anderes im Sinn, als aus mir eine politische Partei zu machen, die Partei der Institutionalisierten Spiritualität, anstatt eine sprudelnde Quelle für all jene, die es nach dem wahren Sinn des Lebens dürstet.

Das Schlimmste aber ist, dachte er schließlich weiter, die erlöschende Zigarettenglut im Aschenbecher ausdrückend, während die Sekunden der letzten Minute dieser so entscheidenden Stunde verrannen, dass ich meinen Glauben verliere.

Knack, knack.

Er kehrte weder zum Parkplatz zurück noch in Ximenas Arme. Auch in der Hochschule ließ er sich nicht mehr sehen. Mit der Schuhsohle zerdrückte er die Glut seiner Kippe auf dem Asphalt, ging die Gasse zurück und sehr spät in der Nacht noch ein letztes Mal ins Seminar, um seine Gitarre zu holen, seine Wäsche in einen Rucksack zu stopfen, ein Buch von Meister Eckhart einzupacken (das er später gegen *Das Leben Jesu* von Renan tauschen würde, und dieses wiederum gegen die Autobiografie von Gandhi), und um eine kurze Notiz für Bruder Miguel zu hinterlassen. Knack!

Lieber Bruder, ich muss gehen, und es schmerzt mich, dass meine Abtrünnigkeit Sie traurig macht, aber ich weiß, Sie werden mich verstehen. Ein künftiger Schäfer kann und darf nicht darauf hoffen, eine Herde zu hüten, wenn er den Glauben an den Oberhirten verloren hat. Ich werde mich auf die Suche nach Antworten machen, und wenngleich ich weiß, dass jener, welcher sich auf diese Suche begibt, am Ende nur noch mehr Fragen findet, vertraue ich doch darauf, dass mir unterwegs die eine oder andere Wahrheit aufleuchtet. Ich bete zu Gott für meinen Glauben und bin überzeugt, dass Er, wenn Er existiert, ihn wieder in meinem Herzen entzünden wird. Nichts ersehne ich mehr in diesem Leben als das. Ich umarme Sie voller Dankbarkeit von ganzem Herzen. Leben Sie wohl.

Dann ging er und stieg in den erstbesten Bus, als die ersten Strahlen der Morgensonne die schmutzige Luft über der großen Stadt verfärbten, verbrannte hinter sich das Schiff der Kutten, Psalmen und Gebete, der Abstinenz der klösterlichen Gemeinschaft.

Knack, knack, knack.

Nachdem er das Kloster hinter sich gelassen hatte, fand er sich im wahrsten Sinne des Wortes auf der Straße wieder. Er schlief auf Parkbänken und in den Ecken von Busbahnhöfen. Um ein paar Münzen für Essen zu verdienen, spielte er Gitarre oder erzählte Witze an jeder Straßenecke, die weit genug vom Kloster oder von der Hochschule entfernt war. Denn nichts schreckte ihn mehr als der Gedanke, einem der Brüder oder ehemaligen Mitschüler zu begegnen, oder – schlimmer noch – Ximena. Wie sie ihn wohl hasste, weil er ohne ein Wort verschwunden war! Wenn er das nötige Geld beisammenhatte, ging er in die Bibliothek am Rande des Parks und vergrub sich in die Literatur. Der Typ, der dort arbeitete und nach einer Weile anfing, ihm Lesetipps zu geben, und mit dem er bald darauf lange, philosophische Gespräche führte, war Claudio.

Knack, knack, das ist jetzt nicht das Geräusch der Erinnerungen, sondern eher das laute Rascheln der Zeitung, in der er die Stellenanzeigen sucht. Und: Bingo! Ein umrahmtes Rechteck sucht Clowns. Ordentliche Bezahlung, Maske obendrein. Knack, knack, klopf, klopf, sein Fingerknöchel pocht an die Tür der in der Anzeige angegebenen Adresse. Und wer ist der Koloss, der ihm öffnet, ihn in die Garderobe der Clowns steckt, ihm ein Kostüm reicht, die Schminktöpfe zeigt, eine rote Nase ins Gesicht drückt und ihn ohne weitere Erklärung zu seinem ersten Auftritt führt? Max.

Die Erinnerungen, knack, knack, knack, führen ihn – neben den Auftritten auf Kindergeburtstagen und dem Lesen dicker Bücher – zu Geschichten von Liebe und haltlosem Begehren, die auf Ximena folgten und in der Wohnung, die er sich irgendwann mietete, ihre Bühne hatten. Knack, eine Collage von Gesichtern, Gesprächen, Atemhauch und weichen Lippen, Gerüchen, Haaren und Blicken, salzigem Dunkel, huschenden Zungen, Seetang und Tränen. Knack, das Band der Erinnerungen wird immer länger, wird zu einer Nabelschnur, die ihn fortreißt. Vorwärts, danach die Monate der Leere. Knack, knack, noch ein wenig später, knack, wollen sie den Finger in die Wunde seines Herzens legen, das man über eine Fußmatte aus Tränen betritt: Willkommen. Er soll in diesen Raum seines Herzens eintreten, im blauen Licht der Abwesenheit der Augen von Sandrine, der kleinen französischen Clownin, deren warme Lippen die seinen nie berührten.

Knack.

Claudio sagt, dass Wunden unerwartete Risse in der undurchdringlichen Mauer des Unbewussten sind, die es uns ermöglichen, in einen anderen Bereich unserer Innenwelt vorzudringen. Heute aber will Macolieta die Gebühr von Schmerz und Tränen nicht entrichten, die für das Betreten dieses Raums gefordert wird. Heute will er auf der anderen Seite bleiben; und um sich gegen die Begehrlichkeiten der zerrenden Nabelschnur, des erinnerlichen Knackens und des Geistes von Sandrine zur Wehr setzen zu können, will er sich Schwert und Schild aus den Erinnerungen eines anderen schmieden, aus den Erinnerungen seiner Figur, Balancín.

Er schleudert die Decke von sich und springt aus dem Bett.

«Guten Morgen, Sonnenblume!»

Er nimmt das blaue Buch, schlägt es auf der dritten Seite auf, die vor langer Zeit schon beschrieben wurde, führt einen Hieb mit der Hand durch die Luft, mit dem er das Knacken der Erinnerung auf Abstand hält, und deklamiert für die Sonnenblume und die Spinne:

Du steckst in deinem schwarzen Anzug, den du bei einem Fabrikverkauf zum halben Preis erstanden hast. Um den langweiligen weißen Kragen deines Hemdes hast du eine extra für diesen Anlass gewählte Krawatte gebunden. Sitzen. Du sitzt, bist aber in Bewegung, genau wie die Seele im Körper. Das Kreischen von Metall und der Geruch von verbranntem Gummi: die Metro. Paris. In den Händen (die Fingernägel abgekaut, im Moment ist der kleine Finger zwischen den Zäh-

nen) hältst du eine alte Ausgabe der Biografie von Albert Fratellini; doch anstatt im Geiste noch einmal alles durchzugehen, womit du dich an diesem Vormittag vorstellen willst, gehen dir wie eine aufrührerische Hintergrundmusik Lieder von Silvio Rodríguez durch den Kopf: «Ein Herz wollt über einen Abgrund springen, jubelnd voller Übermut, jetzt hörst du es jammern und nicht mehr singen, am dunklen Grund liegt es in seinem Blut.» Vor einem Jahr hast du diese Reise schon einmal gemacht und bist nur mit einer leeren Tüte von McDonald's in deine Clownlehrlingswohnung zurückgekehrt. Die Akademie der Zirkuskünste, bei der du deine Vorstellung abgeliefert hast, hat dich damals nicht angenommen. Nach dieser Absage, die wie eine ins Gesicht geworfene Vanilletorte an dir klebte, hast du deine letzten Euros für einen dieser schrecklichen Hamburger ausgegeben. «Wer mich begraben will im Reich des Fahlen, weil meine Lieder nicht mehr erklingen, dem will ich das Lied von erloschenen Sonnen singen, die weinen und warten, wieder die Welt zu überstrahlen.» Mit deinem noch weiß geschminkten Gesicht bist du losgezogen, um in einer Metrostation deine Kunststücke vorzuführen, hast voller Freude den begeisterten Applaus eines Clochards auf dem nächsten Bahnsteig entgegengenommen, und als du das nötige Kleingeld beisammenhattest, bist du in den Zug gestiegen und nach Hause gefahren, in die tröstenden Arme deiner treuen Verlaine. «Dein kleiner Mund nimmt meinen Kuss, erobert, besiegt, bläst niemals zum Rückzug. Unser beider Leiber im Schweiß vereint, Singen und Klingen und fiebriges Schwingen.» Und jetzt bist du wieder da, nachdem du unzählige Stunden mit Verlaine geprobt und hart an der Vervollkommnung deines Programms und deiner Kunststücke gearbeitet hast. Diesmal wird es keine

Rückkehr nach Hause geben, denn dein Leben, dein ganzes Leben ist jetzt darauf gerichtet, deinen Traum verwirklicht zu sehen. Du knabberst an deinem kleinen Finger und wischst dir den Schweiß von der Stirn. Deine Augen sind über die Absätze geflogen, in denen Albert erzählt, wie ein sterbenskrankes kleines Mädchen dank der Privatvorstellung der drei Fratellini-Clowns wieder gesund geworden ist, aber die Geschichte ist nicht wirklich bei dir angekommen, weil immer noch die misslungene Vorstellung in deinem Kopf herumspukt und an deinen Nerven zerrt, genau wie die Stimme von Silvio Rodríguez, die sich wie ein gläserner Vorhang vor dein Denken senkt.

Jetzt kommt die Station, an der du aussteigen musst, und als du nach draußen kommst, empfängt dich die kalte Morgenluft mit weißen Schneehandschuhen und dem bunten Kleid des Zirkuszelts, in dem …

Das Telefon klingelt.

… in dem Balancíns Witze so kraftvoll und präzise durch die Manege flogen wie von griechischen Helden geschleuderte Speere. Und diesmal war man bezaubert von seinen Vorführungen und bot ihm Engagements in allen Zirkussen des Landes an. Es gab ein Feuerwerk, die Gesichter strahlten wie Kometenschweife, und so begannen die unaufhaltsame Karriere und das Nomadenleben des Clowns Balancín.

«Applaus!», fordert Macolieta. Doch bevor die Sonnenblume ihren gelben Beifall spenden kann, hat er schon den Hörer abgenommen.

«Max hat angerufen», verkündet die näselnde Stimme des

Direktors der Event-Agentur für Kindergeburtstage, für die Macolieta arbeitet. «Er kann heute nicht kommen. Ich habe aber keinen Ersatzclown, der dich begleiten könnte. Tut mir leid; wenn du keinen zweiten Clown auftreiben kannst, muss ich deine heutigen Engagements an ein anderes Team geben. Du weißt ja, wie unleidlich die Kunden werden, wenn statt der gebuchten zwei Clowns nur ein einziger kommt. Hast du eine Idee?»

Sie arbeiten in Zweierteams, und der Kunde kann nach den Bildern und Beschreibungen auf ihrer Internetseite wählen: «*Los Chips*, die Clowns aus dem Wilden Westen, lassen es auf Ihrem Kindergeburtstag krachen», oder «Fliegen Sie mit den Space-Clowns zum Mond», oder «Gönnen Sie Ihren Kindern ein spannendes Match mit den Fußball-Clowns». Macolieta und Max treten als Musik-Clowns auf. Max spielt drei Instrumente, und Macolieta singt und begleitet sich dabei auf seiner Minigitarre. Ihr Programm besteht aus der Generalprobe zu einem Konzert, in die sie die Kinder einbeziehen und auch Erwachsene, die Lust dazu haben. Für Macolieta ist es das höchste Glück im Leben, und das Geld, das er auf Kindergeburtstagen verdient, ist sein einziges regelmäßiges Einkommen, das er unter der Woche mit Auftritten auf Straßen und Plätzen aufbessert. Er kann also nicht zulassen, dass durch das Fortbleiben von Max, diesem Riesenhornochsen, sein Lebensglück geschmälert wird und sein Tagesverdienst den Bach runtergeht.

«In einer halben Stunde kommt Ersatz», beschied er dem Direktor. «Geben Sie ihm bitte ein Kostüm und die Adressen der Geburtstagsfeiern. Der Mann heißt Claudio.»

Er legt auf und wählt Claudios Nummer. Nach neun oder

zehn Mal Klingeln, was normal ist, da Claudio um diese Zeit sicher noch schläft oder gerade erst ins Bett gegangen ist, weil er die Gewohnheit hat, freitags die ganze Nacht durchzulesen, meldet sich eine belegte Stimme:

«Wer ist denn da?»

«Du musst mir meinen Auftritt retten, Claudio. Mach dich gleich auf die Socken in die Calle de los Reflejos, Nummer zwölf, dritter Stock, Appartement achtzehn. Hast du das? Da klopfst du an, sagst, wer du bist, ich meine, du sagst, dass du Claudio bist, schläfst du noch?, ziehst dir die Sachen an, die man dir gibt, schminkst dir das Gesicht weiß, ich gebe deiner Maske hier den letzten Schliff, und vergiss nicht die Liste mit den Adressen, zu denen wir müssen ... Hallo?»

Doch statt einer Antwort hört er nur mehr das Besetztzeichen. Claudio hat aufgelegt. Auf dem Schreibtisch hört er die Spinne umherkrabbeln, und es klingt wie unterdrücktes Kichern.

«Das ist nicht witzig, Langer!», ruft er und wählt noch einmal. «He, das war keine Bitte», blafft er los, bevor Claudio einen Ton sagen kann. «Du verdienst dir ein paar Mäuse und rettest mich vor dem sicheren Hungertod. Alles klar?»

«‹Wozu suche ich mir einen Freund?›», zitiert Claudio mit seiner belegten Stimme Seneca. «‹Damit ich für jemand sterben kann. Damit ich jemand in die Verbannung folgen kann, dessen Tod ich entgegentreten und für den ich alle Mittel aufbieten werde, um ihn zu retten.› Ich war schon beim Anziehen.»

«Salve, Claudio.»

«Aber ich muss dich warnen. Als Clown bin ich eine absolute Niete. Ich kann nicht mal einen Luftballon aufblasen. Es sei denn, es ist ein grüner.»

«Ich habe ein Maschinchen zum Aufpumpen, und du bekommst alle grünen Luftballons. Versprochen. Ich sehe dich in zwei Stunden hier bei mir.»

Er legt auf und geht zu der aufgeblühten Sonnenblume, nimmt sie liebevoll hoch und trägt sie näher ans Fenster. Dann zieht er den blauen Vorhang auf und öffnet es. Ein Schwall von morgendlichem Straßenlärm und blendendem Sonnenlicht quillt ins Zimmer. Er kann von hier oben die Autos sehen, die schleichend den Park umrunden und wie Wölfe lauernd nach Parklücken suchen. Die Sonnenblume rückt er mitten in den Sonnenstrahl. Unten rechts ins Café an der Straßenecke kommen die wenigen Gäste, um mit Don Eusebio Schach zu spielen. Gegenüber – modern und arrogant – ein neueröffneter Starbucks, der jetzt schon bis auf den letzten Platz besetzt ist. Daneben befindet sich ein Tacostand, und links davon, auf der anderen Straßenseite am Rande des Parks, die noch geschlossene Enrique-Alfaro-Bibliothek, in der wochentags Claudio arbeitet.

«Soll ich Ihr Auto waschen?», ruft Toño, der Autowäscher, grüßend nach oben.

«Hab immer noch keins!», antwortet Macolieta und grüßt zurück.

«Na gut, dann nächstes Mal», lacht Toño über ihren allmorgendlichen Scherz.

Er holt sein zweifarbiges Clownskostüm aus dem Schrank und hängt es neben den Spiegel mit den Glühbirnen (von denen nur noch vier ihren Dienst verrichten). Die Schuhe Größe fünfzig stellt er unter den Schreibtisch, geht dann pfeifend zur Dusche und fragt sich dabei, woher er diese komische Melodie wohl hat. Als das kalte Wasser auf ihn herabrauscht, stimmt er die *Tarantella* von Rossini an und tanzt dazu wie ein Pinguin.

Im Schlafzimmer lärmt der Wecker los und klingelt während der gesamten zwanzig Minuten, die das Konzert für Stimme, Shampoo und platschendes Wasser des Clowns Macolieta dauert.

1.1.3
Linien

Eine Linie vom Schlaf zum Bewusstsein: aufwachen. Vom Bett zum Bad eine weitere Linie, und noch eine vom Bad in die Küche. Dort gibt es eine Menge zusätzlicher Linien: vom Kühlschrank zur Pfanne; vom Brot, das schon grüne Flecken hat, zum Toaster, der jeden Moment seinen Geist aufzugeben droht; vom Backherd zum Tisch und vom Tisch zum Briefkasten. Und wenn das Telefon klingelt, eine weitere Linie; und wenn jemand an die Wohnungstür klopft, noch eine Linie. Linie vom Wohnzimmer voller Zeitungen zur Dusche. Linie Bad-Zimmer-Tür, die anschließt an die Linie Flur-Treppe-Schauspiel des Lebens auf der Straße wochentags oder Flur-Treppe-Straße-Kindergeburtstage an Samstagen und Sonntagen. Linie vom Schachbrett zu Don Eusebio abends; Linie Hunger-Tacostand und Linie zur Apotheke. Linien, die sich die ganze Zeit über kreuzen mit der Linie Claudio oder der Linie Max. Verbindungslinie zur Linie Was-hast-du-für-herrliche-Augen-darf-ich-dich-zu-einem-Drink-einladen. Linie Bar-Taxi-Bett. Linien, die sich winden, verwirren, erforschen; Linien, die glitschig werden oder glühend. Linie Kuss-Umarmung-Nacktheit-Stöhnen-Explosion-Jojo-Abschied. Linien, die Nacht und Tag verbinden und – von der Bettlakenwüste aus – zurückführen ins alltägliche Gewirr der Linien der Einsamkeit.

Weben wir also mit unseren Linien ein Spinnennetz über dem Nichts, auf dem wir Tag und Nacht unsere nervösen Beinchen bewegen, denkt Macolieta, während er sein Kinn mit Rasierschaum einseift und sich zu rasieren beginnt, obwohl er sein Gesicht hinter dem Schleier des beschlagenen Spiegels nur erahnen kann. Je dichter wir die Fäden weben, desto sicherer ist der Schritt von einem zum anderen. Eines Tages kommt dann der letzte Sturm, reißt unser Gespinst auseinander und lässt uns in den Schlund des Abgrunds stürzen. Danach nichts. Wer glaubt heute noch ans Paradies?

Das Rasiermesser zieht sanft eine Schneise durch die Bartstoppeln, und Macolieta denkt an einen Sonntagvormittag zurück, an dem er und Claudio nebeneinander in einem Park im Gras lagen, rauchten und Wolkenformenerkennen spielten.

«Glaubst du an Gott, Claudio?», hat er gefragt, eine Pferdekopfwolke betrachtend.

«Ah, die Gretchenfrage der Menschheit», antwortete Claudio und fügte nach einem Zug aus seiner Pfeife hinzu: «Platon meint, wenn Einer oder Eines nicht ist, dann ist nichts.»

«Okay, ich nehme das als ein Ja.»

«Es gibt Fragen, die darf man nicht einsilbig beantworten. Das Wort Gott ist so abgegriffen! Es klafft ein Abgrund zwischen dem Wort und dem, was es bezeichnet.»

«Glaubst du, dass es ein Leben nach dem Tod gibt?»

«Ich glaube es lieber nicht. Epikur meint, der Tod sei Nichts für uns, denn was sich auflöst, verliert sein Empfinden, und was kein Empfinden hat, ist Nichts.»

«Kann man denn an Gott glauben, ohne das Versprechen auf ewiges Leben?»

«Ich glaube, dass man das immer gekonnt hat. Aber nach Darwin müsste das Verb in dieser Frage nicht können lauten, sondern müssen. Die Antwort, will mir scheinen, ist irrelevant», sprach der qualmende Lulatsch.

«Und die Religion?»

«Meinst du die Heiligkeitserfahrung oder das rituelle Drumherum? Glauben ist eine Sache; ganz was anderes natürlich ist der Baukasten mit seinen Einzelteilen und der Bauanleitung darin.»

«Immer dieselben Sackgassen, dieselben Windungen.»

«Sprachlabyrinthe», sagte Claudio und nahm die Pfeife aus dem Mund. «Wir müssten definieren, was Religion für uns bedeutet. Kunst, Kultur, Sprache, Gesellschaft, Geschichte, Religion, das alles sind Begriffe, die wir nie mit letzter Präzision definieren können. Wittgenstein hat in seinem *Tractatus* geschrieben, der Tod sei nicht ein Bestandteil des Lebens, sondern dessen Ende. Und er hat geschrieben, wovon man nicht reden kann, darüber muss man schweigen.»

Also schwiegen sie und schauten einer Wolke nach, die die Form eines sechsbeinigen Einhorns anzunehmen begann.

«Mist! Schon wieder geschnitten!», ruft Macolieta und betastet die frisch rasierte Wange.

Rasierschaum, Stoppelhärchen und ein Blutstropfen auf dem Rasiermesser lösen sich im Wasser des Waschbeckens auf. Mit dem Handrücken wischt er noch einmal den Dampfvorhang vom Spiegel und sieht sein Gesicht mit Seifenschaumwolken auf den Wangen und einem Fragezeichen zwischen den Augen.

Seine Gedanken schweifen jetzt zu einem anderen Tag, an dem er und Max als Clowns verkleidet unter einem Vordach einen Regenschauer abwarteten, um danach zum nächsten Kindergeburtstag zu eilen.

«Glaubst du an das ewige Leben, Max?»

«Ah, du wieder mit deinen Fragen, Maco», lachte Max mit einem Stück abgebissenen Apfels im Mund. «Also, ich glaube, wir sind ungefragt in die Arena dieses Zirkusses namens Leben geworfen worden. Da laufen wir jetzt einigermaßen orientierungslos herum und versuchen, unsere bestmögliche Vorstellung in einem Stück zu geben, das schon eine ganze Weile andauert und von dem kein Mensch weiß, wovon es handelt. Mmmm, der Apfel ist aber lecker! Manche glauben, dass wir am Ende dem Autor des Stücks begegnen, und andere glauben, dass am Ende gar nichts ist. Und da niemand weiß, wie es wirklich ist, sehe ich für mich die Sache so, dass wir unseren Auftritt so gut wie möglich hinlegen, ihn genießen, dann einen Abgang machen, Trommelwirbel und aus. Ewiges Leben ist die Erinnerung der anderen an das, was wir gemacht haben. Weißt du, was ekelhafter ist, als in einen Apfel zu beißen und einen Wurm zu entdecken? Nein? Na, einen halben Wurm zu entdecken!»

Nach diesen Worten vernichtete er den Apfel mit zwei Bissen, während sich die Schleusen des Himmels noch weiter öffneten und der Regen zu einem wahren Wolkenbruch wurde.

Macolieta träufelt etwas Rasierwasser in seine Handfläche und verteilt es auf die Wangen. Und wenn das alles hier nur die Probe eines Stückes ist, das dem Ende zugeht?, fragt er sich, während sein Gesicht wieder hinter dem beschlagenen Spiegel verschwindet. Wenn dieser maßlose Kampf ums Gesehenwerden und Berühmtsein, der heutzutage überall tobt, nur das verzweifelte unbewusste Akzeptieren dessen ist, dass das ewige Leben, wie Max sagt, nur in den Köpfen der anderen existiert?

Also der Ruhm.

Die Verzweiflung vor dem Nichts beantworten wir mit einem anderen Nichts, das wir scheinheilig mit Scheinwerferlicht und Flitter verkleiden: dem Ruhm. Die kultische Verehrung der Berühmten nicht mehr wegen ihres Talents, wie in früheren Zeiten, sondern schlicht und einfach dafür, dass sie vor den Kameras stehen und von Millionen gesehen werden. Ruhm, der sich von der Hochachtung immer weiter entfernt.

Der Ruhm.

«Ein Paradies aus Kulissen und Theaterdonner», sagt sein frisch rasiertes Spiegelbild.

«Die Summe aller Missverständnisse, die sich um einen neuen Namen scharen», zitierte Claudio im Park, während er mit dem Qualm seiner Pfeife eine Entenwolke nachzumachen versuchte.

«Eine betörende, eitle Hure», grollte Max unter dem Vordach und warf den Apfelkern in den niederprasselnden Regen.

Der Ruhm.

Aus der sich öffnenden Tür quillt ein warmer, wallender Nebel und entlässt aus seinem seifigen Innern einen grünen

Bademantel. Im Bademantel steckt ein frisch geduschter Körper, ein gut frottiertes Vorspiel zu einem Clown, der eine Idee gehabt hat und sie, bevor sie ihm entwischt, beim Schopf packt und sogleich ins blaue Buch verfrachtet.

Linie Idee-Bad-Schreibtisch-Tinte-Abenteuer des Clowns Balancín.

Am Ende der Vorstellung wartet eine Schlange von hundertfünfzig Menschen mit leuchtenden Gesichtern auf dich. Sie wollen ein Autogramm, ein Foto, einen Händedruck, ein paar Worte; eine Dame aus Finnland zieht eine Schere hervor und bittet dich um eine Haarlocke. Du gibst ihnen, worum sie dich bitten, machst einen Witz und bekommst ihre Geschenke, ihre Küsse, ihre Umarmungen, und das macht dich glücklich. Was genau bereitet dir so viel Freude? Ihre Bewunderung? «Nein», antwortest du der Journalistin, die dich am Tag nach der Vorstellung interviewt, «es ist die Zuneigung, die einem aus bewegten Herzen entgegenschlägt.» Der lustige, nostalgische Clown mit seinen Kunststücken und Spielchen hat eine Brücke zu seinem Publikum geschlagen. «Die Magie des Theaters erzeugt die Illusion, uns – die wir normalerweise in einer Welt der Dinge gefangen sind –, uns einen Moment lang als freie Seelen zu empfinden», antwortest du dem nächsten Journalisten. Zwanzig, dreißig, hundert Fragen an einem Tag. Bei dem Antwortmarathon erzählst du wieder und wieder, wie du als Clown auf Kindergeburtstagen angefangen, wie du deine angebetete Verlaine kennengelernt hast, die Clownin, die dich in die Zirkuswelt eingeführt hat, berichtest von deinen ersten Stolperschritten in der Arena, vom unermüdlichen Üben deiner Kunststücke und von deinen Zukunftsplänen. Das Publikum ist hingerissen, die Kritik feiert dich, Theater und Zirkusse schicken dir Angebote und Verträge, du hast einen prallvollen Terminkalender, es gibt Einladungen zu Fernsehauftritten und den Plan, einen Film über dein Leben zu drehen, sowie die Idee zu einer Welttournee, auf der dein Clown die Hauptfigur ist. Und du trinkst das ganze Füllhorn leer, Balancín, mit einem Durst von tausend Kehlen.

Aus dem Regen war ein biblischer Wolkenbruch geworden, erinnert sich Macolieta, als er vom Buch aufschaut. Max war hinter seinem Apfelkern hergesprungen, hatte lachend die Arme ausgebreitet und angefangen im Regen zu tanzen und in den Pfützen herumzutrampeln.

«Wir sind winzige Ameisen und tanzen in der Sintflut», schrie Max. «Trink sie leer und tanze, Macolieta, tanze! Mögen dich so viele wie möglich tanzen sehen, damit du dein ewiges Leben bekommst.»

Unter dem Vordach, das längst keinen Schutz mehr bot, sah Macolieta den weißen Wal mit der roten Nase zum Himmel aufschauen und den Mund aufreißen, um den ganzen Wasserfall zu trinken.

Mitten in diesem Wirbelsturm, dem deine Karriere immer mehr gleicht, ist Verlaine an deiner Seite, hilft dir, die neuen Tricks zu vervollkommnen, die du dir ausdenkst, und übt weiter deine Kunststücke mit dir.

«Vergiss nicht die Ruhezeiten. Dein Körper braucht sie», ermahnt sie dich mit Blick auf den Terminkalender, der sich bis zum schier Unmöglichen füllt. «Und der Urlaub? Wann? Wichtiger noch, unser erstes Kind. Wann?»

Du sagst ihr, sie habe zwar recht, aber jetzt an Urlaub zu denken sei unmöglich. Dies ist der Moment in deiner Karriere, an dem du voll da sein, deine gesamte Energie einsetzen musst. Es ist wichtig, in den verschiedenen Ländern präsent zu sein; ohne Präsenz vergessen einen die Leute. Du kannst neue Angebote von den größten Bühnen und Zirkusmanegen der Welt nicht ausschlagen, und auf keinen Fall willst du ein Vater werden, der nie da ist. Also, bis ruhigere Zeiten kommen, das mit dem Kind erst einmal vertagen.

«Wozu der Ruhm?», fragst du dich auf der Suche nach einer Antwort, die über schlichte Eitelkeit hinausgeht. «Mit dem Ruhm erlangt man künstlerische Freiheit», beruhigst du dein Gewissen. Belügst du dich?

«Wie viel Ruhm braucht man, um diese Art von Freiheit zu erreichen? Verglichen mit dem eines Hollywoodstars ist dein Ruhm ein Krümel. Und was noch wichtiger ist: Welchen Preis hat der Ruhm? Erschöpfung und …

«Die Zeit», sagt Macolieta zu Claudio und zeigt auf den Kondensstreifen eines Flugzeugs, «die Zeit ist eine Linie, und wir sind die daran aufgereihten Perlen, die herabfallen. Wie findest du das?»

«Kant sagt, dass Zeit und Raum keine Eigenschaft der Dinge sind, sondern des Subjekts», erwidert Claudio mit schläfriger Stimme. «Das heißt, deine Vergleichslinie existiert nur im Bewusstsein der aufgereihten Perlen, und ohne dieses Bewusstsein würde es gar keine Linie geben; aber ohne das Bewusstsein der Linie gibt es keine Vernunft.»

«Spinnerte Perlen, hüpfende Murmeln, die alles zu Bruch gehen lassen», lästert Macolieta. «Wenn das Leben ein Garten ist, dann ist für mich die Zeit ein Eimer Wasser, und die Kunst des Lebens besteht darin, das Wasser so zu verteilen, dass der Garten grünt und blüht und die Bäume darin Früchte tragen. Wobei ein Kaktus viel weniger Wasser braucht als eine Sonnenblume.»

«Verdammt, dann hab ich einen löchrigen Eimer gekriegt», brummt Claudio.

Verlaine hat Geburtstag, und es wurde ein großes Fest organisiert, zu dem du beinahe zu spät gekommen wärst, weil deine Proben länger gedauert haben als erwartet.

An diesem Abend bist du witzig, geistreich und tanzt bis tief in die Nacht, wie alle es von dir erwarten, und als ihr nach Hause kommt, bist du müde und erschöpft. Als Verlaine dann sagt, das schönste Geburtstagsgeschenk sei es, jetzt eine Familie zu gründen, antwortest du, ja bald, und erzählst ihr von den Figuren, die du dir für die neue Jongliernummer ausgedacht hast. Der Kaktus trinkt so gut wie gar kein Wasser, aber der große Baum in der Mitte deines Gartens braucht sehr viel, damit aus seinen Früchten große runde Planeten werden können.

Die Feder hält inne. Macolieta erinnert sich, dass er seine Sonnenblume noch nicht gegossen hat. Sogar seinen Kaffee ließ er vertrocknen. Doch als er die Sonnenblume kaufte, hat er sich geschworen, dass sie ihren Lebenszyklus unter seinen pflegenden Händen heil vollenden wird.

Linie vom Schreibtisch zum Fenster, wo er den Topf mit der Sonnenblume hochhebt, und von dort eine weitere Linie zum Spülbecken. Bevor er jedoch die kleine Linie vom

Wasserglas zur Blumenerde ziehen kann, klopft es drei Mal energisch an der Wohnungstür. Claudio kann es nicht sein, denn der klopft nicht, sondern kratzt an der Tür wie eine Katze. Es ist die Hausmeistersfrau mit der Post: Rechnungen, Reklame … ein Brief von Sandrine!

Knack, knack, knack, oh nein! Linie zurück zu den Erinnerungen.

Er dreht den Umschlag um, liest den in winziger Kursivschrift geschriebenen Absender; den Namen, an den er an diesem Morgen nicht erinnert werden wollte. Und als er ihn laut ausspricht, schmerzt das Heulen in seiner Brust. Er kann die Erinnerung nicht verhindern; sie ist Sandrine.

Wieder sieht er sie vor sich mit ihrem roten Näschen, der gelben Fadenflut, die unter ihrer orangefarbenen Melone hervorquillt und zu beiden Seiten ihres weißen Clownsgesichts mit dem ovalen Mund und den rosafarbenen Bäckchen herabfällt, dem lodernden Blau ihrer schelmisch sprühenden Augen.

«Wie viele Landschaften verbergen sich in deinen Augen?», hatte Macolieta sie eines Tages gefragt, als sie «Wer blinzelt zuerst?» spielten.

«So viele, wie du mit deinen Augen sehen kannst», hatte sie lachend geantwortet und war gegangen.

Sandrine, die den Mond betrachtet. Sandrine, die zum ersten Mal die Garderobe der Clowns betritt mit ihrer Jeanslatzhose, ihrer bunten Mütze und dem Rucksack voller Gegenstände, die sie für ihre Kunststücke braucht; und die so selbstbewusst verkündet, dass sie Clown werden will, als könnte es über ihre sofortige Aufnahme gar keinen Zweifel geben. – *Je veux être Clown!* Sandrine, die von Max unterrichtet wird; Sandrine, die erzählt, wie sie sich in Frankreich mit falschen Angaben ein Stipendium erschlichen hat und wie sie ihrer Gastfamilie davongelaufen ist, um in der Riesenstadt das zu werden, was sie jahrelang schon auf einem anderen Kontinent war: ein vagabundierender Clown, der Zauberkunststücke macht.

Freie Sandrine.

Sandrine nachts auf einer Schaukel. Sandrine, die Spanisch lernt. Sandrine, die bei ihren spontanen Besuchen Macolietas Wohnung durcheinanderbringt. Sandrine, die ihn Jonglieren lehrt und vom Talent ihres Schülers begeistert ist. Sandrine, die ihren toten Hund beweint. Sandrine, die in der U-Bahn Blumen verteilt und mit bettelnden Kindern auf der Straße spielt. Sandrine tanzend und lachend, Sandrine voller Heimweh. Nach zwei Jahren Sandrine, Sandrine zurück nach Europa.

Freie Sandrine.

Sie wollte zurück nach Europa. Verbarg sich in ihrer Ankündigung zur Rückkehr eine Einladung für Macolieta? Heute ist er sich dessen sicher; doch damals quälte ihn der Gedanke, verlassen und lächerlich gemacht zu sein. Macolieta hatte sich bis über beide Ohren in Sandrine verliebt, sich zwei Jahre lang jedoch wie ihr bester Freund benommen. Wenn Sandrine mehr als eine platonische Liebe werden sollte, würde er sich was einfallen lassen müssen. Wie viele schlaflose Nächte! Wie viele Briefe, die er gleich wieder zerriss! Wie oft blieben ihm die Worte im Mund stecken, wenn er vor ihr stand!

Und eines Tages, als er sich endlich dazu durchgerungen hatte, ihr seine Gefühle zu offenbaren, war sie nicht mehr da. Sie war fortgegangen und hatte ihm zum Abschied Verse von Paul Verlaine auf eine Serviette geschrieben:

Lebendig Seit' an Seite ging mit mir das Glück;
Das Leben, mitleidlos, entschreitet ohne Säumen,
Der Wurm ist in der Frucht, Erwachen ist im Träumen,
Die Reu' ist in der Lieb', so zwingt uns das Geschick.
Lebendig Seit' an Seite ging mit mir das Glück.

Mehr nicht. Mit Sandrines Fortgang erschienen das Heulen und der Schmerz, und nach der ersten Woche ohne sie setzte sich Macolieta an seinen Schreibtisch, holte das mysteriöse blaue Buch hervor, das ihn sein Leben lang begleitet hat, ohne dass er wüsste, woher es kommt, und schrieb auf die erste Seite:

Du bist aufgewacht, ohne die Augen zu öffnen. Diesmal ist es wahr. Diesmal bist du nicht mehr du selbst, sondern bist im Körper und im Leben eines anderen aufgewacht.

Mit dem Brief in der Hand wirft er einen Blick auf das Gemälde, sieht die schwarzen Figuren mit ihren Stacheln und die blutenden Finger des Ritters.

«Nicht jetzt», sagt er mit bitterem Lächeln zu seinen Fingerspitzen, die über den Rand des Umschlags streichen, «bluten tun wir später.»

Er legt den Brief ungeöffnet auf seinen Schreibtisch, nimmt wieder den Kugelschreiber zur Hand und macht sich über die linierten Seiten des blauen Buches her.

Du bist in Berlin, wo du vier Vorstellungen hast. Verlaine ist in Paris geblieben. Sie gibt Jonglierunterricht in einer Rehabilitationseinrichtung für suchtkranke junge Menschen, der offenbar gute Ergebnisse zeigt, und sie hat keine Zeit gehabt, dich zu begleiten. Sie hat dir einen Brief mitgegeben und dich gebeten, ihn erst in Berlin zu lesen, in völliger Ruhe, wenn dich niemand stört. Und bevor du im Flugzeug in tiefen Schlaf gefallen bist, hast du dir vorgenommen, ihn gleich nach der Ankunft im Hotel zu lesen und ihm deine ganze Aufmerksamkeit zu schenken. Doch bei der Ankunft in Berlin kam der Tourneeveranstalter und sagte, er habe im letzten Moment noch ein paar Interviews organisieren können, denn für die letzten beiden Auftritte seien noch nicht alle Karten verkauft, und es sei doch ein Jammer, wenn die Säle nicht voll würden, aber er sei sicher, dass nach diesen Interviews auch die letzten Karten noch verkauft würden. Du hast dein Gepäck ins Hotel gebracht, Verlaines Brief auf den Schreibtisch gelegt und dir wieder fest vorgenommen, ihn nach den Interviews in aller Ruhe und Aufmerksamkeit zu lesen. Nach den Interviews hat man dich zu einem Abendessen mit den Sponsoren deiner Tournee geladen. Und hier sitzt du jetzt bei einem eleganten Dinner und hörst sie reden. Da klingelt das Telefon: Verlaine fragt, ob du ihren Brief gelesen hast, und nachdem sie sich deine Erklärungen angehört hat, wünscht sie dir eine gute Nacht, bittet dich, sie anzurufen, wenn du ihn gelesen hast, und legt auf.

«Wie erlebst du den Ruhm, Balancín?», fragt dich einer der Gäste in spaßigem Duzton.

Du solltest antworten, dass er wie ein Kampf ist, von dem du nicht weißt, ob du ihn gewinnst oder verlierst (doch darauf bist du jetzt noch nicht gekommen). Du erwiderst lächelnd, dass Ruhm an sich kein Ziel ist, sondern nur eine willkommene Folge deiner Auftritte, bei denen es dir um die Sphäre reinen Gefühls geht, das im Augenblick der Vorstellung Publikum und Künstler verbindet. Dann kommt der Ruhm, umfängt dich mit seinen schlanken, luftigen Armen, lächelt dich an und sagt: «Ja, mein Süßer, sehr gut, ich bin nicht das Ziel, aber schau nur, wie herrlich dir dieser Glitzeranzug steht, und jetzt dreh dich mal zur Kamera, dieses Foto ist nämlich für die Titelseite einer Illustrierten.»

Welche Form hat das Netz deiner Linien, Balancín? Wenn die Erinnerung alles ist, was bleibt, welche bevorzugst du: die fundierte, die nur wenigen bestimmt ist, oder die leichte im Gedächtnis von vielen Tausend? Beide? Kunststück!

«Ich will, dass es ein Paradies gibt, Claudio», sagte Macolieta und schaute einer Kaninchenwolke nach, der ein Löwenschwanz wuchs.

«Wozu?»

«Damit man ein Ziel am Ende seines Weges hat.»

«Ziele sind Vorwände, um Linien dahin ziehen zu können. Nicht einmal Linien existieren wirklich, Macolieta. Die einzige Wirklichkeit liegt in dem Verb *ziehen*.»

Er klappt das blaue Buch zu, schielt auf die haarigen Beine des Satyrs und den Schild des Ritters, dann streckt er die Finger aus und taucht sie in den Topf mit weißer Schminke.

«Wieso haben wir das Paradies verloren?», schrie Macolieta, während er sich im niederrauschenden Regen zu Max gesellte und mit ihm darin umhertanzte.

«Ich hab hier ein paar Zauberbohnen», rief der Riesenclown lachend und prustend. «Wenn du willst, pflanzen wir sie ein und kommen morgen wieder, um nach ihnen zu sehen.»

Er hebt die Hand zu seinem Gesicht empor, hält den Blick starr auf sein Spiegelbild gerichtet und löscht mit einem entschlossenen weißen Strich die Stirn, die Brauen und das Fragezeichen dazwischen. Dann zieht er die restlichen weißen Linien vom Mann zur Maske.

◆◆ Zweite Triade ◆◆

Clowns

Aber zwischen «schreiben» und «tun»
müsste es eine dritte Möglichkeit geben,
etwas Unbekanntes und Überraschendes.
Vielleicht wäre das die Rettung.
Wenn ich mir jetzt die Frage stelle, so spät erst,
dann, weil es keine Rettung gibt.

César Aira, Die zwei Clowns

1.2.1
Etcétera

An diesem Samstagvormittag, der warm und windstill zu werden scheint, feiert Juanito seinen fünften Geburtstag, Laurita ihren vierten, und Pedrín, der am Tag zuvor bestraft wurde, weil er seiner Mutter einen lebenden Schmetterling in die Handtasche gesteckt hat, feiert seinen siebten. Und alle drei warten – an verschiedenen Stellen der Stadt – zusammen mit ihren eingeladenen kleinen Freunden unbeschreiblich aufgeregt auf die Ankunft dieser Comicfiguren aus Fleisch und Blut, der Clowns. Doch zu ihrer Überraschung – und der ihrer Eltern vor allem – werden es an diesem Tag nicht zwei bunt gewandete Dummheitenmacher sein, die sie zum Lachen bringen, sondern drei.

It all happened thus.

In dem Augenblick, als Macolieta – nachdem er noch ein paar Absätze in sein blaues Buch geschrieben und sich den letzten der drei großen Knöpfe seiner langen bunten Jacke zugeknöpft hat – der Sonnenblume das versprochene Glas Wasser geben will, wird die Wohnungstür mit einem gewaltigen Rums aufgestoßen, und wie eine Posaune des Jüngsten Tages stürmt die bereits als Clown verkleidete Gestalt von – o Wunder! – Max herein, der sich, einen vagen Gruß winkend, sofort auf den Kühlschrank stürzt. Ihm folgt Claudio, schwankenden Schritts, schon als Weißclown verkleidet, aber noch nicht geschminkt. Auf die verständliche Frage Macolietas, was, zum Henker, Max hier mache, da ihm der Direktor doch gesagt habe etcétera, antwortet Max, nachdem er sich die Milchtüte an die Lippen gesetzt und unter lautem Gluckgluck leer getrunken hat, das Ganze sei eine Racheaktion des Clowns Motitas gewesen, den er vorige Woche versehentlich über eine Stunde in dessen Spind eingeschlossen hatte. Zum Glück sei er jedoch noch rechtzeitig in der Clownsgarderobe erschienen, um den bösen Streich abzuwenden und nebenbei noch Claudio zu retten, den plötzlich die Nerven im Stich gelassen hatten und der – halb verkleidet erst – wie gelähmt in der Garderobe saß, völlig niedergeschmettert, weil er vom Chef zusammengestaucht worden war. Daraufhin sagte Macolieta zu Claudio, dass er heute nicht dabei sein müsse, da Max ja wieder da sei etcétera, worauf Claudio erwiderte, das berühmteste und möglicherweise revolutionärste Buch, welches der strenge Erasmus geschrieben habe, sei das *Lob der Torheit*, und dass jetzt nicht einmal mehr ein Wirbelsturm ihn von seinem heutigen Torheitsexperiment abbringen könne. Max spendete dem Experiment Beifall und ließ begeistert vernehmen, wenn sich schon drei Clowns im Zimmer befänden, würden auch drei Clowns auf den Kindergeburtstagen etcétera. Gleich darauf schritt er zur Tat, beziehungsweise zu dem von Glühbirnen – von denen nur noch vier etcétera – umrahmten Spiegel, vor dem Claudio Platz nahm, nachdem er der Sonnenblume einen Kuss gegeben hatte, und sein Gesicht ergeben dem Verwandlungsprozess überließ.

«Und warum warst du in der Garderobe wie gelähmt,

Claudio?», fragte Macolieta, während er sich die grüne Perücke auf den Kopf setzte (und wer es für einen Beschreibungsexzess hält, dass eine Perücke auf den Kopf gesetzt wird, der sei daran erinnert, dass wir es mit Tätigkeiten zu tun haben, die von Clowns ausgeführt werden, weshalb es nicht verwunderlich wäre, wenn eine Perücke auf einem Knie angebracht würde).

«Nun, als ich da in dieser Halbwelt saß, umgeben von Wesen halb Mensch, halb Clown, fiel mir wieder ein, dass ich unter Coulrophobie leide.»

«Und was ist das, bitte schön?», fragte die Spinne auf dem Schreibtisch mit der Stimme von Max, dem Bauchredner.

«Coulrophobie ist die Angst vor Clowns.»

Max schlug sich auf die Schenkel.

«Ehrlich, Maco, der Typ ist reif für uns.»

Dann erklärte er ihnen, wie sie ihre Auftritte gestalten mussten, damit sie auch mit drei Clowns funktionierten, ohne dabei die malerische Gestaltung im Gesicht des Coulrophobikers etcétera. Als die Perücke endlich (auf dem Kopf) saß, begann Macolieta, all die Zauberaccessoires zusammenzusuchen, die er für seinen Auftritt brauchte und die im ganzen Zimmer verstreut lagen, unter Haufen von schmutziger Wäsche, in Ärmeln, Hosenbeinen und weiten Krägen verborgen, oder in diesem ewig unerforschten dunklen Streifen unter dem Bett, oder als Lesezeichen zwischen Buchseiten oder hinter dem roten Lesesessel oder etcétera. Claudio, der im Spiegel das frenetische Tun des Jägers der verlorenen Accessoires mit der beschaulichen Reglosigkeit der Sonnenblume verglich, berichtete von der Entdeckung, dass Sonnenblumenwurzeln die Fähigkeit besäßen, das Erdreich von Schwermetallen wie Blei oder Cadmium zu reinigen. Deswegen seien nach dem Unfall in Tschernobyl dort überall Sonnenblumen ausgesät worden.

«Wenn ich groß bin», alberte Max mit schiefgelegtem Kopf und kindisch grinsend, «will ich Sonnenblume werden.»

Den Einwurf übergehend, sagte Claudio, offensichtlich sei aber das herrliche Exemplar dieser edlen Pflanzenrasse, das da vor ihnen stehe, nicht in der Lage gewesen, das ihm zugewiesene Erdreich besonders … Er konnte seinen Gedanken nicht zu Ende führen, da ein Triumphschrei sie unterbrach. Der Jäger hatte gefunden, wonach er suchte. Mit der Luftpumpe zum Aufblasen von Luftballons in der schon behandschuhten Hand begab er sich zu Max und erzählte ihm, dass Claudio nur imstande sei, grüne Luftballons aufzublasen, etcétera, woraufhin der Angesprochene entgegnete, genau dieses seltsame Phänomen befähige ihn aber auch, blaue und gelbe Ballons gleichzeitig aufzublasen.

«Was sage ich, Maco; ein Wunderkind!», rief Max und gab Claudio einen Klaps auf die Schulter, der diesen fast vom Stuhl warf. «Ein Clown vom Scheitel bis zur Sohle! Aber sag mir eines, Claudio, in der Garderobe hat man mir erzählt, deine Unterhosen hätten große Löcher.»

«Verleumdungen! Ich bin so arm, dass ich mir den Luxus löchriger Unterhosen gar nicht leisten kann.»

«Sie haben also keine Löcher?»

«Nein.»

«Und wie ziehst du sie dann an?»

Claudio hielt daraufhin einen Vortrag über die Theorien von Freud und Bergson über den Witz und das Lachen, und während er vortrug, schwebte der Schatten eines Vogels durch das Zimmer, der Vorhang schwang sekundenlang im Wind, und bevor eine der Glühbirnen am Spiegel platzte wie eine in Brand geratene Heuschrecke und die Spinne erschreckte, die mit Max' Stimme einen Schreckensschrei ausstieß, hatte selbiger die Maske des Redners beendet und forderte ihn auf, sich noch nicht zu bewegen, begab sich in die Küche, stolperte über den roten Riesenschuh, den Macolieta ihm zu diesem Zweck in den Weg gestreckt hatte, nahm einen Mund voll Wasser aus dem Glas, das der Sonnenblume versprochen war, ging zu Claudio zurück, der immer noch über die ästhetischen Qualitäten des Lachenden referierte und dabei sein Clownsgesicht bewunderte und mit den Lippen ein kleines «o» formte, als Max sich mit den Zeigefingern in die geblähten Backen stach und mit dem Geräusch einer brausend aufs Ufer schlagenden Welle die menschliche, oder besser gesagt, clownliche Länge des frisch verwandelten Claudio besprühte.

«Hiermit taufe ich dich auf den Namen Lulatsch», sprach Max feierlich, «damit du den Durstigen dieser Welt den Wein reichen mögest, nach dem sie sich so sehr verzehren: den Wein der Komödianten.»

Und Claudio antwortete im gleichen feierlichen Ton, dass er diesen Wein mit großer Begeisterung entbiete, jedoch ebenfalls – wie Max – nur mit dem anderen lebenspendenden Getränk zusammen, dem Wasser als Quell allen Wachsens und Gedeihens. Nach diesen Worten zeigte er ihnen einen Stapel bunter Heftchen, illustrierte Biografien großer Denker, die man den Geburtstagskindern im Namen der Clowns überreichen könne, etcétera.

Angesichts dieser Szene konnte Macolieta nicht anders, als nach seinem blauen Buch zu greifen, es aufzuschlagen und eine Passage aus dem Leben von Balancín vorzulesen, die gut zu dem passte, was Claudio soeben widerfahren war, etcétera:

Du eilst aus dem Institut nach Hause, voller Ungeduld, Verlaine zu erzählen, was dir heute Morgen im Unterricht in der Improvisationsklasse widerfahren ist. Der eisige Wind schlägt dir ins Gesicht, eine scheue Schneeflocke landet auf deinen Lippen und schmilzt unverzüglich. Die Kälte legt ihre Hände auf dein Gesicht, doch deine Nase bleibt warm. Da erst merkst du, dass sie noch von der roten Clownsnase bedeckt ist, die du in der Eile vergessen hast abzunehmen. Und jetzt musst du sie lassen, wo sie ist, das gebietet die Etikette: Die rote Nase wird niemals in der Öffentlichkeit aufgesetzt oder abgenommen; auch nicht vor einem Spiegel. Ein Clown erscheint vor anderen und vor sich selbst stets als solcher, ganz und gar und immerdar. Die Handvoll verschneiter Straßen und die Brücke, die dich von dem Zimmerchen trennen, in dem Verlaine auf dich wartet, kommen dir heute wie Kontinente und Welten vor, die du durchqueren musst, um zu ihr zu gelangen.

Du bist euphorisiert. Du hast deinem Clown Leben eingehaucht, hast gespürt, dass er in dir heimisch geworden ist wie eine Hand in einem Handschuh; er bewegt deinen Körper, empfängt seine Wärme. Es war herrlich. Endlich hast du verstanden, was sie dir in den workshops *immer wieder eingebläut haben: Der Clown, der du bist, dieser einzigartige, unnachahmliche Clown, wohnt immer schon in dir, du musst ihn nur hervorlocken aus den Tiefen deiner Verwundbarkeit.*

Clown zu sein ist nichts, was man lernen kann, sondern etwas, das sich zeigt und ins Bewusstsein tritt.

«Das ist die sokratische Methode», unterbrach ihn Claudio.

«Die kroatische Methode, was ist das?», fragte Max.

«Sokrates behauptete, im Bewusstsein eines jeden Menschen gebe es ein Weltwissen, geschaffen von der Tradition und den Erfahrungen vorangegangener Generationen. Indem er ihnen Fragen stellte, half Sokrates seinen Schülern, die in ihnen schlummernde, doch nicht bewusste Wahrheit ans Licht der Welt zu bringen.»

«Und wie viele Clowns sind mit dieser kroatischen Methode schon zur Welt gebracht worden?», fragte Max.

«Das kommt darauf an, wie du Clown definierst.»

«Ich fahre fort», beschied Macolieta.

An einer Straßenecke triffst du einen Bettler, der dich um ein Almosen angeht. Du bleibst stehen, klaubst drei Hände voll Schnee von der Straße, aus denen du drei eisige Bälle formst, und gibst dem Obdachlosen damit eine kurze Vorstellung deiner Jonglierkunst, die ihm ein Lächeln entlockt und danach ein Grunzen, und schließlich zu einem unerwarteten Fußtritt führt, dem du mit einem eleganten Hüpfer ausweichen kannst. Die Schneebälle kehren zur Erde zurück, wo sie zu weißen Krümeln zerfallen. Mit einer übertriebenen Verbeugung setzt du deinen Weg fort …

«Etcétera!», schrie Max mit Blick auf die Uhr.

Macolieta nickte, wollte aber seinen Text noch zu Ende lesen.

Von der Brücke aus betrachtest du die Eisschollen im Fluss, die dahintreiben wie Schiffe ohne Kapitän. Ein Kind in einem Kindersportwagen, der dir entgegengeschoben wird, entdeckt dich. Mit einer Hand umfasst du das vereiste Brückengeländer und tust so, als wäre sie daran festgefroren, versuchst dich mit komischen Verrenkungen zu befreien, nimmst dabei einen Fuß zu Hilfe, der auch am Geländer festfriert, das Kind schaut dir gebannt zu, die Mutter beschleunigt ihren Schritt …

«Etcétera!», knurrte Max noch einmal, und Macolieta übersprang zwei Seiten.

… betrittst du die Wohnung und rufst nach Verlaine, und ihr Name fliegt aus deinem Mund wie ein Korken aus einer Champagnerflasche. Du nimmst drei Äpfel vom Tisch und jonglierst mit ihnen und ziehst dabei lustige Grimassen. Verlaine schaut dir mit leuchtenden Augen zu. Sie kennt dich zur Genüge und weiß, dass dir etwas Großartiges widerfahren ist. Das Halbdunkel des Zimmers wirft Schatten auf ihr Gesicht, die jedoch keine Flecken bilden, sondern wie Schleier sanft darüberstreichen. Du legst die Äpfel auf den Tisch zurück, und einer von ihnen rollt wegen seines unvollkommenen Runds wie betrunken umher.

Du senkst deinen Kopf mit der roten Clownsnase und bietest Verlaine die Wange zum Kuss. Gerade, als ihre Lippen deine Haut berühren wollen, drehst du schnell das Gesicht und bekommst ihren Kuss auf den Mund. Der Apfel ist an den Tisch-

rand gekullert, und deine Hand verhindert seinen Fall, hebt ihn als Geschenk an die Lippen der Geliebten, die soeben dem Mund des Clowns, der in dir zum Leben erwacht ist, den ersten Kuss gegeben hat.

«ETCÉTERA!», schrie Max.

Woraufhin Macolieta das blaue Buch in seinem Schreibtisch verstaute und Claudio zum Ausklang der Geburtsfeier des neuen Clowns den Korken einer Flasche knallen ließ, die er unter den Clownsgerätschaften gefunden hatte. Aus dem Innern der Plastikflasche schossen Konfetti und Luftschlangen hervor, als hätte ein Regenbogen geniest, und es gab Umarmungen und Applaus und weitere Umarmungen, und die Spinne schrie «Glückwunsch!» und wieder Umarmungen, etcétera, bis sie, weil die Zeit allmählich wirklich drängte, ihre Geschenkpakete nahmen und die Wohnung verließen, wobei sie im Türrahmen steckenblieben, weil sie alle drei gleichzeitig, etcétera, und beim zweiten Versuch mit veränderten Positionen (der von der rechten Seite ging nach links, der aus der Mitte nach rechts, und der von links, etcétera) wieder das Gleiche, bis sie unter Einsatz von Schultern, Ellenbogen und Knien schließlich nach draußen flutschten wie das Konfetti aus der Flasche. Unter dröhnendem Gelächter, Schulterklopfen und angedeuteten Tritten in den Allerwertesten ließen sie hinter der geschlossenen Wohnungstür in der Luft tanzende bunte Papierschnipsel zurück, an denen sich die inzwischen wieder verstummte Spinne ebenso erfreuen konnte wie die durstige Sonnenblume neben dem versprochenen, je nach Lebenseinstellung des Betrachters halb vollen oder halb leeren Glas Wasser, etcétera.

1.2.2
Yellow Submarine

Alles Konfetti ist zu Boden gesunken, bis auf ein Fitzelchen, das im hageren Gesicht des Ritters auf dem Bild hängen geblieben ist. Der Tanz der Luftschlangen geht seinem Ende zu, und die letzte Spirale – eine gelbe – sinkt auf das blaue Buch, das aufgeschlagen auf der Seite mit den letzten geschriebenen Zeilen liegt.

«Zu Hause alles in Ordnung, Balancín?», fragt dich einer der Sponsoren, der dich nach dem Telefongespräch mit Verlaine über den Brief am Daumen nagen sieht.

«Ja, ja», lügst du und verschanzt dich hinter einem Lächeln, das du im Gesicht stehenlässt als freundlichen Botschafter, der auf Gesten, Lachen und tönende Münder antwortet, deren Sinn sich dir nicht erschließt.

Verlaines tonlose Stimme hat dich beunruhigt. Während du den Sprechgeräuschen am Tisch ein zustimmendes Nicken entgegenhältst, wird der Nachhall von Verlaines enttäuschter Stimme zur offenen Hand, die dich überraschend ins kalte Wasser der Erinnerung stößt. Du erinnerst dich an die ersten Tage nach deiner Ankunft in Verlaines Heimat. Hand in Hand, auf den Schultern die Rucksäcke mit den Utensilien, die ihr braucht, um an der erstbesten Straßenecke, in Parks oder auf Plätzen eure Kunststücke vorzuführen, streunt ihr stun-

denlang durch die Stadt, entdeckt Bars und Cafés, kommt für die Dauer eines Biers mit Fremden ins Gespräch, tauscht mit anderen Straßenkünstlern Eindrücke aus, sucht verlassene Spielplätze auf, wo Verlaine sich auf eine Schaukel setzen und Gedichte rezitieren kann, wobei sie ihr Näschen in die Luft hebt und die Nase einer Wolke zu berühren sucht, doch vor allem küsst ihr euch. Ihr küsst euch überall; auf jeder Brücke, über die ihr geht, unter jedem Torbogen, jedem Baum, jeder Laterne. Als würdet ihr der Luft einen unsichtbaren Stempel aufdrücken, der die Wege eurer verschworenen Liebe durch die Stadt markiert, die du erst entdecken musst und die sich für sie unablässig erneuert, da jeder Kuss von dir sie verändert. Während der Streifzüge jener Monate sind die Straßen euer Paradies, ist der Asphalt das Skizzenbuch eurer übersprudelnden Zärtlichkeit. Eure Kunststücke führt ihr auf Parkbänken, vor Museen oder im Lärm der Metrostationen auf. Am Ende des Tages habt ihr eine Reise um die Welt unternommen; sie auf einem weißen Elefanten und du auf einem braunen Pferdchen, für zwei Euro auf dem Karussell im Park. Wenn es schon hell wird, kehrt ihr todmüde und mit den Taschen voller Münzen und kleiner Kieselsteine in das winzige Dienstbotenzimmer im obersten Stock eines alten Hauses zurück, in dem ihr zur Miete wohnt und in dem gerade mal ein Bett und ein Tisch Platz finden. Durch das einzige Fenster schaut ihr auf die kahlen Zweige eines Baums und versucht, dessen hieroglyphisches Geäst zu entziffern, beobachtet vor der Liebe und dem Einschlafen noch die Tauben, die immer auf die Statue dieses berühmten Herzogs kacken, der den stinkenden Niederschlag ungerührt, einsam und vergessen über sich ergehen lässt.

In the town where I was born,
lived a man who sailed to sea,
and he told us of his life
in the land of submarines.

Da fahren die Clowns in Max' gelbem Auto und nicken mit ihren schimmernden Perücken zum Rhythmus des bekannten Beatles-Songs vom gelben Unterseeboot, den Max fünfundzwanzig Mal hintereinander auf Band aufgenommen hat, damit er ihn ununterbrochen und mit voller Lautstärke hören kann, während er von einem Kindergeburtstag zum nächsten fährt. Am Steuer also das mächtige Walross mit der roten Nase, das an den Straßenecken erst im letzten Moment das Lenkrad herumreißt, um der unausweichlichen Autoschlange, die die Stadtautobahn verstopft, so spät wie möglich zu begegnen. Dabei begleitet er das Liverpooler Quartett mit seinem entsetzlich kollernden Akzent.

Auf dem Beifahrersitz hat Claudio die Arme ausgestreckt und stützt sich mit den Händen an der Windschutzscheibe ab; eine absurde Schutzhaltung angesichts des krachenden Zusammenstoßes, den er jeden Moment erwartet. Auf der Rückbank grüßt Macolieta lachend die überraschten Fußgänger, die sie unerwartet neben sich auftauchen und an der nächsten Straßenecke schon wieder verschwinden sehen.

«Wie gefällt dir mein gelbes Unterseeboot, Langer?»

«Gut, gut, ganz schön; aber musst du immer so hart in die Kurven gehen, verdammt?»

«Wenn dich Kurven nervös machen, mach's wie ich.»

«Wie denn?»

«Mach die Augen zu!», lacht der Fahrer.

So we sailed on to the sun,
till we found the sea of green,
and we lived beneath the waves,
in our yellow submarine.

Seine zwei scheinbar so unterschiedlichen Freunde, denkt Macolieta, ergänzen sich in Wirklichkeit. Einer ist der leuchtende Schweif, den der Komet nach seinem Absturz am Himmel hinterlässt, und der andere seine gewaltige Explosion; der eine die hoch sich auftürmende Welle, und der andere ihr tosender Aufprall auf den Strand.

Und du?, fragt sich Macolieta. Wie beschreibst du dich selbst?

Doch sosehr er nach einem Vergleich sucht, er findet keinen.

Sie, die beiden Vergleichsobjekte; und er, der sie nebeneinanderstellt.

«Jetzt alle!», ruft Max und reißt beide Hände vom Lenkrad hoch, woraufhin Claudio erschrocken etwas auf Latein von sich gibt.

We all live in a yellow submarine,
yellow submarine, yellow submarine.
We all live in a yellow submarine,
yellow submarine, yellow submarine.

Eines Tages kommt ihr zum Karussell, und du stellst überrascht fest, dass das Holzpferdchen abgebaut und durch einen herrlichen Schwan mit einer Sitzbank für zwei Personen ersetzt worden ist. Als du den Karussellbremser fragst, wo das abmontierte Pferdchen geblieben ist, zeigt er auf das Grundstück hinter dem Toilettenhäuschen und sagt, dass am nächsten Morgen die Müllabfuhr kommt und es mit dem ganzen übrigen Müll mitnehmen wird.

Du zerrst Verlaine zu der angegebenen Stelle, und da liegt das Pferdchen zwischen faulendem Holz, verbogenen Drähten, rostenden Konservendosen, zusammengeknülltem Papier und dem trockenen Plastikgähnen einstiger Wasserkanister.

«Was hältst du davon, wenn wir es fliegen lassen?», fragt dich Verlaine, und das Sprühen ihrer blauen Augen ist so ansteckend, dass es dir ein verschworenes Lächeln entlockt. Sie erklärt dir den Plan, und schon macht ihr euch daran, das Abenteuer in die Tat umzusetzen.

Ihr sucht euch alles Notwendige zusammen und nehmt es mit in euer Zimmer, wo ihr den Rest des Tages damit verbringt, aus Drähten zwei lange Zungen zurechtzubiegen, sie mit Zeitungspapier zu bespannen und dieses mit Goldlack einzusprühen. Den letzten wandernden Schatten des Tages folgend, kehrt ihr mit diesen zwei Meter langen Libellenflügeln in den Park zurück, holt im Schutz der Dunkelheit das Pferdchen vom Müll, befestigt die goldenen Schwingen an beiden Seiten, zieht ein dickes Seil durch die Öffnung, die früher am Karussell als Halterung gedient hat, und hievt das Pferdchen mit seinen stolz ausgebreiteten Schwingen auf den höchsten Ast des höchsten Baums im ganzen Park.

Am nächsten Tag war das fliegende Pferdchen die große Überraschung für Kinder und Erwachsene im Park, wurde mit Applaus, mit Lachen und Fotos gefeiert und schaffte es sogar auf einige Zeitungsseiten. Du und Verlaine – ihr anonymen Künstler – zelebriert den Flug des Pferdchens mit einem langen Kuss unter seinem schwankenden Schatten und macht den Ort zum Stammplatz eurer Vorstellungen. Und wie hast du das Staunen des Publikums ausgekostet, als du an der rissigen Rinde des Baumstamms hinaufgeklettert, auf das geflügelte Pferd gesprungen bist und auf seinem schwankenden Rücken stehend deine Jonglierkünste vorgeführt hast! Durch die Wiederholung wird aus Überraschung jedoch schnell Gewohnheit, und was uns im ersten Moment entzückt und bezaubert, gehört – nachdem man es einige Male gesehen hat – schon bald zum Alltag. Nach einer Woche hatte das fliegende Pferdchen aufgehört, eine Sensation zu sein. Die Männer von der Müllabfuhr kamen, kappten das Seil, rissen die Flügel ab und warfen sie samt Pferd auf ihren Wagen.

And our friends are all aboard,
many more of them live next door,
and the band begins to play …

Sie haben sich in den zähen Hauptstadtverkehr eingefädelt. Macolieta schaut aus dem Seitenfenster in die Gesichter anderer Autofahrer, die ebenfalls der Hitze dieses Sonntags ausgesetzt sind, und ist sich sicher, diese Gesichter nur ein einziges Mal im Leben zu sehen. Tausende von Menschen wechseln Blicke, ohne sich je wiederzusehen. Millionen Männer und Frauen, die nebeneinander herleben, sich über dieselben Politiker beschweren, sich über soziale Ungerechtigkeit ereifern oder gleichgültig bleiben, über die gleichen Witze lachen, herziehen über die, deren Gesichter man in den Illustrierten sieht, und bewusst oder unbewusst versuchen, ihrem Leben einen Sinn abzuringen. Tausende, deren

Blicke sich einen einzigartigen Moment lang begegnen, ohne dass sie sich erkennen.

We all live in a yellow submarine,
yellow submarine, yellow submarine.
We all live in a yellow submarine,
yellow submarine, yellow submarine …

«Und was macht Balancín, unser Superclown?», ruft Max, Macolieta so lange im Rückspiegel fixierend, dass Claudio fast einen Herzkasper kriegt.

«Der versucht, das Leben, das er bisher geführt hat, mit seiner neuen Bühnenpräsenz in Einklang zu bringen. Kämpft darum, sich nicht vom allabendlichen Applaus betrunken machen zu lassen. Genießt seinen Ruhm oder leidet an ihm. Was weiß ich!»

«Mann, stinkt das Ding!», nörgelt Claudio, sich mit zwei Fingern die rote Nase zuhaltend und auf das Duftbäumchen aus Pappe deutend, das am Lautstärkeknopf des Radios hängt.

«Ah …», knurrt Max und dreht sich zu Macolieta um, was Claudio schier um den Verstand bringt. «Wie sie mich ankotzen, diese Berühmtheiten, die rumjammern und sich als Opfer ihres Ruhms gerieren. Lass ihn sich doch am Applaus berauschen! Warum kämpfen? Soll er sich doch mitreißen lassen und sein Glück genießen. Der Ruhm macht einen nicht berühmt, aber er kann einen unsterblich machen.»

«In seiner *Consolatio Philosophiae*», mischt Claudio sich ein, während er mit beiden Händen Max' Kopf ergreift und ihn wieder nach vorn dreht, «schreibt Boethius, wer glaube, dass ihm der Ruhm das Leben verlängern könne, solle wissen, dass nach dem Tod auch der Tag kommt, der ihm den Ruhm entreißt, und er dann eines weiteren Todes stirbt. Mann, was stinkt dieser Baum!»

«Das hat der Bootsmann auch gesagt?», fragt Max.

«Boethius», korrigiert ihn Claudio.

«Das muss wohl ein Hundehaufen am Baum sein, denn soweit ich weiß, gibt es keine Bäume, die stinken.»

«Was redest du denn? Boethius war im Gefängnis, als er seine Schrift verfasst hat. Dieser Duftbaum ist es doch, der stinkt.»

«Oh, verdammt! Und was, zum Henker, hatte der arme Baum im Gefängnis zu suchen?»

Full speed ahead, mister Parker, full speed ahead.
Full speed over here, sir.
Action stations. Aye, aye, sir, fire! Captain, Captain!

«Aber ich habe gar nicht gesagt, dass Balancín jammert», verteidigt ihn Macolieta.

Sie haben die Stadtautobahn mittlerweile verlassen und sind nur noch ein paar Straßen vom ersten Kindergeburtstag entfernt.

«Ich habe nur gesagt, dass er mit seinem Ruhm, so gut es geht, zurechtzukommen versucht; nicht, dass er sich darüber beschwert. Und sein Kampf findet auf zwei Ebenen statt. Einmal der externen; denn er muss ja seine neue Situation mit dem Leben in Übereinstimmung bringen, das er bislang mit Verlaine geführt hat. Und der internen; dadurch, dass er als Clown berühmt geworden ist, kommt es zu einer

Teilung seiner Eigenwahrnehmung: Mensch und Clown gespalten, und sein Kampf, sie zusammenzubringen.»

«Papperlapapp! Ich glaube, alle berühmten Clowns sind glückliche Menschen gewesen: Grock, Kelly, die Brüder Fratellini, Popov, Slava.»

«Und Grimaldi?», fragt Claudio, der die von Dickens herausgegebenen Memoiren des Vaters aller Clowns gelesen hat.

«Solange er auf der Bühne stehen konnte, war er glücklich», erwidert Max. «Sein Unglück begann mit den Schmerzen, die es nicht mehr zuließen, dass er auftrat.»

«Aber ich spreche nicht von Glück oder Unglück, sondern nur vom Kampf. Wir Menschen haben doch alle unsere Kämpfe auszufechten. Wir definieren uns durch sie. Balancín versucht bloß, mit der Bewunderung fertig zu werden.»

«Er soll sich das Publikum als seinen Spielkameraden vorstellen», empfiehlt Max. «Der Clown ist die einzige Kunstfigur, die ihre eigenen Regeln bricht. Indem er eine Brücke vom Spiel zu den Zuschauern schlägt, macht er diese zu einem Teil des Spiels und entledigt sich dadurch des Begriffs Publikum-Richter, indem er es zum Publikum-Komplizen macht.»

Max reißt jäh das Steuer herum und kann gerade noch einem davonhuschenden Tier ausweichen, einer Katze möglicherweise, die direkt vor dem gelben Auto über die Straße gelaufen ist.

«Aber», fährt Claudio fort, nachdem er sich von dem kurzen Schreck erholt hat, «der Begriff Publikum bleibt; wenn auch nicht für den Clown, so doch für den Akteur, der die

Rolle des Clowns spielt. Narziss braucht den Teich, damit er ihm sein Bild widerspiegelt. Der Mensch bezieht den Beweis seiner Existenz aus der Wahrnehmung der Anderen. Der Künstler sucht außerdem noch die Bewunderung der Anderen; und da es keine Bewunderung ohne Neid gibt, erfolgt der Beweis seiner Existenz durch zwei widersprüchliche Vorgänge, die eine unterschwellige Unbehaglichkeit hervorrufen. Dem Clown gelingt es vielleicht, den Anderen als Zuschauer zu verdrängen, indem er ihn zum Spielkameraden macht; aber ich bezweifle, dass der Mann hinter der Maske imstande ist, das Gleiche zu tun.»

«Nun, ich bin nach wie vor der Ansicht, dass weder der Ruhm noch das Publikum den Clown ausmachen. Es ist das Spiel an sich, das ihm Leben gibt, und darum muss es auch gar keinen Kampf geben. Die Reise will genossen werden! Und bitte jetzt die Gurte lösen, wir sind so gut wie da.»

«Clown Max als Philosoph! Wie findest du das, Claudio?», fragt Macolieta.

«Als der erleuchtete Lesbonax von Mytilene einmal einer Aufführung von Mimen beiwohnte, soll er sie – so schreibt es Lukian – manuelle Philosophen genannt haben. Aber, Himmel noch mal, diesen Duftbaumgestank hält der gutmütigste Mensch nicht aus!»

«Himmel!», ruft Max. «Und der Lesbonax von Pipilene war auch im Gefängnis, zusammen mit dem Baum von diesem Bootsmann?»

«BOETHIUS!»

As we live a life of ease,
everyone of us has all we need (has all we need),
sky of blue (sky of blue) and sea of green (sea of green)
in our yellow (in our yellow) submarine (submarine, ha ha!)

«Möchten Sie noch was, Balancín? Einen Digestif vielleicht?», fragt dich beflissen der Sponsor zur Rechten und reißt dich aus deinen Erinnerungen. Du antwortest, heute seien es der Wohltaten mehr als genug gewesen, und es empfehle sich, den Künstler nicht zu sehr zu verwöhnen, sonst gewöhne er sich noch daran. Alle lachen, als hättest du den besten Witz aller Zeiten gemacht, und du wirst den Verdacht nicht los, dass der Alkohol das Hirn deiner Gastgeber schon etwas aufgeweicht hat, denn deine Bemerkung war überhaupt nicht witzig gemeint. Schließlich erklärt der Produzent die Versammlung für beendet und gibt dir den Rat, zeitig zu Bett zu gehen, denn es ist für alle besser, wenn du in der Fernsehsendung morgen früh frisch und ausgeruht bist.

«Was für eine Fernsehsendung?», fragst du, die Augenbrauen bis zur Zimmerdecke hochgezogen.

Da jedoch keiner der Tischgäste sich vorstellen kann, dass man dich tatsächlich nicht über diesen Programmpunkt informiert hat, feiern sie dein ungläubiges Gesicht als den erheiterndsten Einfall des Abends, verabschieden sich unter Lachen, Händeschütteln und Schulterklopfen und lassen dich mit immer noch hochgezogenen Augenbrauen und einem dümmlichen Lächeln im Gesicht auf dein Zimmer gehen.

We all live in a yellow submarine. «Mama, Mama, kommt mal alle!» *Yellow submarine.* «Was ist los, Juanito?» *Yellow submarine.* «Sie sind da, Mama!» *We all live in a yellow submarine.* «Die Clowns sind da!» *Yellow submarine.* Ja, dem kleinen gelben Unterseeboot entsteigen drei rote Nasen. *We all live* ... Hinter der ersten steckt ein schreiend buntes und erstaunlich leichtfüßiges Nilpferd, das eine Trompete bläst und dabei die Backen so dick wie Luftballons macht ... *in a yellow submarine.* Die zweite Nase gehört zu einer schwarzweißen Bohnenstange mit einer weißen Melone auf dem Kopf und bunten Heftchen in der Hand ... *yellow submarine.* Und hinter der dritten roten Nase tapert ein Dummer August heran, stolpert über den Fuß eines unsichtbaren Geistes ... *yellow submarine* und kichert, dass es sich anhört wie hicksende Ameisen, die im Gänsemarsch angetrippelt kommen und für die ersten Lacher des Morgens sorgen. *Yellow submarine, we* ...

1.2.3
Seifenblasen und Ballons

Zu diesem ersten Kindergeburtstag wurden sie von einer fröhlichen Kinderschar in den Nachbarschaftspark hinter den Häusern geleitet, wo das Fest gefeiert werden sollte. Auf zwei langen Tischen mit blauen Papiertischdecken standen Limonaden aller möglichen Geschmacksrichtungen, Pappteller mit frittierten Speisen, belegten Broten und Süßigkeiten, und in der Mitte eine riesige Torte in Form eines Fußballplatzes, aus dessen Mittelkreis sich einem Pokal gleich eine große blaue Fünf aus Kerzenwachs erhob. Zwischen den Bäumen waren Leinen gespannt, an denen bunte Luftballons hingen sowie die unvermeidliche *Piñata* mit ihren zerknautschten Silberpapierverzierungen und dem runden Bauch voller Leckereien und kleiner Plastikspielsachen von der Kirmes.

Der Vater von Juanito – dem Geburtstagskind – begrüßte die Clowns freundlich und bot ihnen Limonade an. Sogleich machten sich die Drei daran, zwischen zwei Bäumen ihre Bühne aufzubauen, während die Kinder schon ihre Plätze einnahmen. Einige Erwachsene gesellten sich mit einem Bier in der Hand dazu und schienen ganz angetan, sich unter dem Vorwand des Kindergeburtstags mal wieder ein Spektakel mit Clowns ansehen zu können. Max ließ seine Trompete ertönen, breitete die Arme aus und bat um Ruhe, dann um Applaus, wieder um Ruhe, noch einmal Applaus. Ruhe, Applaus, Ruhe, Applaus, die Vorstellung hatte begonnen.

Jeder Einfall, jeder Gag wurde mit pünktlichen Lachern belohnt. Max agierte wie ein inspirierter Geist, schwebte einer dicken kaleidoskopischen Rosenblüte gleich über den grünen Rasen und sorgte für unablässiges Kichern. Macolieta begleitete den absurden Tanz seines Freundes mit allerlei Kunststücken, jonglierte mit drei, vier verschiedenen Gegenständen und hielt sogar sekundenlang fünf auf einmal über seiner grünen Perücke in der Luft. Und der neue Clown? Geheimnisvoll und rätselhaft schritt die lange weiße Gestalt langsam, sehr langsam zwischen den beiden anderen Clowns dahin und verzog dabei keine Miene. Von einem Ende der Bühne zum anderen, hin und her, wie ein Fisch im Aquarium. Als Macolieta einmal die Balance verlor und seine Jonglierbälle zu Boden fielen, blieb der Lange abrupt stehen, und mit einem Mal zog diese Gestalt, die während ihres Hin-und-her-Stelzens auf der Bühne beinahe unsichtbar geworden war, durch den Stillstand alle Aufmerksamkeit des Publikums auf sich. Das unbewegte Gesicht den Kindern zugewandt, begann er sehr, sehr langsam seinen Arm zu heben, bis dieser einen spitzen Winkel bildete. Dann hielt der Arm inne, und der Zeigefinger setzte die Bewegung genauso langsam fort, bis er schließlich auf die verunglückten Jonglierbälle am Boden zeigte. In dieser Haltung blieb er einige Sekunden lang wie erstarrt stehen, dann zog langsam ein Lächeln über sein Gesicht, die Augenbrauen hoben sich hoch und höher, und die großen Augen wurden kugelrund. Seinem Mund entfuhr ein lautes, unerwartetes «HA!». Und mit einer deutlich erhöhten Geschwindigkeit verschwand der Zeigefinger wieder in der Faust, kehrte der Arm zum Körper zurück, die starre Mimik ins weiße Gesicht, wurde der stelzende Gang zur tastenden Bewegung eines Seepferdchens auf der Bühne. Mit einem Trompetenstoß gab Max allen zu verstehen, dass die Zeit nun wieder verrann. Die Vorstellung ging weiter.

Noch zwei Mal führte der Lange seine hypnotische Pantomime auf, und hatte sie beim ersten Mal befremdetes Schweigen bewirkt, so wurden die zweite und dritte Vorführung mit zunehmendem Gelächter und wachsendem Applaus bedacht.

Am Ende ihrer Vorstellung wurden die drei Clowns bejubelt und beklatscht, Max eroberte sich einen Platz im Herzen der Kleinen, als Held des Tages, Macolieta als sein gückloser Schildknappe, und der Lulatsch blieb in Erinnerung als ein unsichtbar in der Luft schwebendes Lächeln, das manchmal Gestalt annahm.

Als Geburtstagsgeschenk bekam Juanito von den Clowns zum Abschied eine illustrierte Biografie von Galileo Galilei überreicht.

«Wo hast du denn diese Zeitlupenchoreografie aufgetan, Langer?», fragt Max, während sie an einem Kiosk Hamburger essen, bevor sie zum nächsten Kindergeburtstag fahren.

«Die führe ich mein ganzes kurzes Leben lang schon auf.»

«Was sagt er da?» Die mit Brotkrümeln und Hackfleischresten garnierte Frage ist an Macolieta gerichtet, der mit den Schultern zuckt und weiter seinen Hamburger mit Senf bestreicht. Eine Gruppe von Kindern beobachtet sie kichernd und voller Neugier.

«Ich bewege mich schon immer in einem vegetalen Tempo», erklärt Claudio, «das ist die einzig mögliche Geschwindigkeit. Und plötzlich stoße ich auf einen Moment, der unserem Begriff von Glück zu entsprechen scheint. Den halte ich fest, umarme ihn, lasse mich von ihm streicheln. Dann platzt dieser Moment wie eine Seifenblase, so urplötzlich wie der einsame Lacher während unserer Vorstellung. Und ich mache mich in meinem Schneckengang wieder auf die Suche nach einem ähnlichen Augenblick. Wir alle folgen dieser Choreografie, unser ganzes Leben lang.»

«Also gut, in Ordnung, machen wir eine dicke Seifenblase», sagt Max, den letzten Bissen seines Hamburgers verschlingend. Dann ist er wieder erleuchtet und erhebt sich, formt aus einem seiner bunten Tücher ein Kaninchen, geht damit zu den ihn neugierig anstarrenden Kindern und beginnt mit der Handpuppe eine Unterhaltung, der bald alle Gäste an den Tischen lauschen.

«Einverstanden, Claudio, wir sind gefallene Engel, hinabgeschleudert in die Tiefen eines Ozeans, den wir Leben nennen», sagt Macolieta in dem Bestreben, die Metapher zu vervollständigen. «Unsere Flügel stören da unten bloß, und unser einziges Ziel ist es, an die Oberfläche zu gelangen. Während unseres langsamen Aufstiegs suchen wir uns daher große Blasen, in deren Luftbäuchen wir unseren Träumen hinterherfliegen können. Wir finden sie, schlüpfen hinein, breiten unsere tropfnassen Schwingen aus und «Plopp!», platzt die Blase. So auch die nächste und übernächste, bis wir die Wasseroberfläche erreichen. Dort spreizen wir die Schwingen, wecken die Luft mit unserem Flügelschlag und fliegen direkt ins Paradies. Was hältst du davon?»

«Deine Engel würden, sobald sie an die Oberfläche kämen, ein Festmahl für fliegende Würmer. Denn was sie ihre Flügel nennen, sind in Wirklichkeit nur ganz ordentliche Flossen. Sie täten besser daran, ihr Glück als Schwimmer zu versuchen und ihre Wolkenträume den Vögeln zu überlassen. Gib mir doch mal das Ketchup, bitte.»

Schweigend kauen sie weiter und schauen Max mit seinem Handkaninchen zu. Die Szene erinnert Macolieta an das merkwürdigste Erlebnis seiner Kindheit; eine Erinnerung, die immer wieder hervorkommt, ohne dass er sie sucht. Das Erlebnis des Kindes, das er war und auch Balancín. Die Erinnerung von ihnen beiden an eine Zeit, in der sie noch dasselbe Kind waren. Er nimmt eine Papierserviette und einen Stift. Er stellt es sich vor, sieht es …

… ich sehe dich durch den langen Hotelkorridor zu deinem Zimmer gehen, wo dich gänzlich unerwartet die merkwürdigste Erinnerung deiner Kinderzeit überfällt. Die, die immer wieder hervorkommt, ohne dass du sie suchst, die dich dein Leben lang begleitet.

Du sitzt in deinem Bett, das Licht ist gelöscht. Nach einem hitzigen Streit zwischen deinem Vater und deiner Mutter kam dein Vater zu dir, umarmte dich mit Tränen in den Augen und nahm Abschied für immer. Nur das Licht des halb von einer Wolke verdeckten Mondes drang noch durchs Fenster und verlängerte die Gegenstände in deinem Zimmer mit Schatten. Auf dem Plastikplattenspieler drehte sich eine LP mit Kinderliedern, begleitet von einem Geräusch wie von unter den Rädern eines Pferdekarrens zermahlenen Steinen. Unzählige Male hast du diese Musik schon gehört und versucht, mit ihren Melo-

dien das Geschrei deiner Eltern zu übertönen. Plötzlich blieb die Nadel des Plattenspielers in einer Rille hängen, sprang immer auf denselben Ton zurück, und genau in diesem Moment gab die Wolke den Mond wieder frei. Ein Bogen silbernen Lichts legte sich auf die Schatten in deinem Zimmer, das Licht deiner Nachttischlampe entzündete sich von allein, der bunte Lampenschirm begann sich zu drehen und die vertrauten Comicfiguren über die Wände wandern zu lassen, die dich Nacht für Nacht in den Schlaf begleiteten.

Sicher warst du überrascht, hast für einen Moment die Augen geschlossen und sie dir dann mit den Fäusten gerieben, wie Comicfiguren im Film das tun, wenn sie sich vergewissern wollen, dass das, was sie vor sich sehen, keine Fata Morgana ist. Doch als du die Augen wieder aufschlugst, sahst du dich verblüfft einem neuen Wunder gegenüber. Der silberne Lichtbogen hatte sich in einen Weißclown verwandelt und die bunte Nachttischlampe in einen lächelnden Dummen August. Die beiden Clowns schauten dich genauso überrascht an. Nach den ersten Blicken gegenseitigen Erkennens jedoch bot der Weißclown dir einen blauen Luftballon an, den er aus einem kleinen Pappkoffer hervorzog. Du nicktest, ohne dich vom Bett fortzubewegen, und der Dumme August übernahm die Rolle des Boten, um dir das Geschenk zu überbringen. Doch als er den Luftballon in seine großen Pranken nahm, platzte er.

Der Weißclown verdrehte die Augen zum Himmel, zog dann aber zu deinem Erstaunen einen neuen Luftballon aus dem Pappkoffer, und dieser zweite war noch größer und noch blauer als der erste. Diesmal nahm der Dumme August ihn ganz behutsam in seine Arme, prüfte die Straffheit des prall aufgeblasenen Ballons, indem er tollkühn daran herumdrückte, zeigte seine Zufriedenheit mit zu einem breiten Lächeln auseinandergezogenen Mundwinkeln und kam dann mit Trippelschritten zu dir gelaufen, um ihn dir zu übergeben. Kurz bevor er dich erreichte, stolperte er, fiel hin und brachte den Luftballon mit dem Gewicht seines Körpers zum Platzen.

Der Weißclown klappte ungeduldig seinen Pappkoffer auf und brachte einen dritten Luftballon zum Vorschein, der noch größer war als die beiden vorherigen. Diesmal ergriff der Dumme August den Ballon ganz vorsichtig mit Daumen und Zeigefinger am Knoten und trug ihn – wie in Zeitlupe auf Zehenspitzen gehend – zu dir. Er machte nervöse Geräusche mit dem Mund, als er ihn dir entgegenstreckte. Du wolltest ihn gerade ergreifen, glaubtest schon, den straffen Gummi des aufgeblasenen Ballons an deinen Fingerspitzen zu spüren, sahst über dem blauen Rand die Gesichter des Weißclowns und des Dummen August, deren Zähne vor Aufregung wie Kastagnetten klapperten. Da erlosch das Bild vor deinen Augen und verschwand. An dieser Stelle bricht die Erinnerung, die mehr einem Traum oder einer überspannten Kinderfantasie gleicht, jedes Mal ab. Du bist jedoch überzeugt, dass sie so real ist wie dein Gesicht jeden Morgen im Badezimmerspiegel. Du weißt, dass die Szene eine Fortsetzung hat, bekommst sie aber nicht zu fassen. Dennoch gibst du die Hoffnung nicht auf, dass deine Erinnerung sie eines Tages vervollständigen wird. Und wenn das heute wäre, in diesem Augenblick? Nein. Du bist jetzt vor deiner Zimmertür angekommen und musst sie aufschließen. Verlaines Brief will noch gelesen werden.

Als Max seine Bauchrednervorstellung mit dem bunten Seidentuchkaninchen beendet, tritt ein Mann auf ihn zu, wechselt ein paar Worte mit ihm, verabschiedet sich und drückt ihm eine Serviette in die Hand, auf die er etwas notiert hat. Max schaut ihm nach und kommt – begeistert mit der Serviette wedelnd – zum Tisch seiner Freunde gelaufen.

«Der Typ da gehört zu einer Zirkusfamilie! Ich soll diese Woche in ihr Zelt kommen und mich da vorstellen!»

Er lässt sich ungläubig auf den Plastikstuhl plumpsen. Max arbeitet als Packer in der Markthalle, und sein Traum ist es, Vollzeitclown zu werden. Macolieta kommt es vor, als sei Max von einer durchscheinenden Aura umgeben, einer Art Freudensphäre oder Glücksseifenblase, die auch die beiden Freunde umfängt und sie auf dem Weg vom Restaurant zu ihrem nächsten Auftritt begleitet.

Der nächste Kindergeburtstag führt sie in die vornehmste Wohngegend der Stadt. Es sind so viele Kinder eingeladen, dass man sie in zwei Gruppen aufgeteilt hat, denen in dem riesigen, parkähnlichen Garten zwei parallele Vorstellungen geboten werden. Eine mit den Clowns und eine mit einem Zauberer. Eine Animateurin des Unternehmens, das den Kindergeburtstag organisiert, kümmert sich um die Kleinsten, die so einer Darbietung noch nicht folgen, sich keine drei Minuten am Stück konzentrieren können.

«Zwei Vorstellungen zur gleichen Zeit also», sagt Max, für den dies eine einmalige Gelegenheit darstellt, die überschäumende Energie rauszulassen, die die Aussicht, sich in einem richtigen Zirkus vorzustellen, in ihm freigesetzt hat.

Die Clowns in diese Ecke, und der Dschungelzauberer mit seinen exotischen Tieren hier in diese andere. Anstatt eines Kaninchens zieht er ein Chamäleon aus dem Zylinder;

sein Seidentuch wird nicht zur weißen Taube, sondern zu einer behaarten Spinne; sein Assistent steigt in einen Korb und kommt als Riesenboa wieder heraus.

Max gibt alles, um das lauteste Lachen zu gewinnen, und der Zauberer, der nicht zurückstehen will, macht das Spiel mit und versucht, seinen Zuschauern ebensolche Rufe des Erstaunens zu entlocken. «Ha, ha, ha!» versus «Oh, oh, oh!».

Hier einen Besen vor die Füße, und schon kommen die Lacher; dort ein Fußball, aus dem ein Stachelschwein wird, mehrstimmiges Staunen. Eine Pirouette, die mit der Nase im Gras endet, ha! Ein aus dem Ärmel gezogener Fischotter, oh! Macolietas Unterhose mit den dicken roten Punkten wird mit einer riesigen Plastikspritze aufgepumpt, ha,ha! Die Boa, die sich aus dem Weidenkorb windet, oh, oh! Eine aufgeblasene Tüte, die Furzgeräusche macht, ha, ha, ha! Ein Chamäleon, das seine Farbe wechselt, oh, oh, oh! Macolieta hat alle Hände voll zu tun, um bei dem Irrsinnstempo dieses Wirbelsturms, in den sein Partner sich verwandelt hat, mitzuhalten. Zum Glück bringt der Lange mit seinem zögernden Schritt einen gewissen Ausgleich in die frenetische Vorstellung.

Vom Haus her hört man das Geräusch von klingenden Gläsern und die lachenden Stimmen der Erwachsenen, die für die Kinderwelt am Ende des Gartens nicht das geringste Interesse zeigen.

Platzwechsel!

Die kleinen Zuschauer der Clowns gehen jetzt zum Zauberer hinüber und umgekehrt. Neues Gelächter und frische Bewunderungsrufe für die alten Scherze und zoologischen Überraschungen aus zweiter Hand. Es scheint jedoch, als wäre bei denen, die vom Zauberer kommen, der Sinn für Humor etwas erschöpft, während die von den Clowns jetzt gespannt auf Wunder sind. Die vom Zauberer und seinen Tieren hervorgerufenen Jubelrufe werden immer lauter, während das rachitische, kaum ansteckende Gelächter zunehmend verkümmert wie ein fernes Ersterben bimmelnder Glöckchen. Eines dieser Glöckchen ist die Stimme der hübschen Animateurin. Macolieta kommt sie bekannt vor, er hat aber keine Zeit, sich der bezaubernden jungen Dame zu widmen, da Claudio jetzt lautstark verkündet, er werde ein komisches Gedicht vortragen.

Max und Macolieta schauen sich verdutzt an, improvisieren jedoch sogleich mit minimaler Mimik und Gestik eine begleitende Vorstellung des nun folgenden Gedichts, welches der große Nicanor Parra vor langer Zeit in Chile geschrieben hat:

Eines Tages spazierte ich
durch einen englischen Park …

(Pfeifend und sich auf der großen Plastikspritze begleitend, die er jetzt als Gitarre benutzt, trippelt Macolieta wie ein Pinguin umher.)

… und ehe ich mich's versah,
begegnete ich einem Engel.

(Unter drolligen Hüpfern, die Arme eng am Körper, schlägt Max mit den Ellenbogen, als wären es kleine Flügel.)

«Guten Tag», sagte er.

(«Guten Tag!», schreit Max.)

Und ich grüßte zurück …

(«Gruß zurück!», schreit Macolieta.)

… er auf Spanisch,
aber ich auf Französisch.

(Die beiden schauen sich an, treten zu den jungen Zuschauern, schütteln ihnen die Hände und sagen: «Bla, bla, bla.»)

Er gab mir die Hand,
ich ergriff seinen Fuß.

(Max hebt Macolieta einen Fuß entgegen, dieser ergreift ihn, streckt seinen Arm unter Maxens Bein durch, der nimmt den Arm, zieht mit einem kräftigen Ruck, und schon gehen beide mit einer halben Drehung zu Boden.)

Woll'n wir mal seh'n, meine Herr'n,
wie so ein Engel denn ist:
Eitel wie ein Schwan …

(Max macht «Kwack, kwack!».)

… kalt wie ein Gleis …

(Macolieta rennt umher und bedeckt ihn mit Tüchern, Zeitungen und Kindern.)

... fett wie ein Truthahn ...

(Max zieht eine Grimasse, Macolieta lacht.)

... und hässlich wie der da.

(Claudios Finger zeigt auf Macolieta: der zieht eine Grimasse, Max lacht.)

Ich suchte nach seinen Federn ...

(Macolieta springt Max auf den Rücken und schnüffelt in dessen Perücke herum.)

... und Federn fand ich auch ...

(Aufpumpen von Max' Unterhosen mit Hilfe der großen Plastikspritze.)

... hart wie die harten
Schuppen von einem Fisch.

(Geruchsinspektion des Kleidungsstücks, gefolgt von einer Grimasse tiefsten Ekels.)

Da wurde er zornig ...

(«Grrr!»)

… zog mir eins über
mit seinem goldenen Schwert,
doch ich duckte mich weg.

(Gegenseitige Fußtritte in den Allerwertesten, ihnen ausweichen, rennen und jagen zwischen den Kindern.)

Hab mich totgelacht …

(Gelächter)

… und *«good bye, Sir»* gesagt …

(«Good bye, Sir» in grauenvollem Englisch.)

… passen Sie auf Ihrem Weg auf …

(«Aufgepasst!»)

… und alles Gute dann auch …

(«Tschau!»)

… kommen Sie gern unters Auto …

(Max stolpert und fällt, Macolieta wird Auto, überfährt ihn, und man hört ein «Kwaak!».)

… oder besser unter einen Zug.

(Macolieta wird jetzt zur Lokomotive, macht «tuff, tuff, tuff», springt in die Luft und landet mit seinem ausgepolsterten Hintern auf dem dicken Bauch des Clown-Engel-Schwans, der ein letztes röhrendes «Kwaaaak!» von sich gibt.)

Und eins, zwei, drei
ist die Vorstellung jetzt vorbei.

Fröhliches Lachen, tosender Applaus. Einige der dem Zauberer zuschauenden Kinder sind wegen des Gedichtvortrags, den es bei ihnen nicht gegeben hat, zu den Clowns rübergegangen, und die Glöckchen, ha, ha, ha, haben die Pauken und Trompeten des Staunens, oh, oh, oh, doch noch übertönt. Sieg der Clowns! Kinder glücklich, Erwachsene betrunken, Laurita, das Geburtstagskind, bekommt vom Gedichtaufsagerclown das literarische Geburtstagsgeschenk, Max das Honorar für ihren Auftritt (welches bedeutend niedriger ist als das des Zauberers), und Macolieta, der die Sachen zusammenräumt, bekommt Besuch von der hübschen Animateurin, die sich auf einen Plausch zu ihm setzt. Max betrachtet die Szene und könnte schwören, dass Macolieta sich wieder verliebt. Macolieta schaut der Animateurin in die Augen und könnte schwören, dass er sich wieder verlieben wird. Claudio schaut nirgendwo hin, doch wenn er es getan hätte, würde auch er schwören, dass Macolieta sich wieder verlieben könnte.

Eins, zwei, drei, die Vorstellung ist vorbei.

••• DRITTE TRIADE •••

Entfernungen

Und die Entfernung
ist Entfernung, sind Meilen, Jahre, Himmel;
das Licht ist die Entfernung.
Und sie muss zurückgelegt werden,
Licht, Stunden um Stunden gehen,
damit unser Schritt, am Ende des Tages,
das dunkle Ufer gewinnt,
wo es nicht mehr nur Prüfungen gibt.

PEDRO SALINAS, Razón de amor

1.3.1
Rückkehr

Der Tag geht zu Ende. Die letzten Sonnenstrahlen dringen tiefrot durch die luftverschmutzten Wattewolken. Bald wird sich alles auf dieser Grenze zwischen Licht und Schatten zusammenfinden, noch beleuchtet und dennoch dunkel, dunkler, verstörender, hoffnungsloser als eine mondlose Nacht. Einen Moment lang liegt der Limbus über der Stadt. Und die Herzen werden, beklommen, den Abgrund über sich spüren. Doch bevor sie noch verstehen können, dass diese beklemmende Seelenangst das eisige Vorgefühl einer menschenlosen Einsamkeit ist, wird die Nacht kommen und diese momentane Furcht von ihnen abwenden; die Nacht mit ihren Gewissheiten von Liebe und Gewalt, von Träumen und Heimlichkeit, von Wölfen und lautloser Gemeinheit.

Die schweigenden Vulkane am Horizont werden zu zwei rauchenden Flecken hinter einem trüben Vorhang. Auf der großen Allee fressen hungrige Autos die Kilometer, die sie noch von ihren Zielen trennen. Fahrende Käfige. Metallene Räume voller Menschen mit vergänglichen Körpern voller selbstsüchtiger Gene.

Ein Lieferwagen drängt sich auf die Mittelspur, und das kleine gelbe Auto kann gerade noch bremsen, um den Zusammenstoß zu vermeiden.

«Blödmann!», schreit Max und schlägt aufs Lenkrad.

«Das Bäumchen stinkt erbärmlich», murmelt Claudio mit gesenktem Kopf.

Auf dem Rücksitz betrachtet Macolieta im Seitenfenster sein Spiegelbild, das ihm seinen Blick zurückwirft und ihn wie einen Geisterclown aussehen lässt; einen durchsichtigen Clown, durch dessen Gesicht Autos ziehen, in denen staunende Gesichter ihr Spiegelbild betrachten, durch das plötzlich ein gelbes Auto voller Clowns hindurchrast.

Sie haben die letzte Vorstellung beendet und fahren zu Macolietas Wohnung zurück. Wie kommt es, dass dieser Tag, der so irrsinnig begonnen hat, der voller Lachen und Überraschungen war, an seinem Ende so voller Nostalgie und Beklemmung ist?

«Das Leben», sagt Macolieta, den Faden wieder aufnehmend, der durch den hereindrängenden Lieferwagen und Max' Wutausbruch kurz abgerissen war.

«Vom Leben sprechen, ohne dem Warum auf den Grund zu gehen», erwidert Claudio, «heißt, die Verantwortung für unser Dasein von uns zu weisen und es einem äußeren Wesen, einem Gott, einem Schicksal, einer kosmischen Kraft zu überlassen. Wäre es nicht schöner, zu glauben, dass der Platz, den wir in der Gegenwart einnehmen, die Folge unseres eigenen, von bestimmten Faktoren und Lehren beeinflussten Tuns ist?»

«Aber vergessen wir nicht das Glück!», ruft Max, während er mit seiner freien Pranke ungeschickt am Tonbandgerät hantiert, das mitten im sechzehnten *yellow* des *Submarine-Songs* stehengeblieben ist.

«Der da», sagt Max und zeigt auf Claudio, «ist heute ein

richtiger Clown geworden, ich habe heute einen Zirkus gefunden und du heute in der Post einen Brief von Sandrine und auf dem zweiten Geburtstagsfest das Lächeln der Animateurin. Ein Tag voller Glück … Und da gibt dieser Scheißapparat seinen Geist auf!»

Er schlägt mit der Faust dagegen, doch das Ergebnis ist nicht die erhoffte Melodie, sondern das Kreischen der sterbenden Kabel vor dem endgültigen Aus. Dem Apparat ist nicht mehr zu helfen. Alle drei schweigen.

Macolieta betrachtet sein Spiegelbild. Es zieht ihn an und stößt ihn ab, aber offenbar hypnotisiert es ihn.

War sie es? Die Frage scheint nicht seinem Hirn zu entspringen, sondern von diesem durchsichtigen Macolieta im Seitenfenster zu kommen. Sie war es. Die geflüsterte Antwort gleitet über seine Lippen, die sich im Spiegelbild nicht bewegen. Sie war es.

Der dritte Kindergeburtstag war recht mittelmäßig gewesen im Vergleich zu den beiden vorherigen. Publikum und Clowns waren müde, und das Fest selbst war wie von einer Schicht abblätternder grauer Farbe überzogen. Alle bemühten sich, eine fröhliche Atmosphäre zu schaffen, die sich von selbst nicht einstellen wollte.

«Jungs, dies ist ein trauriges Fest», hatte Max fünf Minuten nach ihrem Eintreffen bemerkt, «lasst euch davon bloß nicht anstecken!»

Die Kinder lachten zwar über die Späße der Clowns, doch ihr Lachen klang gedämpft, als wären sie kraftlos und müde. Nur ein Kind lachte aus vollem Hals und klatschte begeistert. Es saß ein wenig abseits und war ein Junge mit Down-Syndrom.

Mitten in der Vorstellung brach er jedoch in Tränen aus. Eine Frau Anfang vierzig eilte zu ihm, um ihn zu trösten. Sie nahm ihn in den Arm, strich ihm übers Haar, küsste ihn auf die Stirn und beruhigte ihn so. In den beschützenden Armen der Frau fand er wieder Gefallen an dem Treiben der Clowns.

Macolieta, der die Szene mitbekommen hatte, war jetzt ganz auf das strahlende Gesicht des Jungen mit dem Down-Syndrom konzentriert. Der Frau hatte er bislang so gut wie keine Beachtung geschenkt, doch als er ihr bei Gelegenheit ins Gesicht schaute, glaubte er, seine Atmung müsse aussetzen und der Boden unter seinen Füßen nachgeben. Er hielt sich unwillkürlich die Hände vors Gesicht, doch sogleich fiel ihm ein, dass er ja als Clown verkleidet war und die Frau ihn unmöglich erkennen konnte. Seine weitere Darbietung spulte er wie automatisch ab, bemüht, nicht der Versuchung zu erliegen, immerzu das Kind und die Frau anzustarren. Den Kleinen hatte er noch nie gesehen; aber die Frau war zweifellos Ximena.

«Das ist ja wie im Roman eines blutigen Anfängers», sagt sein Spiegelbild zu ihm. «Heute Morgen im Bett hast du noch an diese Frau gedacht, und – zack! – erscheint sie leibhaftig bei deinem letzten Auftritt des Tages.»

Wie kann man dieses lästige Spiegelbild bloß loswerden?

Seit ihrer Flucht aus dem Hotel hatte er sie nicht mehr gesehen und nichts mehr von ihr gehört. Damals hatte ihr Haar noch keine grauen Strähnen, im Gesicht sind Fältchen hinzugekommen, doch hinter der mütterlichen Sorgsamkeit kann er noch die verführerische Ausstrahlung vergangener Tage erkennen.

Hingehen, sie begrüßen, sich ihre Geschichte anhören.

Als die Vorstellung zu Ende war, nahm sie den Kleinen an der Hand und brachte ihn ins Haus. Ein junger Mann gesellte sich zu ihnen. Er könnte ihr Sohn sein, dann wäre sie die Großmutter des Kindes. Oder er war ihr neuer Partner, dann hätte sie ihm zuliebe ihr altes Leben aufgegeben und sie hätten jetzt ein Kind zusammen. Vielleicht aber war er nur der Hausherr und sie die Lehrerin des Kleinen, die man zum Geburtstagsfest eingeladen hatte.

Hingehen, sie begrüßen, sich ihre Geschichte anhören.

Doch wozu? Sie beide haben sich benutzt, haben sich gehenlassen. Haben sich vergessen. Eine Beziehung, die keine Spuren hinterlassen hat. Er wendet den Blick von ihnen ab und räumt seine Utensilien zusammen.

Die Nacht bricht herein, die Straßenbeleuchtung flammt auf, und verschwommene Lichtexplosionen ziehen durch sein Spiegelbild. Der Verkehr gerät ins Stocken, der Wagen bleibt einen Moment lang stehen, das Licht steht genau zwischen den Augen des Spiegelbilds. Das Auto fährt weiter, das Licht verschwindet.

Glück, denkt Macolieta.

Ein pickelgesichtiger Junge in seinem nagelneuen Cabrio entdeckt Macolieta, als er zur Seite schaut. Er bekommt einen Lachanfall und grüßt ihn mit ausgestrecktem Mittelfinger. Macolieta antwortet mit einem ausgiebigen Gähnen und fragt sich, was er tun muss, um dieses Spiegelbild von sich verschwinden zu lassen, das ihm allmählich auf die Nerven geht.

«Ich wiederhole!», ruft Max. «Reines, beschissenes Glück! Hast du die Dame nach ihrem Namen gefragt, Maco?»

Macolieta ist verdutzt. Er hat Ximena seinen Freunden gegenüber nie erwähnt; doch dann begreift er, dass Max die Animateurin auf dem zweiten Geburtstagsfest meint, mit der er sich zum Schluss ganz angeregt unterhalten hat.

«Lorena», erwidert er schließlich, ohne große Lust auf die zu erwartende Konversation.

«Telefon, Anschrift?»

«Nichts dergleichen.»

«Nichts? Aus? Ende der Geschichte?»

«Eine Geschichte ohne Anfang und ohne Ende ist keine Geschichte, es ist einfach nichts.»

«Nichts? Nicht einmal eine E-Mail-Adresse?» Max lässt nicht locker. «So kann die Liebesgeschichte doch nicht weitergehen.»

«Man verliebt sich nicht gleich, wenn man ein paar Worte und Blicke wechselt.»

«In der Oper wohl», wirft Claudio ein.

Macolieta hat herausgefunden, wie er sein Spiegelbild auslöschen kann: indem er an die Scheibe haucht.

«In einer Oper gibt es Musik. Da aber gab es bloß schreiende Kinder», entgegnet Macolieta, nachdem er eine Atemwolke auf das Glas losgelassen hat.

«In der Oper gibt es auch bloß schreiende Kinder», sagt Claudio.

«Hört mal, Leute, ich habe keine Lust auf diese Sentimentalspielchen. Ich weiß nicht einmal, ob ich dafür überhaupt gemacht bin.»

«Für diese Spielchen sind wir alle gemacht!», ruft Max und stößt Claudio den Ellenbogen in die Rippen. Der Wagen macht einen gefährlichen Schlenker.

«Ja, ja, Darwin.» Macolieta flüchtet sich in Ironie.

«Genau», führt Claudio weiter aus, «Liebe als Mechanismus unseres Intellekts, um schlichte barbarische Impulse zu bemänteln und schöner aussehen zu lassen ...»

«Es lebe der schlichte barbarische Impuls!», schreit Max dazwischen.

«... um uns mit der Utopie von besiegter Einsamkeit und der Illusion von aufgehobener Entfernung zu beruhigen.»

«Ah, die aufgehobene Entfernung», seufzt Max lyrisch wehmütig.

Macolieta schreibt mit dem Finger ein S auf die beschlagene Fensterscheibe, dann ein A, ein N, ein D, ein R, ein I, noch ein N; doch als er zum E kommt, hat sich der Hauch bis an die Buchstabenränder zurückgezogen, vereinigt sich mit dem feuchten Nichts, aus dem sie bestehen, und verschwindet schließlich ganz. Macolieta haucht auf einen anderen Teil der Fensterscheibe und malt rasch das Zeichen für Unendlichkeit.

«Die aufgehobene Entfernung? Was braucht man, um eine Entfernung aufzuheben, Claudio?»

Während er nach der letzten Vorstellung seine Utensilien zusammengeräumt hatte, hatte Macolieta sich unendlich einsam gefühlt. Ximena kam nicht wieder aus dem Haus, er sah sie nicht mehr und erwartete auch nicht, sie jemals wiederzusehen. Er würde ihre Geschichte nie erfahren. Claudio blätterte mit dem Geburtstagskind in der Biografie von Darwin, die er ihm geschenkt hatte. Leichter Wind war aufgekommen. Die Kindergeburtstage dieses Tages waren vorbei, und jetzt blieben nur noch der Heimweg in sein unaufgeräumtes Zimmer, die leere Nacht und ein Brief von Sandrine, der ihn unweigerlich in den Abgrund schmerzlicher Erinnerungen und einer Zukunft ohne Plan stoßen würde. Er starrte auf seine Schuhspitzen, die wie Krokodilmäuler aussahen.

«Wohin gehen wir?», fragte er sie und zielte mit der Riesenspritze auf sie. «Zum nächsten Wochenende», gab er sich selbst zur Antwort, «meinem einzigen Ziel, dem nächsten Kindergeburtstag. Meiner Luftblase.»

Eine kleine Hand zupfte an seiner Jacke und unterbrach das Gespräch mit seinen Schuhen.

«Wer klopft da an?», fragte er mit seiner Clownsstimme.

«Was braucht man für eine Entfernung?», fragte der Kleine mit dem Down-Syndrom. Sein Mund war mit Schokolade verschmiert.

«Hä?»

«Was braucht man für eine Entfernung?», wiederholte der Junge und hielt ihm ein Plastiklineal hin.

«Nun …», erwiderte Macolieta, «dazu braucht man zwei Dinge. Hier, halt mal deine Hand mit der Handfläche nach außen vor deine Brust. So. Ich mache jetzt das Gleiche mit der Hand vor meiner Brust. Siehst du? Der Raum zwischen beiden Handflächen ist eine Entfernung.»

Er nahm das Lineal und zeigte ihm, wie viele Zentimeter lang die von ihnen geschaffene Entfernung war.

«Sollen wir die Entfernung wieder wegmachen?», fragte Macolieta, blitzschnell die Augenbrauen rauf- und runterziehend.

In die Augenschlitze des Jungen trat ein Lächeln, und mit zwei begeisterten Hüpfern tat er sein Einverständnis kund.

Daraufhin entfernten sie sich zehn Schritte voneinander und hoben dann wieder die offenen Hände vor die Brust.

«Du brauchst jetzt nur noch deine Handfläche nach vorn zu strecken, genau wie ich. Siehst du?»

Langsam streckten sie die Arme aus. Der Wind streichelte ihr Lächeln. Sie gingen ein paar Schritte. Der Wind zauste ihre Haare. Noch vier Schritte. Der Wind nahm Fahrt auf und ließ die Baumkronen flüstern. Am Ende berührte die kleine Hand die Handschuhhand des Clowns. Für den Wind war kein Platz mehr zwischen den Handflächen des Kindes und des Clowns, die eine Entfernung weggemacht hatten.

«Entfernung», lässt Claudio sich vernehmen, «ist ein Kausalbegriff von Zeit und Raum. Entfernung besteht nicht zwischen Gegenständen, sondern Ereignissen.»

«Warum bloß muss dieser Clown immer Chinesisch reden?», fragt Max in den Rückspiegel.

Für eine Antwort ist jedoch keine Zeit. Ein dreifaches Clownkopfnicken, hervorgerufen durch abruptes Bremsen von Max, zeigt an, dass sie ihr Ziel erreicht haben.

«Schmink dich ab, nimm eine Dusche und zieh dich um, in welcher Reihenfolge, ist mir egal. In zwei Stunden sind wir zurück, dann trinken wir auf den Zirkus, auf die Liebe und das Glück.»

Der Wagen fährt wieder an, und das Quietschen der Reifen übertönt Claudios Aufschrei. Die Stadt atmet und verschluckt sie an der nächsten Straßenecke.

Im Fahrstuhl betrachtet Macolieta den Handschuh, der eine Entfernung weggemacht hat, und es belustigt ihn, sich seine Hand nicht als Gegenstand, sondern als Ereignis vorzustellen. Dann betritt er seine Wohnung. Er begrüßt weder die durstige Sonnenblume, noch hat er Zeit für einen

Blick auf die Schachpartie des Satyrs und des fahrenden Ritters.

Ohne Licht zu machen, eilt er an seinen Schreibtisch, denn Sandrines Brief ist ein Schrei aus Papier, der nicht mehr warten kann. Er reißt den Umschlag auf, nimmt den Brief heraus, der beim Auffalten leise raschelt, schaltet die Schreibtischlampe an, legt Sandrines geschriebene Stimme in den kleinen Lichtkreis und beginnt – von den Schatten seines Zimmers umringt – zu lesen.

1.3.2
Botschaften

Du schließt hastig deine Zimmertür auf und gehst, ohne Licht zu machen, zum Schreibtisch, denn Verlaines Brief ist ein Schrei aus Papier, der nicht mehr warten kann. Du reißt den Umschlag auf, nimmst den Brief heraus, der beim Auffalten leise raschelt, schaltest die Schreibtischlampe an, legst Verlaines geschriebene Stimme in den kleinen Lichtkreis und beginnst – von den Schatten des Zimmers umringt – zu lesen.

«Mein Weggefährte,

ich weiß nicht recht, wie ich diesen Brief beginnen soll, der vor allem das hohe Lied auf unsere Liebe singen, aber auch den Respekt verdeutlichen will, den meine und deine Träume verdienen. Ja, wahre Liebe wird von freien, unabhängigen, selbstbewussten Menschen täglich aufs Neue gestaltet; von Menschen, die ihre Freiheit, ihre Unabhängigkeit und ihr Selbstbewusstsein miteinander teilen und ihrem Leben damit Erfüllung geben. Dein Talent hat unser beider Leben zu gewaltigen Höhenflügen verholfen und dich mit einem Mal zum Protagonisten unserer Geschichte gemacht. Die Tage ziellosen Umherstreifens liegen hinter uns; Tage, die wie weiße Blätter waren, auf die wir schreiben konnten, was wir wollten. Heute haben wir einen Terminkalender, der uns sagt, was wir wann zu tun haben. Hinter uns liegt die kleine Wohnhöhle im fünften Stock, aus de-

ren Fensterchen wir die nackten Äste der Bäume im Winter betrachteten und den Hieroglyphen ihrer kahlen Zweige einen Sinn zu geben suchten. Erinnerst du dich? Heute haben wir eine geräumige Wohnung, ohne Luxus, die dennoch der Sorge und Pflege bedarf, wenn sie ein Heim sein soll. Hinter uns liegt die Zeit der Jugend, in der Zeit keine Rolle spielte; aus uns sind jetzt junge Erwachsene geworden, die Verantwortung tragen. Hinter uns liegt auch die Zeit, in der die Liebe wie ein Sturmwind in die Segel des Schiffes der Verliebten blies. Der Wind hat sich gelegt, und jetzt hängt das Vorankommen des Schiffes von der Kraft ab, mit der wir rudern.

Alles, was hinter uns liegt, ist wunderschön gewesen.

Und alles, was wir heute haben und was die Zukunft uns bringt, wird noch viel schöner werden.

Wir haben eine Aufgabe, wir haben ein Heim, und wir haben einer den anderen. Das fordert von beiden Wissen, Verantwortung, Respekt und Sorgfalt. Ich liebe das Leben, Balancín, und seitdem ich dich kenne, liebe ich es noch mehr. Ich bin einer der Protagonisten unserer gemeinsamen Geschichte, keine Nebendarstellerin in der deinigen. Es ist zwar immer noch schwer zu akzeptieren, dass ich wegen meiner Arbeit im Hospital und im Rehazentrum nicht immer bei dir sein kann. Aber das ist jetzt nicht das Thema. In diesem Moment würde mich nichts glücklicher machen, als das erste unserer Kinder in mir heranwachsen zu fühlen, es zur Welt zu bringen, es zu lehren, das Leben zu lieben, und es uns lehren zu lassen, das Leben noch mehr zu lieben als bisher. Unser Leben, Balancín.»

Ihm ist warm. Er legt den Kugelschreiber aufs offene Buch, das neben Sandrines Brief liegt, den er gerade gelesen und dessentwegen er diesen anderen – Verlaines Brief – geschrieben hat. Er steht auf und öffnet das Fenster. Er steckt sich eine Zigarette zwischen die Lippen und zündet sie an. Ihn ärgert, dass er den Mond nicht sehen kann. Nicht einmal einen Stern. Die luftverschmutzte Nacht ist ein riesiger Stein im Fluss, glatt, feucht, schwarz. Als er an Fluss denkt, denkt er an Wasser, und da fällt ihm voller Schrecken seine Sonnenblume ein.

Er eilt zu ihr und findet sie mit hängendem Kopf neben dem Wasserglas, die Blütenblätter übersät mit besorgniserregenden kaffeebraunen Flecken, die haarigen, ausgebleichten Blätterlappen zeigen anklagend nach unten auf die trockene Erde im Topf. Er trägt sie zum Spülbecken und gibt ihr Wasser. Ertränkt sie in Wasser.

«Verwelke mir nicht», bittet er sie und trägt sie ans Fenster zurück. «Morgen wirst du den ganzen Tag Sonne haben und Wasser, so viel du willst. Versprochen. Bitte, stirb nicht, Sonnenblume.»

Er hebt den Blick hinauf zu dem schwarzen, glatten, trockenen Stein und fragt:

«Hör mal, Gott, kann man um das Leben einer Blume bitten?»

Stimmen im Park und ein Motorrad in der Ferne sind die einzige Antwort.

«Dann bitte ich dich, lass meine Sonnenblume nicht sterben.»

Er zieht an der Zigarette, und als er den Rauch ausstößt, kommt er sich mit einem Mal albern vor. Und danach kommt er sich doppelt albern vor, weil er sich selbst zur Rechenschaft gezogen hat und sich beim Zurrechenschaftziehen albern vorgekommen ist.

Er geht zum Schreibtisch zurück, nimmt den Kugelschreiber, legt ihn wieder hin. Statt zu schreiben, nimmt er Sandrines Brief und liest ihn noch einmal:

Überraschung! Ja, ich bin's, Sandrine, von jenseits des Meeres, und ich schreibe dir in deiner Sprache. Überrascht? Hier nervt mich eine Fliege, während ich dir schreibe, aber ich mag sie nicht totschlagen. Ich verscheuche sie, aber sie kommt immer wieder angeflogen. Ich bin in Barcelona. Ich habe ein bisschen getrunken und vielleicht deswegen die Dummheit begangen, dir zu schreiben. Ich war mit Freunden unterwegs. Wir sind durch die Bars an der Rambla gezogen und haben Tapas gegessen. Einer meiner Freunde arbeitet da als Chaplin-Imitator. Er ist Italiener und macht das sehr gut. (Das als Chaplin, meine ich, nicht das als Italiener; na, als Italiener natürlich auch.) Wie lange ist es her, dass wir uns getrennt haben? Ah – höre ich dich mit vor Ärger dunkler Stimme rufen –, seit du ohne ein Wort des Abschieds fortgegangen bist! Zugegeben. Wie lange ist es her, dass ich fortgegangen bin, weil ich deine Unentschlossenheit nicht mehr ausgehalten habe? Warum hast du mich nie geküsst, Blödmann? Und da du mich nicht einmal geküsst hast, konntest du von einem Sprung über den Ozean nur träumen, nicht wahr? So war unsere Liebe, und das war nicht gut. Oder war sie doch gut, und wir haben es bloß nicht gemerkt? Besser so für beide. Aber es gibt da ein Problem. Trotz all der Jahre, die vergangen sind, kriege ich dich nicht aus meinem

Kopf. Ich muss wohl ein bisschen betrunken sein, denn mir scheint, das sollte ich dir eigentlich nicht schreiben, oder? Was soll's! Es steht jetzt da, und ich werde es nicht durchstreichen. Ich streiche in meinem Leben nichts, ich mache weiter. Mensch, was nervt diese Fliege! Glaube aber bloß nicht, dass ich dir all die Jahre hinterhergeweint habe! Nein, mein Herr, das nicht. Auf Liebe und Sex habe ich nicht verzichtet, die Kerle am Ende aber immer zum Teufel geschickt (bin manchmal auch selbst zum Teufel geschickt worden); nur dich kann ich nicht vergessen. Ob es daran liegt, dass wir nie miteinander geschlafen haben? Na ja, ich bin schon ein seltsames Wesen. Hast recht daran getan, Macolieta, nicht zu kommen. Bist lieber in Deckung geblieben. Aber hättest du jetzt nicht Lust, mich zu besuchen? Vielleicht sind wir nun zu diesem Kuss bereit, den wir uns niemals gegeben haben, und zu … Bis Ende Oktober werde ich in Barcelona sein. An den Wochenenden bin ich immer am Nudistenstrand zu finden. Ein guter Rat, mein Lieber: Trinke niemals Rotwein, Margaritas und Bier durcheinander. Mein Kopf beginnt zu brummen. Die Frage ist, ob das am Alkohol liegt oder an der Brummfliege, die mich umschwirrt.

Ja, denkt Macolieta, viel vertragen hat sie nie, und Tequila hat sie immer schnell aus den Schuhen gehauen. Mit dem Handrücken wischt er sich den Schweiß von der Stirn. Durch das offene Fenster strömt keine frische Luft ins Zimmer, nur Insekten kommen hereingeflogen und schwirren um die Lampe. Einige verbrennen knisternd an der Glühbirne. Er zündet sich eine neue Zigarette an. «… zu diesem Kuss bereit, den wir uns niemals gegeben haben, und zu …»

Wie soll er Sandrines Brief verstehen? Als aufrichtiges Bekenntnis? Als nostalgischen Anfall, vom Alkohol aufgeblähte Sehnsucht? Ein böser Scherz aus der Ferne? Der Brief kommt ihm vor wie einer der stachelbewehrten Bauern (oder eher die schlanke Königin?), mit denen der Ritter auf dem Gemälde spielt. Vielleicht ist das, was sie schreibt, genau das, was sie sagen will, ohne verborgene Botschaft, ohne zu entschlüsselndes Geheimnis. Er greift zum Kugelschreiber, doch anstatt einen Antwortbrief an Sandrine zu beginnen, wendet er sich dem anderen Brief zu, dem im blauen Buch, den der andere Clown im Halbdunkel seines Hotelzimmers gerade liest.

Dein Bühnenerfolg hat uns vollkommen überrascht, Balancín. Geben wir es zu! Kein Mensch hat uns darauf vorbereitet. Es scheint alles viel zu schnell gegangen zu sein. Wir hatten keine Zeit, den Erfolg zu verdauen, uns auf die gewaltigen Veränderungen einzustellen, die unser Leben umgekrempelt haben. Glaube mir, ich verstehe die Faszination, die das alles auf dich ausübt, und ich teile deine Freude; aber ich weiß nicht, ob du auch den Wirbelsturm so erlebst, wie ich ihn erlebe. Ich möchte, dass du alles erreichst, was du dir vorgenommen hast, und ich möchte, dass deine Pläne auch meine Pläne werden; aber ich möchte selber ebenfalls erreichen, was ich mir vorgenommen habe, und dass meine Pläne auch für dich von Bedeutung sind. Nur so kann ich mir ein Leben zu zweit vorstellen, das sich weiterentwickelt, weil beide Teile sich Raum geben, zu wachsen. Du gibst meinem Leben einen Sinn, doch mein Leben ist mehr als das Leben an deiner Seite. Ich habe dir geschrieben, am Anfang eines Lebens zu zweit sei die Liebe der Wind, der das Segel des gemeinsamen Bootes bläht. Vielleicht ist das bessere Bild jetzt das zweier Boote, deren Ruderer sich bemühen, auf gleicher Höhe zu bleiben. Weißt du noch, wie wir dem Karussellpferdchen die Libellenflügel gebastelt und zusammengeklebt haben? Ich liebe es, dich fliegen zu sehen. Dein Flug inspiriert mich, meine Zweige auszustrecken und bis in den Himmel wachsen zu lassen. Mit meinen Plänen für die Arbeit in Rehazentren und den Krankenhausbesuchen mit den Clowndoktoren bleibe ich auf der Erde. Ich bin dein Baum, Balancín; in mir findest du Frieden, Halt, Kraft und das bisschen Verrücktheit, das deinem Flug Auftrieb gibt. Dein Baum, mein Lieber, hat den unbändigen Wunsch, Früchte zu tragen.

Aus dem Augenwinkel glaubt Macolieta, kurz das Flimmern eines Sterns in der Fensteröffnung gesehen zu haben. Doch als er hinausschaut, sieht er nichts. Nur diesen großen, glatten, feuchten Stein, der schwarz über der Stadt hängt. Wahrscheinlich war es ein Flugzeug, dessen Licht die schmutzige Luft für einen Moment durchstoßen hat. Oder einfach nur sein Wunsch, einen Stern zu sehen.

Er fühlt sein Herz rasen und beginnt – die Dunkelheit durcheinanderwirbelnd – im Zimmer umherzuwandern. Das einzige Licht kommt von der Schreibtischlampe, um die die Insekten tanzen und sterben. Er fragt sich, ob er Mitleid mit diesen winzigen Kreaturen haben soll, die eine Illusion umflattern und dafür sterben, oder ob er sie beneiden soll, weil diese Illusion ihrem Leben einen Sinn gibt.

Er stößt gegen ein Stuhlbein, flucht, zündet sich eine neue Zigarette an und kehrt zu Sandrines Brief zurück.

Willst du wissen, was ich in den letzten Jahren gemacht habe, außer, dich nicht zu vergessen? Ich bin immer noch Clownin (Wie geht es Max?) und erlebe die menschliche Tragödie (Wie geht es Claudio?) aus nächster Nähe. Ich war mit einem Zirkus im Krieg im Nahen Osten. Wir haben unsere Vorstellungen in den Ruinen bombardierter Städte gegeben, nur um den Kindern dort eine Freude zu machen, ihnen eine Atempause von all der Gewalt, dem Hass und dem Terror zu verschaffen. Ein Zirkus im Krieg?, wirst du dich fragen und so ein Unternehmen für verrückt, vielleicht sogar leichtfertig halten, wie viele andere das tun. Aber hättest du die Tränen der Dankbarkeit bei den Erwachsenen gesehen, als sie ihre Kinder und Enkel wieder lachen sahen; hättest du gesehen, wie diese im Krieg matt und stumpf gewordenen Kindergesichter aufleuchteten, sobald die Clowns in die Arena gestolpert kamen, mit Bällen jonglierend, riesige Seifenblasen schweben ließen und ihre jungen Zuschauer zum Mitmachen animierten, dann würdest du sofort die Begeisterung dieser großartigen Engländerin teilen, die das Unternehmen gegründet hat. In der kurzen Zeit, die ich dabei war, habe ich den Kindern am liebsten Jonglieren beigebracht (so wie dir früher). Wir haben es mit Steinen gemacht. Glaubst du mir, dass allein die Tatsache, dass man Steine, die in den Augen dieser Kinder bislang nur Wurfgeschosse waren, zu Gegenständen des Spielens, Koordinierens und etwas Magischem macht, die Anwesenheit eines Clowns mitten in der Apokalypse rechtfertigt? Die anderen haben noch viel mehr gemacht als ich. Neben den Vorstellungen haben sie mitgeholfen, Häuser aufzubauen, Trinkwasser heranzuschaffen, Latrinen auszuheben, haben sich Hunderte von verzweifelten Geschichten angehört, um sie in eine gleichgültige Welt hinauszutragen. Du glaubst nicht, welche Schrecken ein Krieg mit sich bringt, Macolieta. Niemand kann es verstehen, der es nicht selbst erlebt hat. Aber ich war nicht stark genug. Meine Angst vor Explosionen zu jeder Tages- und Nachtzeit, dem Schreien und Weinen, dem unablässigen Knattern der Maschinengewehre wurde immer größer, und der Anblick von Ruinen, verwaisten Kindern, Verwundeten, von Gewalt und Verzweiflung hat meine Seele vergiftet, bis ich es nicht mehr ausgehalten habe und ohne ein Wort des Abschieds davongelaufen bin. Ich war geschlagen.

Ah, jetzt sind es schon zwei Fliegen, die mich hier nerven. Ich bin nach Paris zurückgefahren und habe dort einen Straßenkünstler getroffen, der die Schrecken des Krieges ebenfalls nicht ertragen und mich eingeladen hat, bei der BAC mitzumachen. *Mouche de merde!* Nein, mein Lieber, nicht du. Dieses blöde Fliegenpärchen, das mich so nervt. BAC steht für *Brigade Activiste de Clowns*. Das ist eine Vereinigung von Straßenkünstlern, die ihre Aufgabe darin sieht, Missstände unseres kapitalistischen Systems aufzudecken, auf ökologische Gefahren hinzuweisen oder das elitäre Verhalten der Bourgeoisie zu kritisieren, ohne einer politischen Partei anzugehören. Sie wollen nur mit *happenings*, überraschenden Auftritten, Spontandarbietungen und Spaßaktionen auf ihre Anliegen hinweisen. Suche mal auf YouTube, vielleicht entdeckst du mich da bei den Feiern zum 14. Juli, wie ich mich – über und über mit Tomatensaft bekleckert – vor die Ketten der Panzer werfe und wie wir bei der Militärparade mit Plastikwaffen und als Skelette verkleidet den

Militarismus der Herrschenden anprangern. Tja, aber auch dort bin ich fortgelaufen. Diesmal nicht wegen einer endlosen Angst, sondern wegen einer beendeten Liebe. Ich war mit einer Clownin zusammen. Es war kurz und himmlisch; aber als es auseinanderbrach, war auch eine Zusammenarbeit nicht mehr möglich. Also bin ich wieder auf meinen Papierdrachen gestiegen und nach Barcelona geschwebt. «Mir scheint immer, dort, wo ich nicht bin, wäre ich glücklich, und wo wir unseren Aufenthalt nehmen könnten, ist eine der Fragen, über die ich mich unaufhörlich mit meiner Seele unterrede» (Baudelaire, *Der Spleen von Paris*).

Wie gut die Dichter solche Dinge in Worte zu fassen vermögen, nicht wahr? Aber mein Baudelaire war weniger Dichter als ein Dichterdämon in Verbannung. Jedenfalls warte ich jetzt darauf, mich den Clowns ohne Grenzen anzuschließen, die mich wieder in Kriegsgebiete bringen werden, damit ich meine Ängste besiege, in der Hölle gefangene Kinder zum Lachen bringe und sie lehre, mit Steinen zu jonglieren. Warum kommst du nicht mit, Macolieta? Vielleicht findest du hier die Antworten auf deine ewigen Fragen, die wie die beiden verdammten Fliegen hier sind, die mich beim Schreiben um den Verstand zu bringen suchen.

Du bist ein berühmter Clown geworden, und du bist mein Lebensgefährte. Wenn du willst, bist du auch der künftige Vater unserer Kinder. Du bist der Jäger des Regenbogens und der, der Milchkaffee am Morgen trinkt und dabei Gedichte liest. Du bist der Freund deiner Freunde, der Träumer, der Straßenkünstler und wieder der berühmte Clown. Das alles bist du, Balancín, eine Wahl brauchst du nicht zu treffen. Lass dich nur nicht von einer dieser Eigenschaften allein vereinnahmen und arm machen. Ich schreibe dir dies nach einem Traum, den ich gestern hatte. Du standest auf einer Wolke, die die Form eines wilden Ponys hatte. Darüber stand der Mond mit dem breiten Grinsen von Carrolls unsichtbarer Grinsekatze. Du hast mit zwei blutenden Herzen und einer großen Feuerkugel jongliert. Dein Gesicht war schweißüberströmt, und ich wusste, dass deine Arme schwer wurden, deine Muskeln dir nicht mehr gehorchen wollten. Die Wolke löste sich auf und der Mond schien umso heller. Du hast gekeucht und mit den Zähnen geknirscht, die Arme zu bewegen erforderte übermenschliche Kräfte. Jedes Herz und der Feuerball waren so groß, dass du nur eines von ihnen in jeder Hand halten konntest. Mit einem animalischen Schrei hast du sie dann hoch über deinen Kopf in die Luft geworfen und gebannt ihren Fall verfolgt. Nur zwei würdest du mit deinen Händen auffangen können. Ich bin aufgewacht, bevor ich wusste, wen von den dreien du fallen lassen hast.

Dieser Brief ist eine Botschaft, eine Frage in einer Flaschenpost, die ich von meiner Insel ins Meer geworfen habe.

Ich will eine Familie gründen, meine Pläne verfolgen. Ich selbst habe auch Flügel und weiß, dass wir zusammen fliegen können.

Du bist nur das Meer, das die Flaschenpost aufgenommen hat …

Doch wenn du dich nicht überwindest, fürchte ich, dass mir meine Freiheit wichtiger ist und ich sie nicht jemand opfern werde, der meine Träume nicht respektiert.

Bist vielleicht auch das Ufer, an das sie angespült wird …

Lass nicht die Herzen fallen, Balancín!

… oder der, der über den Strand läuft und sie findet.

Lass uns zusammen die Ruder eintauchen, Liebster!

Und du bist die Antwort.
Deine …

Für immer …

Sandrine.

Verlaine.

(Fort sind die Fliegen.)

Macolieta legt den Brief auf den Schreibtisch zurück und starrt mit leeren Augen ins Leere. Er nimmt einen tiefen Zug von seiner Zigarette, hält den Rauch im Hals fest und stößt ihn dann aus wie einen Pfeil aus dem Blasrohr. Er schaltet die Schreibtischlampe aus, der glatte, schwarze, feuchte Stein gleitet in sein Zimmer, in dem die Glut seiner Zigarette glimmt wie ein einsamer Stern. Dann greift er zum

Kugelschreiber und schreibt im Dunkeln den nächsten Absatz:

Du legst den Brief auf den Schreibtisch zurück und starrst mit leeren Augen ins Leere. Du stößt einen Seufzer aus und hältst die Luft an. Du löschst das Licht, die Insekten verschwinden, und in der Dunkelheit des Zimmers schwebt ein einzelnes leuchtendes Glühwürmchen wie ein einsamer Stern.

1.3.3
Bingo

«Und du, was willst du tun?», fragt Max Macolieta, während er ihm und Claudio die Spielbretter für das neue Bingospiel zuteilt und die Kärtchen mit den aufgedruckten Symbolen mischt.

Claudio, der schon ein paar Tequilas getrunken hat, ordnet seine roten Bohnen, die sie als Spielsteine benutzen, während Macolieta Sandrines Brief einsteckt, über den er gerade mit seinen Freunden gesprochen hat, nachdem er ihnen den letzten Eintrag über Balancín aus dem blauen Buch vorgelesen hatte.

Den ganzen Abend schon hat er das Gefühl, als wäre eine Wolke in seinem Hirn gefangen und wälze sich dort unruhig hin und her. Die Geräusche von ihm und seinen Freunden vermischen sich mit den hervorspringenden Formen des halbdunklen Zimmers und bilden eine Masse aus tönendem Staub, aus der heraus er die Schatten seiner Freunde über die Wand huschen sieht, an der das Bild mit dem Satyr, dem Ritter und dem Maskenschnitzer hängt. Die Wolke umhüllt Max, Claudio und ihn innen und außen. Die Wolke besteht aus Träumen. Aber es ist kein Traum. Er ist wach, lebendig. Die Wolke ist wirklich. Alles, was ihn umgibt, ist wirklich.

«Und du, was willst du tun?», wiederholt Max seine Frage. (Oder fragt er zum ersten Mal?)

Macolieta betrachtet seine Kleidung und kommt sich kostümiert vor. Sein Blick fährt über den geflickten Vorhang, gleitet über das Bild, auf dem sich die Schatten bewegen, über seinen Lesesessel, die Sonnenblume, und alles wird ihm zu Gegenständen einer Bühnendekoration, die den Raum eines fiktiven Universums füllen. Claudio und Max? Darsteller. Er selbst? Darsteller. Und der Autor des Werkes? Unbekannt. Was denkst du bloß für albernes Zeug!, schilt er sich im Stillen.

Er schließt die Augen, schüttelt den Kopf und richtet sein Spielbrett, damit er beim Bingo mitmachen kann. Dies ist das wirkliche Leben, kein Theaterstück.

MAX: *(hält das erste Kärtchen hoch)* «Ist rund wie eine Kugel, und wir kugeln darauf herum!»

CLAUDIO: *(hält die Hände wie einen Lautsprechertrichter an den Mund)* «Die Erde!»

MAX: *(zu Macolieta)* «Und du, was willst du tun?»

MACOLIETA: «Ich werde Balancín tun lassen, was er will. Ich gebe ihn frei.»

CLAUDIO: «Dann wirst du aber seine Geschichte nicht zu Ende schreiben.»

MACOLIETA: «Es mag zwar so aussehen, als benutzte ich meine Figur, um eine Geschichte zu erzählen; aber ebenso gut könnte es sein, dass die Figur meine Hand und meine Gedanken benutzt, um ihre Geschichte zu erzählen.»

MAX: «Aber ich spreche doch nicht von Balancín. Ich meine dich und Sandrine. Was willst du tun? Setzt du dich in einen Flieger und besuchst sie, oder schickst du sie zum Teufel?»

Macolieta: «Die Hand, die meine Geschichte schreibt, wird mich führen, wohin ich gehen muss.»

Claudio: «Dem theologischen Determinismus zufolge hat Gott alles erschaffen, einschließlich der Zukunft jedes Atoms, aus dem das Universum besteht. Alles ist vorbestimmt. Alles steht geschrieben.»

Macolieta: «Oder bin ich es, der der schreibenden Hand meine Geschichte diktiert?»

Max: *(zieht ein neues Kärtchen)* «Rauf und runter, rauf und runter, das rote Flaschenteufelchen ist munter.»

Claudio: *(eine Bohne auf sein Spielbrett legend)* «Der kartesische Taucher.»

Macolieta: «In meinem Kugelschreiber liegt Balancíns Zukunft. Ich will aber, dass er frei ist.»

Max: *(wird allmählich ärgerlich)* «Aber du; DU, Idiot! Was, zum Henker, willst du tun?»

Macolieta: «Ich werde aufschreiben, was Balancín zu tun gedenkt.»

Max: «Könnte sein, dass Balancín sich den Hintern hält, wenn du aufschreibst, was er tut, nachdem ich dir in den selbigen getreten habe, weil du glaubst, hier den Schlauberger geben zu müssen.»

Claudio: «Der Mensch kann nur das sein, was sein soziales Umfeld aus ihm macht. Das nennt man Sozialdeterminismus.»

Max: *(lauthals)* «… geht zum Brunnen, bis er bricht.»

Claudio: «Der Krug.»

(Macolieta legt eine Bohne auf sein Spielbrett.)

Macolieta: *(seufzend)* «Und ich, was soll ich tun?»

Max: «Genau. Was?»

Claudio: «Haben wir die gesamte genetische Information eines Menschen, können wir seine zukünftige Entwicklung ziemlich genau voraussagen. Genetischer Determinismus. Fürs Erste, scheint mir, wirst du schreiben.»

Macolieta steht auf, nimmt sein Spielbrett und eine Handvoll Bohnen und geht damit zum Schreibtisch. Er greift zum Kugelschreiber und schlägt das blaue Buch auf. Die Masse tönenden Staubes wird aufgewirbelt, die Wolke wälzt sich wieder dahin. Dabei wirkt alles so real!

«Warum fliehst du, feiger Molch, hast du doch den spitzen Dolch?», deklamiert Max, ein neues Kärtchen vom Stapel nehmend.

«Tapferer Held!», platzt Claudio heraus, eine Bohne auf einem Feld seines Spielbretts platzierend.

Bevor er die Spitze des Kugelschreibers aufs Papier setzt, vergewissert sich Macolieta, dass es das Symbol des tapferen Helden auf seinem Spielbrett nicht gibt.

Du hast geträumt, man hätte dich in einer Wüste ausgesetzt mit der Aufgabe, sie in einen Wald zu verwandeln, und beim Aufwachen hast du gleichzeitig Freiheit und Furcht verspürt, wie schon lange nicht mehr. Bislang – überlegst du – kommt dir dein Leben wie ein immerwährendes Reagieren auf Ereignisse vor, und die Ereignisse schienen immer schon die Antwort Ja zu enthalten. Ja dazu, Verlaine nach Europa zu folgen; Ja dazu, ziellos mit ihr durch die Stadt zu streichen; Ja zu den Vorstellungsgesprächen; Ja zu den Kursen; Ja zu den ersten Aufführungen; Ja zum Erfolg; Ja zum Ruhm; Ja zu der ganzen Zeit, in der es nichts anderes als die Bühne für dich gab. Ja, ja, ja. Eine der Übungen, den Clown in sich zu entdecken, verlangte von den Studierenden, permanent affirmativ zu sein. Ja zu allem, zu jeder Frage, mochte sie noch so haarsträubend sein. Sind Sie ein Genie? Ja. Sind Sie ein Idiot? Ja. Wie können Sie zugleich ein Genie und ein Idiot sein? Ja. Können Sie fliegen? Ja.

Genauso hast du es dein ganzes Leben lang gehalten, denkst du, du bist im affirmativen Modus geblieben, hast dadurch vermieden, das, was du tust, in Frage zu stellen, hast immer nur reagiert. Doch reagieren reicht nicht mehr. Jetzt braucht es Antworten. Du musst Entscheidungen treffen und für die Folgen dieser Entscheidungen Verantwortung übernehmen. Verlaines Brief ist nicht irgendein Brief, so viel ist dir klar. Er ist ein Ultimatum. Dir ist klar, dass die Richtung, die eure Beziehung nimmt, und damit auch die Richtung, die dein Leben nimmt, von deiner Antwort abhängt.

Du springst aus dem Bett, verhedderst dich im Laken, das wie ein heruntergerissener Vorhang auf dem Boden liegen bleibt, greifst zum Telefon und rufst den Produzenten an. Du hörst seine Stimme auf dem Anrufbeantworter und bist froh, ihn nicht selbst am Apparat zu haben, denn eine Nachricht zu hinterlassen erspart dir lange Erklärungen.

«Hallo», grüßt du ganz entspannt, «mir ist heute Morgen etwas Unvorhergesehenes dazwischengekommen, das Fernsehinterview müssen wir daher streichen. Tut mir leid. Wir sehen uns später bei der Probe. Grüße. Ciao.»

Du schaust auf die Uhr, und die drei mit unterschiedlicher Geschwindigkeit sich ewig im Kreis drehenden Zeiger zeigen dir, dass du noch ein wenig warten musst, bis das Kaufhaus öffnet, in dem du die Dinge einkaufen willst, die du brauchst, um die Antwort an Verlaine in Szene zu setzen. Du bereitest dir einen Tee zu, und mit jedem Schluck genießt du dann dieses Gefühl von Freiheit und Furcht, mit dem du aufgewacht bist. Dein Blick fällt auf das Bettlaken am Boden, und du denkst an eine weiße Wüste, die du in einen Wald verwandeln sollst.

«Schritt für Schritt geh ich nach oben, doch geh ich auch nach unten», deklamiert Max in feierlichem Ton und hält dabei eines seiner Kärtchen in die Höhe.

«Treppe», sagt Claudio, stellt aber zugleich fest, dass sich kein Treppenfeld auf seinem Spielbrett findet.

Verdächtig grinsend legt Macolieta eine Bohne auf eines seiner Spielfelder und reibt sich in Erwartung des nächsten Kärtchens schon die Hände.

Wieder wälzt sich die Wolke durch sein Hirn, tritt durch die Augen nach draußen und verteilt sich im Zimmer. Die Schatten, die sich über das Bild bewegen, scheinen ihm wirklicher zu sein als jene, die sie werfen. Und sein Schatten … Wo ist sein Schatten?

«Der Mantel der Armen!», ruft Max.

«Die Sonne», sagt Macolieta.

«Bingo!», schreit Claudio, der Sieger.

Macolieta schüttelt enttäuscht den Kopf, denn ihm hätte zum Sieg nur noch eine Bohne im Feld des Todes gefehlt. Knurrend fegt Max sein Spielbrett vom Tisch, die Kärtchen und Bohnen fallen mit einem Geräusch wie von einem prähispanischen Musikinstrument zu Boden. Harte Samenkörner, die durch das Labyrinth eines ausgehöhlten Baumstamms ohne Wurzeln rasseln. Macolieta dreht sich der Kopf. Oder ist es das Zimmer, das sich dreht? Diese alles umhüllende Wolke ist nur ein Fantasienebel, beruhigt er sich. Dieser Stift in meiner Hand ist wirklich, das blaue Buch auf meinem Schoß ist wirklich, die Wand, das Bild, die Nacht … alles ist wirklich. Die schimmernden Flecken, die den Spiegel einrahmen, sind keine Glühbirnen, sondern Scheinwerfer, die ein Bühnenbild beleuchten. Ja, es ist alles wirklich, wirkliche Theaterwirklichkeit. Nein. Wo ist das Publikum? Die Wolke hüllt alles ein. Dahinter: die Welt. Ich dreh durch, denkt Macolieta; aber nur in dieser Nacht. Die Vorstellung muss weitergehen. Dies ist keine Bühne, sondern meine Wohnung; keine Aufführung … Dies ist die Wirklichkeit.

MACOLIETA: «Irgendwie bin ich heute nicht ganz Ich.»
MAX: «Du bist nicht ich?»
MACOLIETA: «Nicht du. Ich!»
MAX: «Du bist Du?»
MACOLIETA: «Ja, ich glaube, ich bin mehr Du als Ich.»
MAX: «Das erklärt, warum du heute nicht ganz Ich bist.»
CLAUDIO: «Für Descartes ist das Ich die denkende Substanz.»
MACOLIETA: «Vielleicht bin ich auch ein bisschen Er …»
MAX: *(zeigt auf Claudio)* «Du bist er?»
CLAUDIO: «Das Ich ist für Hume eine Vielzahl von Akten.»
MACOLIETA: «Nein, ich meine, ich fühle mich wie ein Er außerhalb des Ich.»
MAX: «Und Du?»
CLAUDIO: «Heidegger behauptet, Sein sei ein permanenter Versuch von Begreifen und Interpretieren.»
MACOLIETA: *(sich den Kopf kratzend)* «Ja, auch ein bisschen Du, und ein bisschen Er, aber kein bisschen Ich. Oder nur ein ganz kleines bisschen.»

Claudio: «Für Freud ist das Ich nur ein Teil unserer Psyche …»

Macolieta: *(nachdenklich)* «Ich bin nur ein Teil meiner Psyche …»

Max: *(zu Claudio)* «Warum zitierst du eigentlich immer nur tote Denker?»

Macolieta: «Eine Vielzahl von Akten …»

Claudio: «Die Zitate sind der Schild meines Unwissens.»

Macolieta: «Ein permanenter Versuch von Begreifen und Interpretieren …»

Max: «Schildlein, Schildlein an der Wand, wer hat hier nicht alle Tassen im Schrank? Allmählich wird's langweilig.»

Macolieta: «Eine denkende Substanz. Heute bin ich definitiv nicht ganz ich.»

Claudio: «Und was tust du?»

Max: «Ich langweile mich.»

Macolieta: «Ich sehe dem Tanz unserer Schatten auf dem Gemälde zu.»

Max: «Ich langweile mich.»

Claudio: «Du befindest dich in Platons Höhle.»

Max: *(springt vom Stuhl auf)* «Die Höhle! Gute Idee. Ich geh mal aufs Klo.»

Claudio: «Und ich werde am Fenster frische Nachtluft schnuppern.»

Macolieta: «Und ich, was tue ich?» *(schreibt)*: *Du warst eine ganze Stunde im Kaufhaus, um all die Dinge zu besorgen, die du benötigst: zwei rote Kissen, blaue und grüne Bänder, einen Gummiball, Seidenpapier, einen Schnuller, eine Rassel und Plakatkarton. Eine halbe Stunde später bist du wieder in deinem Hotelzimmer und bastelst deine szeni-*

sche Antwort auf Verlaines Brief. Als du fertig bist, wickelst du alles in das weiße Wüstenbettlaken ein und gehst damit in den nächsten Park. Du hast dich als Clown verkleidet und geschminkt. Die Leute lächeln und schauen dir neugierig zu, wie du eine Videokamera aufs Stativ stellst, den Fokus ausrichtest, das Bettlaken auf dem Rasen ausbreitest, dass es aussieht wie eine Wolke in Form eines Pferdekopfes, und einen Halbmond aus Pappkarton in den Baum hinter dem Bettlaken hängst. Du drückst den Aufnahmeknopf der Kamera, stellst dich auf den Bettlaken-Wüste-Wolke-Pferdekopf und beginnst mit den beiden Kissen, die du mit den Bändern in Herzform gebunden hast, und dem Gummiball, den du mit gelben und orangefarbenen Papierstreifen als Flammenzungen beklebt hast, zu jonglieren. Nach wenigen Minuten fängst du an, dein Gesicht zu verziehen, wie in Verlaines Traum, den sie dir in ihrem Brief beschrieben hat. Als es aussieht, als könntest du nicht mehr, als wärst du mit deinen Kräften am Ende und deine Arme würden jeden Moment kraftlos herabsinken, wirfst du mit einer letzten Willensanstrengung Herzen und Feuerkugel, so hoch du kannst, in die Luft. In den zwei Sekunden, die sie brauchen, um den höchsten Punkt zu erreichen und wieder hinunterzufallen, richtest du den Blick auf die Kamera (du weißt, dass du jetzt direkt in Verlaines Augen schaust), hebst Schultern, Hände und Augenbrauen mit einem Ausdruck von «Was mache ich jetzt?», stellst dich dann – in den Beinen federnd und die optimale Balance suchend – hin und schaust nach oben, fängst mit jeder Hand ein Herz, trippelst mit kleinen Tennisspielerschritten umher, bis du die richtige Position gefunden hast und die Gummiball-Feuerkugel so auf-

fangen kannst, dass sie genau zwischen den beiden Herzen landet. Dann kickst du mit der Fußspitze Schnuller und Rassel in die Luft, und mit einem Lächeln so breit wie der Mond im Baum und unter dem Applaus der Zuschauer, die dankbar sind, ihrer Alltagsroutine durch die unerwartete Darbietung im Park für kurze Zeit entronnen zu sein, jonglierst du nun mit den beiden Herzen, dem Schnuller, der Rassel und dem Feuerball.

«Der Mondschein der Verliebten!»
«Im Stadtpark die Laterne!»
«Bingo!»

Zurück im Hotel, schickst du die Aufnahme an Verlaines E-Mail-Account und benachrichtigst sie per SMS. Eine Viertelstunde später bekommst du eine Antwort-SMS mit den drei abgedroschensten Wörtern im Vokabular der Zärtlichkeiten, und die in jubelnden Großbuchstaben: ICH LIEBE DICH.

MAX: *(aus dem Bad hallend)* «Und du, was willst du tun?» *(Danach das Rauschen der Klospülung.)*

MACOLIETA: «Ich weiß es nicht. Ich bin der personifizierte Zweifel.»

CLAUDIO: «Benutz' deinen Verstand.»

MAX: «Benutz' deine Sinne.»

MACOLIETA: «Den Verstand ...»

CLAUDIO: «Das Feuer, das Licht in die Höhle bringt.»

MAX: *(aus dem Bad kommend und sich die Hände mit einem Handtuch abtrocknend)* «Dass mir keiner Feuer in die

Höhle bringt, aus der ich gerade komme, die würde explodieren.»

Macolieta: «Kein Feuer, nur ein Streichholz. Wir wollen bescheiden sein.»

Max: «Der Verstand ist kein Streichholz.»

Claudio: *(hebt ein Buch vom Boden auf)* «So viel Lektüre zu bewältigen, so viel Erkenntnis zu gewinnen, und dann müssen wir ja auch noch leben!»

Macolieta: «Wir lesen nicht, um zu lernen; wir lesen, um zu fühlen, zu zweifeln und die Turbulenzen nicht zu verpassen, die unser Leben in Bewegung halten.»

Max: «Himmel! Ihr seid ja betrunken.»

Claudio: *(starrt versonnen in sein Glas)* «Das Leben ist ein Glas.»

Max: «Das Leben ist kein Glas.»

Claudio: «Lebensziele sind die Flüssigkeit, mit denen das Glas gefüllt ist.»

Max: «Ziele sind nicht flüssig.»

Claudio: «Flüssigkeit ohne Glas entbehrt der Form.»

Max: «Pipi ist auch flüssig.»

Claudio: «Ein Glas ohne Flüssigkeit ist immer noch ein Glas.»

Max: «Das Leben ist, wie es ist.»

Claudio: «Oder umgekehrt. Das Leben ist die Flüssigkeit, und das Glas die Pläne, die Ziele, das Tun.»

Macolieta: «Das Leben ist ein Fluss, ein Wasserfall. Mutig heranstürmende Wellen, die gegen die Steilküste branden und daran zerbrechen.»

Max: «Ist das alles jetzt Philosopie oder Poesie?»

Macolieta: «Beides.»

MAX: «Für mich ist Philosophie …» *(tippt sich mit dem Zeigefinger an die Schläfe.)*

MACOLIETA: «Kuckuck, Kuckuck.»

CLAUDIO: «Zweifelhaft?»

MAX: «Mehr als das.»

CLAUDIO: «Nun, indem du Kritik an ihr übst, sie negierst, wirst du zu einer Stimme innerhalb der Philosophie.»

MACOLIETA: «Kuckuck, Kuckuck.»

CLAUDIO: «Jeder Mensch ist ein Philosoph.»

MACOLIETA: «Philosophen sind keine Clowns.»

MAX: «Clowns sind keine Menschen!»

CLAUDIO: «Würden wir sämtliche Elemente und alle Gesetzmäßigkeiten der Wirklichkeit kennen, könnten wir die künftigen Stadien dieser Wirklichkeit voraussagen: wissenschaftlicher Determinismus.»

MAX: «Kuckuck, Kuckuck.»

MACOLIETA: «Und dennoch …»

MAX: *(umherhüpfend)* «Ich lasse einen Furz *(lässt einen)*: biologischer Determinismus?»

MACOLIETA: *(drängend)* «Und dennoch …»

CLAUDIO: «Die Quantentheorie besagt, dass selbst unumstößliche Naturgesetze als Wahrscheinlichkeit gelten müssen. Mann, ist das ein Gestank!»

MACOLIETA: «Ausnahmen von der Regel, das sind wir. Ein wirklich preiswürdiger Gestank, Max!»

MAX: «Wir fliegen ohne Flügel und atmen unter Wasser. Wir sind die Clowns der evolutionären Logik.»

MACOLIETA: «Der Clown ist ein menschliches Wesen.»

CLAUDIO: «Jeder Mensch ist ein Philosoph.»

MAX: «Jeder Philosoph ist ein Clown?»

MACOLIETA: «Der Mensch ist Philosoph und Clown zugleich.»

CLAUDIO: *(steckt seine Pfeife in den Mund)* «Hat jemand ein Streichholz?»

MAX: *(umhertanzend)* «Kuckuck, Kuckuck, Kuckuck.»

MACOLIETA: *(nimmt drei Bücher auf und jongliert damit)* «Und ich, was tue ich?»

(Langsam verlöscht das Licht. Als es vollkommen dunkel ist, lässt jemand ein Streichholz aufflammen, und einen Moment lang sieht man das Bild mit dem Satyr, dem Ritter und dem Maskenschnitzer, auf dem sich drei Schatten bewegen: Einer tanzt, einer raucht, einer jongliert mit Büchern.)

VORHANG

Zwei

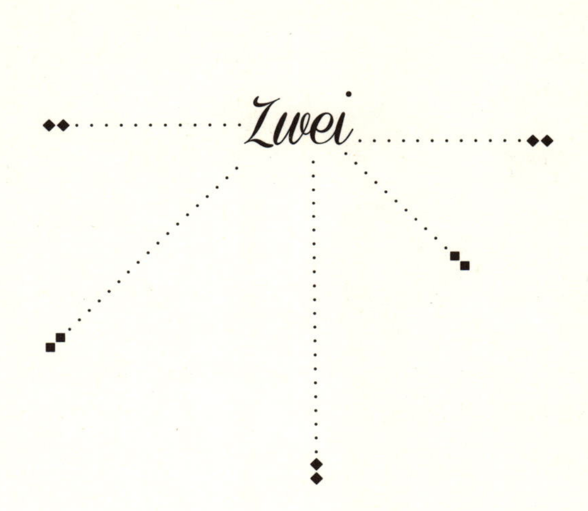

Und wenn ich Balancín freigebe?, fragt sich Macolieta im Dunkel seines Zimmers.

Seine linke Hand presst das blaue Buch auf die Schreibtischplatte, und in der offenen Rechten hält er den Umschlag mit Sandrines Brief, in dem sie sich mit ihm an einem Nudistenstrand in Barcelona verabredet hat.

Die Stille ist eine unsichtbare Piste, auf der das rhythmische Geräusch seiner Atmung dahingleitet, und manchmal auch das leichte Trippeln der im Schreibtisch wohnenden Spinne, die vorwärtseilt und plötzlich wieder stehen bleibt, wie der kaputte Sekundenzeiger einer durchgedrehten Uhr.

Jetzt dreht sich die rechte Hand und klatscht den Umschlag mit Sandrines Brief auf den Schreibtisch, während die linke Hand das blaue Buch hochhebt und es auf der Handfläche hält.

Und wenn ich Balancín freigebe?, fragt sich Macolieta im Dunkel seines Zimmers.

◂ ERSTE TRIADE ▸

Schatten

Bricht die Welt mit Enttäuschungen und Problemen über einen herein, flüchtet man sich, will man nicht der Verzweiflung anheimfallen, in die Philosophie oder in den Humor.

CHARLES CHAPLIN,
Die Geschichte meines Lebens

2.1.1
Quarks

Du hast mit offenen Augen geschlafen. Du drehst den Wasserhahn auf, lässt das kalte Wasser ein wenig laufen, dann hältst du deine Hände darunter und tauchst das Gesicht ins eisige Wasser. Du denkst an einen Fluss, einen winterlichen Wald, eine Wildkatze, die dir auflauert. Doch die Nase holt dich aus diesem Wachtraum, denn hier riecht nichts nach freier Natur. Hier riecht es nach Reinigungsmittel und Staub. Das Handtuch riecht nach Essig. Ein wenig von deiner Schminke bleibt darin zurück. Mit langsamen Bewegungen richtest du deine Maske wieder her. Durch das sich entfernende Knattern eines Motorrads dringt Glockengeläut herein. Du willst es nicht wahrhaben, traust dich nicht, es laut zu sagen, aber eigentlich würdest du heute lieber nicht hier sein in dieser weißen Garderobe, die ein bisschen wie eine Abstellkammer wirkt, in der ausrangierte Dinge untergebracht sind: ein staubiger Diwan, ein Schminkspiegel, umrahmt von Glühbirnen, die nur noch zu viert ihren Dienst verrichten, ein verstimmtes Piano, ein Besen und du.

Du nimmst drei Bälle und setzt dich auf den Klavierhocker. Dein Gesicht spiegelt sich in der glänzend schwarzen Oberfläche des Instruments. Du ziehst ein paar Grimassen. «Wir haben eine Menge Gedanken und Gefühle, aber nur wenige Gesichtsausdrücke; in unserer Maske haben wir nur ein halbes

Dutzend Grimassen, mit denen wir tausend Regungen ausdrücken müssen.» Wo hast du diesen Satz gelesen, der dir so mutwillig in den Sinn kommt? Eine Herausforderung für dich, der davon lebt, mit seinen Gesichtsmuskeln Emotionen auszudrücken. Das Gesicht des Künstlers lenkt seinen Körper; der Körper des Künstlers lenkt den Blick des Publikums; der Blick des Publikums lenkt des Künstlers Herz. Im Geiste notierst du dir diesen Satz als Antwort für eines deiner nächsten Interviews.

Du jonglierst ein bisschen, um dich aus den Klauen dieser seltsamen Lustlosigkeit zu lösen, konzentrierst dich auf die flüchtige, tüpfelnde Schwere der aus bunten Stofffetzen zusammengenähten und mit Körnern gefüllten Bälle, die immer nur kurz in deinen Händen landen. Eins, zwei, drei, und eins, zwei, drei, und eins ... Die Bälle kreisen wie ein zyklischer Regen, der nur aus drei Tropfen besteht.

«Quarks», sagst du laut, «Quarks, Quarks, Quarks: die kleinsten Teilchen, die man bisher kennt, die nur in Dreiergruppen vorkommen, aus denen – unter anderen – Protonen, Neutronen und Atome bestehen. Lustiger Name, Quarks.»

Einer der Bälle fällt dir aus der Hand und zerstört die Dreierkomposition deiner Quarks in der Luft. Du siehst ihn auf dem Boden liegen, bewegungslos, nutzlos, unvollkommen. Du jonglierst mit den beiden übrigen Quarks weiter, benutzt dazu nur die linke Hand, den Blick unverwandt auf den gerichtet, der wie ein ohnmächtiger Frosch auf der Erde liegt. Bewegungslos, nutzlos, unvollkommen. Ja, denkst du, Vollkommenheit muss schrecklich langweilig und zutiefst unmenschlich sein. Ein Stich im Lendenwirbelbereich lässt dich die Arme verkrampfen. Plopp, plopp. Jetzt sind es drei ohnmächtige Frö-

sche. Mit einem Schnauben lässt du die Stirn auf den glatten schwarzen Klavierdeckel sinken, und dann sagst du es: «Heute möchte ich am liebsten nicht mehr auf die Bühne zurück!» Ein weiterer Stich im Rücken setzt das Rufezeichen hinter den Satz. Es schmerzt dich, diese Worte aus deinem eigenen Mund zu hören. Denn wie oft hast du verkündet, dass der Bühnenkünstler ein privilegiertes Dasein führt und sich dieses Privilegs stets bewusst sein muss. Für dich sollte jede Vorstellung die einzige sein, die zählt, der bequeme Ruhm der Vergangenheit und die leuchtende Versuchung der Zukunft – ohne Bedeutung. Und wie kein anderer sonst hast du gefordert, der Künstler auf der Bühne müsse mit der gleichen Inbrunst und Begeisterung zu Werke gehen, die der Gläubige seinem Gott entgegenbringe, sonst könne er sich die Farbe im Gesicht sparen und brauche die Bühne gar nicht erst zu betreten. Und du, du, du hast jetzt die verbotenen Worte ausgesprochen. Aber man kann das Aufwallen von Gefühlen nicht kontrollieren; ihren Verlauf möglicherweise, aber nicht ihr Auftreten, versuchst du dich zu rechtfertigen und denkst dabei an den Schmerz in deinem Rücken, der dich seit einiger Zeit quält und während des ersten Teils deiner Vorstellung schon ein wahres Martyrium war, der immer schlimmer zu werden droht und der Auslöser für deine unerwartete Gefühlsregung gewesen ist. Da sitzt du nun, über dem Deckel des Klaviers zusammengesunken, kraftlos und bewegungslos wie die Jonglierbälle auf dem Boden. Vier ohnmächtige Frösche.

Man hört Schritte auf dem Korridor. Die Mitglieder des kleinen Orchesters nehmen ihre Plätze ein. Jemand sagt etwas in einer Sprache, die du nicht verstehst, und aus dem Lautsprecher an der weißen Wand deiner Garderobe ruft eine quäkende

Stimme deinen Namen und kündigt den Beginn des zweiten Teils der Vorstellung in fünf Minuten an.

Wieder ein schmerzender Stich im Rücken. Du wirst einen Arzt aufsuchen müssen. Eine Zeitlang war das Leiden erträglich, doch jetzt treten diese Lendenwirbelkrämpfe häufiger auf und werden immer schmerzhafter. Du hebst den Kopf vom Klavierdeckel und schaust in dein dunkles Spiegelbild voller Schatten der Erschöpfung.

«Auf, Balancín, nicht schlappmachen!», knurrst du mit zusammengebissenen Zähnen, und um die Begeisterung nicht aus den Augen zu verlieren, zu der ein Clown verpflichtet ist, richtest du dich auf und rufst mit Theaterdonnerstimme: «Weiche, Lustlosigkeit! Weiche, Müdigkeit! Weiche, langweiliger Alltag! Weiche, Schmerz! Weiche, weiche, hinweg mit dir!»

Du springst vom Klavierschemel auf, der polternd umfällt und mit sanftem Knacken ein Bein verliert, welches du wie einen Degen ergreifst und damit dein dunkles Spiegelbild herausforderst wie ein heißblütiger Scaramouche.

«Weiche von mir, sage ich, du kannst mich nicht besiegen.»

Doch noch bevor du ihm den tödlichen Stoß versetzen kannst, lässt ein neuer Schmerz deinen Rücken für Sekunden steif werden.

Dann klingelt das Telefon.

«Liebling, die Kinder wollen dir gute Nacht sagen. Ruf mich an, wenn du fertig bist, und erzähle mir, wie es war, ja? Ich liebe dich. Genieße es.»

Dir ist nicht ganz klar, was du genießen sollst; dieses hastige «Ich liebe dich», den zweiten Teil deiner Darbietung oder das Gespräch mit deinen Zwillingen, die sich schon um den Telefonhörer balgen, um mit dir zu sprechen.

«Papa, Papa», rufen sie gleichzeitig, «warum bist du nicht hier und erzählst uns eine Gutenachtgeschichte? Sing uns das Lied von der Grille! Oder zeig uns einen Zaubertrick, Papa.»

Ihre hellen Stimmchen springen aus dem Telefonhörer und tanzen durch die Garderobe, ihre flüchtigen Farben spotten der kalten Optik eines Krankenhausflurs, an den der Raum sonst erinnert.

«Papa, Papa, ich hab dir ein Bild gemalt, und Iris hat einen Strich durch gemacht.»

«Gar nicht wahr, Papa, Marco hat den Strich selber gemacht, ich hab ihn bloß am Arm gestoßen.»

«Vertragt euch, Kinder.»

Du schließt lächelnd die Augen und drehst dich auf den Fersen, während du ihre Stimmen in deiner Brust klingeln hörst. Bei jedem Hüpfer zerbrechen ihre Wörter, teilen sich in bunte Vokale und Konsonanten, die du – der du jetzt ein Spiegel bist – vielfach reflektierst und durch die Garderobe purzeln lässt.

«Papa, Papa, wann kommst du nach Hause?»

«Morgen.»

«Papa, zeigst du mir morgen neue Kunstrünke?»

«So heißt das nicht, Iris», verbessert sie ihr Bruder, «das heißt Kunstrücke.»

Die Vokale in ihren Wörtern sind gelbe und orange Blütenblätter, eingegrenzt von dreieckigen roten und blauen Konsonanten, und alle zusammen tanzen sie durch die Garderobe einen immer ausgelasseneren Ringelreihen, werden zu violetten Sternen und grünen Diamanten, um dann wieder ihre ursprüngliche Gestalt anzunehmen, die sich auch schon wieder verändert.

«Marco hat eine neue Murmel, Papa.»

«Toll, und welche Farbe hat sie?»

«Papa, hast du gewusst, dass die Schwerkraft macht, dass wir auf die Erde fallen?»

«Ja, sie will uns ganz nah bei sich haben, die Schwerkraft.»

Ihre Stimmen sind ein gotisches Kirchenfenster, das in deiner Brust zerbirst und dessen farbige Glassplitter mit deinem Körper durch die weiße Garderobe wirbeln.

«Tschüs, Papa, gute Nacht», sagen sie auf einmal und legen auf.

«Hallo ...?»

Jemand klopft drei Mal energisch an deine Tür, die bunten Figürchen springen von den Wänden und flüchten sich in deine Brust wie erschrockene Tierchen.

«Balancín auf die Bühne», sagt die quäkende Stimme im Wandlautsprecher.

Auf der dunklen Oberfläche des verstimmten Klaviers siehst du – genau wie vor einer halben Stunde – einen Clown in seiner Garderobe, die wie ein Krankenhausflur wirkt. Was das Spiegelbild nicht zeigt, ist der Nachhall der geliebten Kinderstimmen, die immer noch wie eine kaleidoskopische Rose dein Herz erfüllen.

«Fünf Jahre sind vergangen», murmelt Macolieta, als er den Kugelschreiber hinlegt und sich streckt und so mit einer leichten Haltungsänderung den Schmerz zu lindern sucht, den er seit dem Morgen im Rücken spürt. «Fünf Jahre für dich, die Ankunft von Zwillingen inklusive, und nur eine Nacht und das, was von diesem Montag bleibt, für mich. Es gibt nur eine Zeitmaschine, und das ist der Stift, der Geschichten auf Papier schreibt.»

Letzte Nacht hat Max wie ein Irrwisch getanzt und ist dann in einen Sessel gesunken wie eine Marionette, der man die Fäden abgeschnitten hat. Er ist eingeschlafen, ohne das letzte Bingo zu Ende gespielt zu haben.

Claudio hatte sich wie ein Schatten in einer Ecke zusammengerollt, Lears Hofnarren paraphrasiert (*«and I will go to bed at noon»*), sich nach einem letzten Gähnen ins Reich der Träume verabschiedet und Macolieta alleingelassen mit seinen Gedanken, die von Sandrines Brief zu Balancíns Lebensgeschichte wanderten und von dort zu der vor ihm liegenden Woche mit all den langen Stunden, die leeren Amphoren gleich mit Leben gefüllt werden müssen. Oder ist es das Leben, das mit Amphoren gefüllt werden muss?

«Noch einen Kaffee?», fragt die kleine Kellnerin mit Blick auf die leere Tasse. Sie kaut einen Kaugummi, als hinge von der Heftigkeit ihrer Kaubewegung die Effektivität ihrer Dienstleistung ab.

«Ja, ja, bitte.»

Macolieta wirft einen Blick auf die Wanduhr. Acht Uhr zwanzig. Dann schaut er durchs Fenster in die Nacht hinaus und sieht nur parkende Autos. Auf der gegenüberliegenden Straßenseite ist das Geschäft der großen Kaffeehauskette mit dem grünen Logo brechend voll. Don Eusebio, sein Schachpartner, hat jetzt zwanzig Minuten Verspätung. Das ist noch nie passiert. Normalerweise wartet Don Eusebio schon, Zeitung lesend und mit langen Schlucken seinen Milchkaffee trinkend, wenn Macolieta das Café betritt.

«Sie packen immer mehr Nachrichten hinein», hatte Don Eusebio vergangenen Donnerstag zur Begrüßung gesagt und mit ärgerlicher Geste auf die Zeitung gezeigt. «Sie geben so viele Informationen, dass man gar nichts mehr erfährt. Hast du gewusst, dass eine einzige Sonntagsausgabe dieser Zeitung», er ließ das Papier in seinen Händen rascheln, «mehr Informationen enthält, als ein kultivierter Mensch des 18. Jahrhunderts in seinem ganzen Leben sammeln konnte?»

«Das ist skandalös», hatte Macolieta geantwortet, das Schachspiel entrollt und die abgegriffenen Figuren aufgestellt.

Sie wechseln weder Gruß- noch Abschiedsworte, sondern setzen einfach ihr Gespräch vom letzten Mal fort, im Singular und immer offen, als wären die Zwischenzeit und die Tätigkeiten, denen jeder von ihnen nachgeht, nur ein ausgedehntes Schweigen zwischen dem Subjekt und dem Prädikat eines einzigen langen, unvollendeten Satzes. Und heute kommt Don Eusebio zum ersten Mal zu spät.

Kennengelernt hatte er ihn vor drei Jahren in dem Park, in dem er seine Kunststücke vorführte, wenn die Kinder aus der Schule kamen. Don Eusebio saß vor seinem Schachbrett, bereit für eine Fünf-Minuten-Partie mit jedem, der sich von seiner verführerischen Wette locken ließ: ein Zehnerschein von ihm gegen eine Zweiermünze des Gegners. Macolieta beobachtete ihn zwischen dem Lachen der Kinder, das durch die Luft tanzte wie die von den Bäumen fallenden Blätter, und sah die besiegten Gegner einen nach dem anderen aufstehen und davongehen. Der alte Spieler schaffte es jedes Mal, all die Dilettanten noch vor Ablauf der fünf Minuten schachmatt zu setzen. Eines Nachmittags, als der Münzregen besonders reichlich über seinem Hut niedergegangen war, beschloss Macolieta, den schweigsamen Schachspieler herauszufordern. Er verlor drei Partien hintereinander; jedoch nicht durch Schachmatt, sondern nur, weil die Zeit abgelaufen war.

«Du spielst gut, Clown», sagte Don Eusebio, während er Macolietas Münzen in die Tasche steckte. «Ich erwarte dich heute Abend im Café an der Ecke. Dann zeige ich dir, wie du noch besser spielen kannst.»

Seither treffen sich Don Eusebio und Macolieta jeden Montag, Dienstag, Mittwoch und Donnerstag zum Schachspielen im Café. In den ersten Monaten korrigierte Don Eusebio Macolietas Züge, ließ sich erklären, warum er diese oder jene Figur gezogen hatte, und am Ende einer jeden Partie analysierten sie gemeinsam Fehler, Treffer und verpasste Gelegenheiten. Don Eusebio gewann immer.

«Wichtig an einer Schachpartie», erklärte Don Eusebio, «ist nur, dass sie schön ist. Gewinnen und Verlieren sind nichts weiter als der natürliche Ausgang eines komplizierten Labyrinths, die Rückkehr in die Wirklichkeit, nachdem Zeit und Worte aufgehoben waren; die Schlussaufnahme dieses Luftschlosses, das zwei wendige Gehirne entstehen lassen haben.»

Eines Nachts, gegen Ende der zweiten Partie, die erstmals vollkommen wortlos verlaufen war, sagte Don Eusebio mit nachdenklich auf die letzten Figuren gerichtetem Blick:

«Ich sehe ein unvermeidliches Schachmatt in acht Zügen. Los, Clown, finde es!»

Er hätte auch sagen können: «Glückwunsch, in ein paar Zügen hast du mich matt gesetzt»; aber das wäre so gewesen, als ob er gewonnen hätte, denn Don Eusebio wusste, dass Macolieta noch nicht imstande war, dieses Ende vorauszusehen.

In der Stunde nach Don Eusebios großzügiger Ankündigung bestand Macolietas Welt nur noch aus den Quadraten und Figuren des Schachbretts. Er musste dieses Matt ohne fremde Hilfe finden. Seine Handflächen wurden feucht. Hinter seinen hochgezogenen Augenbrauen tanzte ein Reigen komplizierter Varianten, möglicher Züge und ihrer Folgen. In acht Zügen würde es zu einem unausweichlichen Matt kommen. Da er diese acht Züge jedoch nicht zu sehen vermochte, beschloss er, einen der zahlreichen Ratschläge von Don Eusebio zu beherzigen: «Wenn es dir nicht gelingt, den Ausgang einer Strategie vorherzusehen, dann richte deine ganze Konzentration darauf, in der aktuellen Position deiner Figuren den Zug zu finden, der die meisten Möglichkeiten zu eröffnen verspricht. Denn wenn du nur an die Folgen zukünftiger Züge denkst, verlierst du leicht das Gefühl für die Bedeutung deiner allernächsten Züge.» Er zog den Springer in die Mitte, wo Don Eusebio ihn, ohne nachzudenken, sofort mit seinem Bauern blockierte. Macolietas Läufer gewann ein gutes Stück Diagonale, Don Eusebio bereitete seinen Angriff auf den Läufer durch den Rückzug seines Springers vor. Bis hierher überschaute Macolieta den mathematischen Wald noch ganz genau und brachte mit sicherer Hand seinen Turm in Angriffsposition. Don Eusebio dachte lange über seinen nächsten Zug nach, dann schob er einen Bauern in die dritte Reihe vor. Die Figuren auf dem Brett befanden sich jetzt in einer vollkommenen Balance. Der nächste Zug war entscheidend, denn er würde die Balance zerstören und eine Lawine auslösen, die das Spiel zur einen oder anderen Seite umkippen lassen würde. Aber Macolieta fand den richtigen Zug nicht. Zog er den Läufer, öffnete er dem gegnerischen König, der jetzt umstellt war, einen Ausweg. Für den Springer gab es kein Ziel, ein Angriff mit dem Turm war noch verfrüht, und wenn er versuchen würde, seinen König in eine bessere Position zu bringen, hätte Don Eusebio danach leichtes Spiel mit ihm. Wenn er nur den verdammten Bauern loswerden könnte, der in der dritten Reihe seine ganze Angriffsformation blockierte, dann sähe er das Matt deutlich vor sich! Aber in der momentanen Situation könnte er ihm nur mit seiner Königin beikommen, die danach einem anderen Bauern auf Gedeih und Verderb ausgeliefert wäre. Solch ein Zug wäre absolut närrisch. Macolieta studierte sämtliche Möglichkeiten seiner Figuren auf dem Brett, durchbohrte jede einzelne mit seinem Blick, als läge in ihr der Hinweis auf den erlösenden Zug verborgen. Don Eusebio ermutigte ihn, indem er ihn mit strahlenden Augen begeistert und voller Zuversicht anschaute. Und als Macolieta sich mit einem resignierten Schnauben schon beinahe geschlagen geben wollte, kroch ihm Don Eusebios Zuversicht durch den Arm in die Schulter und von da ohne Zögern ins Gehirn, das ihm einen weiteren Ratschlag des Alten in Erinnerung brachte: «Wenn keine logische Überlegung zum Ziel zu führen scheint, denke wie ein Clown und ziehe unlogische und gar unsinnig erscheinende Züge in Betracht.»

Mit nervösen, unmerklichen Kopfbewegungen versuchte sich Macolieta neue Kombinationen vorzustellen. Eine Pauke dröhnte in seiner Brust und ließ seinen Atem schneller gehen, als er schließlich seine Dame auf das Feld des gegnerischen Bauern setzte und so den unvorstellbaren Tausch Dame gegen Bauer besiegelte. Über Don Eusebios Gesicht zog ein stolzes Lächeln. Doch obwohl das Matt jetzt deutlich vorauszusehen war, stieß er nicht seinen König um zum Zeichen, dass er aufgab, sondern ließ Macolieta seinen Läufer ziehen, ihn danach mit einem Bauern seinen eigenen Bauern nehmen, nach einem Zug mit dem Springer das erste Schach ansagen und schließlich mit seinem Turm den achten und letzten Zug machen. Mit bewegter Stimme konnte Macolieta jetzt zum ersten Mal ankündigen: «Schachmatt, Don Eusebio.»

Macolieta weiß so gut wie nichts über Don Eusebio, doch nachdem sie Monat um Monat über ihren Schachquadraten gebrütet und verwinkelte Gedankengebäude errichtet hatten, die der Zeit und den Worten widerstehen wollten, ist die Zuneigung des Clowns zu dem erfahrenen Spieler groß, sehr groß geworden.

Gerade heute ist Macolieta besonders daran gelegen, ihn zu treffen, denn er trägt Sandrines Brief bei sich, den er mit Don Eusebio besprechen will. Vielleicht kann der ihm helfen, die Wege zu erkennen, die sich vor ihm auftun, oder ihm als Autoritätsperson einfach befehlen, seine Dame nicht länger warten zu lassen. Doch dies nach all den Jahren? Wenn Macolieta eines Tages den großen Schritt zur Veränderung tun würde, sollte dieser selbst entworfen und gut überlegt und ihm nicht per Post befohlen worden sein. Er rollt die Schachunterlage aus und stellt die Figuren nach der Partie des Satyrs und des Ritters auf.

«Gewinnt tatsächlich niemand?», hatte Max noch morgens – mit einem dampfenden Kaffee in der Hand die Schachpartie auf dem Bild betrachtend – gefragt.

«Bisher nicht.» Macolietas erste Worte des neuen Tages kamen ihm krächzend über die Lippen und waren noch schwerer in Bewegung zu setzen als seine Augenlider. Außerdem brachte sich sein Rücken mit einem stechenden Schmerz in Erinnerung, der Macolieta den Schweiß auf die Stirn trieb. Wie eine Ente watschelte er zu seiner Sonnenblume und beträufelte sie mit Wasser. Die mit braunen Flecken bedeckten Blütenblätter hingen immer noch traurig nach unten.

«Stirb mir nicht», flüsterte er fast ohne Hoffnung.

«Du musst zum Arzt, Maco», sagte Max, der gesehen hatte, wie er ging, und jetzt wieder das Bild betrachtete. «Die Schmerzen kommen ja immer häufiger. Ich gebe dir die Telefonnummer des Arztes, der meine Migräne kuriert hat. Er ist Osteopath und ein halber Medizinmann; aber gut, sehr gut. Hast du schon den feuchten Fleck über dem Bild bemerkt?»

Macolieta schaute auf den Fleck, den Max' Finger ihm wies, und nahm sich vor, das Bild möglichst bald an einen anderen Platz zu hängen.

«Und jetzt sieh dir den an!», rief Max mit Blick auf Claudio, der – das nasse schwarze Haar straff nach hinten gekämmt – aus dem Bad kam. «Der sieht aus wie ein Riesenplaymobilriese.»

«Playmobil?», staunte der Lange. «Sind das nicht diese Figuren, die immer so ein scheinheiliges Grinsen im Gesicht haben? Wenn schon, dann ein glücklicher Playmobilriese. Und jetzt werde ich losgehen und Ausguck in der Bibliothek halten.»

«Wie kannst du bloß so viel Zeit in deiner Bücherzelle verbringen, ohne dich zu langweilen, Pater Claudio?»

«Irgendein katalanischer Dichter hat geschrieben, die

Freiheit sei eine Bibliothek. Und Pascal zufolge besteht das Unglück des Menschen allein darin, dass er nicht imstande ist, still in seinem Zimmer zu bleiben. Aber versuche das mal der heutigen Generation mit ihrer allgegenwärtigen Mobilität beizubringen!»

«Professor Claudio, darf ich aufs Klo?», unterbrach ihn Max und verschwand gähnend in den Wasserdampfschwaden des Badezimmers, ohne die Antwort abzuwarten, die sowieso nicht kam.

«Was liest du da?», fragte Macolieta und deutete auf das Buch in Claudios Händen.

«Quantentheorie. Ein Buch voll der herrlichsten Namen: Quarks, Lambdas, Sigmas, Kaonen, Bosonen. Eine Wunderwelt! Ich lasse es dir hier, du kannst drin herumblättern, und hinterher diskutieren wir die Kopenhagener Deutung der Elektronen, die nur unter Beobachtung zu realen Gegenständen werden; oder das Paradox von Schrödingers Katze, die gleichzeitig tot und lebendig ist; oder Everetts multiple Welten. Wir könnten spielend eine fantastische Verbindung von diesem zu deinem blauen Buch erfinden. Bis heute Mittag dann.»

Er zog ein anderes Buch aus seinem weiten Mantel, steckte sich die Pfeife in den Mund und machte sich lesend auf den Weg.

Kein Lebenszeichen von Don Eusebio. Macolieta betrachtet die Schachfiguren und schiebt einen Bauern vor. Er schlägt das Buch auf, und als er zu schreiben beginnt, fällt ihm auf, dass bei bestimmten Buchstaben die Schmerzen im Rücken stärker werden. Um herauszufinden, welche Buchstaben für diese Minifolter verantwortlich sind, schreibt er das ganze Alphabet auf die Papiertischdecke. Bei «Z» angekommen, ist auch die Kaugummi kauende Bedienung zur Stelle und bringt seinen Kaffee.

«Hier, schau dir das an!», ruft Macolieta begeistert. «Wenn ich ein ‹M› und ein ‹W› schreibe, verstärkt sich der Schmerz in meinem Rücken.» Er zieht die Kellnerin am Arm zu sich heran und zeigt auf seinen Buchstabenkalender. «Komisch, nicht? Schreiben wir Buchstaben auf kariertes Papier, passt fast jeder in ein einziges Kästchen. Manche streben nach oben, wie das ‹B› oder das ‹F›, andere nach unten, wie das ‹J› oder das ‹Y›; aber nur das ‹M› und das ‹W› streben vorwärts und drängen ins nächste Kästchen. Nur diese beiden schieben sozusagen ihr Schicksal an. Seltsam, dass ausgerechnet diese beiden Buchstaben auch meine Schmerzen verstärken, nicht?»

«Ach ja?», sagt die jetzt langsam kauende Kellnerin im Davongehen, wobei sie Macolieta einen Blick zuwirft wie einem, von dem man nicht weiß, ob er einen auf den Arm nimmt oder komplett den Verstand verloren hat.

Macolieta richtet sich auf seinem Stuhl ein wenig auf, um den Schmerz zu lindern.

Als Max ihm die Telefonnummer des Arztes gab, hatte er gefragt, ob Balancín auch diese Schmerzen habe.

«Ich glaube wohl; aber der kriegt das schon wieder hin. Dem gelingt ja alles.»

«Und warum lässt du nicht ihn leiden und siehst dafür zu, dass dir alles gelingt?», hatte Max geantwortet und dabei auf Sandrines Brief gezeigt.

«Das ist absurd, Max. Ich kann mich doch nicht an Balancín abreagieren, damit es mir gutgeht im Leben. Wer sagt außerdem, dass es mir schlecht geht? Ich beklage mich doch gar nicht.»

«Balancín ist nur eine Romanfigur, und dass du dich nicht beklagst, ist ganz wunderbar. Aber jetzt mal ehrlich: Glaubst du nicht, dass es dir besser gehen könnte? *Adieu, mon cher*, wir sehen uns heute Mittag.»

Er ging und ließ die Tür hinter sich offen.

Im Café wird das monotone Brummen des Kühlschranks durch das Geräusch der sich öffnenden Tür unterbrochen. Aber es ist nicht Don Eusebio. Ein junges Pärchen, das Macolieta kaum zur Kenntnis nimmt, lässt sich am Nebentisch nieder. Was mögen sie von ihm denken? Ein Typ in einem leeren Café, der allein vor einem angefangenen Schachspiel sitzt und schreibt. Wäre einer der beiden – der Junge zum Beispiel – Schriftsteller und würde diese Szene in einem Roman verwenden, wäre er, Macolieta, für den zukünftigen Leser nichts weiter als eine Romanfigur. Was würde ihn dann von Balancín unterscheiden? Was für einen Unterschied gibt es zwischen Zorbas, Alexander dem Großen und dem heiligen Franz von Assisi, über die Nikos Kazantzakis geschrieben hat?

Wer wollte behaupten, der Erste sei eine fiktive Figur, die beiden anderen aber wirkliche Existenzen? Wer wollte das Gegenteil behaupten? Nein, Max, ein Autor hat nicht das Recht, seiner Figur ins Leben zu pfuschen, um Antworten auf die eigenen Fragen zu finden. Schreiben ist kein therapeutischer Akt. Schreiben ist in diesem Fall eine Schuldigkeit; nämlich die, dieses Paralleluniversum, das in ihm ist, lebendig werden zu lassen.

Du bist zwar nicht abergläubisch, aber als du aus deiner Garderobe trittst, hast du das Gefühl, heute werde etwas Schlimmes passieren. Auf einem der Flure, die zur Bühne führen, hast du eine schwarze Katze gesehen. Vielleicht aber auch nur einen Schatten. Die Bühnentechniker gehen an dir vorbei und nehmen dich gar nicht wahr. Dein Magen ist verstimmt, der Rückenschmerz steigt von der unteren Wirbelsäule hoch bis in den Kopf und bringt eine Ahnung von Unheil mit sich, gleich einer sich aus ihrer Unterwasserhöhle schlängelnden Muräne. Du schwitzt. Das Licht im Saal ist bereits erloschen, und als der Vorhang aufgeht, fällt ein Lichtstrahl, groß und rund wie das Loch, das du in deinem Magen fühlst, auf die schlaff an einem Kleiderständer hängende Marionette, die darauf wartet, dass du sie zum Leben erweckst und zum Spielgefährten deiner Clownerien und Sentimentalitäten machst. «Eine berauschende, ganz und gar existentialistische Darbietung», hat sie der Kritiker Ert Bui einmal genannt, als du noch der «unbekannte, faszinierend kühne Clown» gewesen bist. Jahre später hat er die Wiederaufführung dieses Sketches als das «unerträglich eitle Gähnen eines zum Einschlafen mittelmäßig gewordenen Clowns» abgekanzelt. Erfolg ist für die Kritiker ein Sündenfall, denkst du, und die Muräne quetscht dir die Lendenwirbel auf ihrem schmerzvollen Weg nach oben. Das Orchester setzt ein, der nächste Schritt führt dich auf die Bühne. Der erste Schritt ist wie der erste Satz eines Buches; man muss das Publikum sofort in seinen Bann ziehen. Du hast diesen Schritt schon tausend Mal gemacht, bei Proben und früheren Vorstellungen: der Regenschirmgriff um deinen Hals, dein Arm zerrt dich am Schirm auf die Bühne, mit tapernden Schritten erreichst du den Kleiderständer, und dein Zusam-

menstoß mit der Marionette hat die ersten Lacher zur Folge. Und wenn niemand lacht? Schon im ersten Teil hattest du den Eindruck, das Kraftfeld zwischen dir und dem Publikum – ohne das keine gute Darbietung funktionieren kann – sei nicht besonders ausgeprägt. Entspann' dich!, befiehlst du dir, doch die Kälte des Schirmgriffs dringt in deine Handfläche, kriecht durch den ganzen Körper. Und wenn heute niemand lacht? Die abscheuliche Muräne schlängelt sich weiter langsam und schmerzhaft nach oben. Das Saxophon setzt ein, du holst tief Luft, hältst sie an, legst dir schon den Griff des Regenschirms um den Hals, da fällt dir ein, die bunten Stimmchen («Papa, Papa!») zu Hilfe zu rufen, die deine Kinder als purzelndes Kaleidoskop in deiner Brust zurückgelassen haben, an dem sich die glitschige Muräne nicht vorbeischlängeln kann. «Also los, Kinder», sagst du ausatmend und dir den Schweiß von der Stirn tupfend, «das ist jetzt für euch.» Dann zerrst du dich mit aller Kraft in den Scheinwerferkegel auf der Bühne, lässt auf halbem Weg zur Marionette eine Grimasse freudiger Überraschung auf deinem Gesicht explodieren, wirfst sie ins Publikum wie eine lange, geköpfte Muräne, die zu einer bunten Papierschlange geworden ist. Und als du gleich darauf gegen den Kleiderständer rempelst, hörst du die ersten Lacher.

2.1.2
Schmerz

Die kleine Ameise hat bestimmt die Orientierung verloren. Suchend ist sie auf dem weißen Feld von einem Ende zum anderen gelaufen; doch jedes Mal, wenn sie die Linie erreicht, die die weiße Oberfläche von der schwarzen scheidet, hält sie inne, bewegt unruhig ihre Fühler und nimmt ihren verzweifelten Marsch wieder auf, traut sich nie, die imaginäre Grenze zu überschreiten. Sie läuft parallel zu den Linien des quadratischen Feldes, und nachdem sie das zwei Mal getan hat, bleibt sie stehen, ihre Antennen bewegen sich nicht einmal mehr, sind wie die Zeiger ihrer inneren Uhr, deren Batterie leer ist: ein winziges Figürchen, unmerklich vibrierend im Vakuum der Zeit. Dann tritt sie in den schwarzen Raum. Der Sekundenzeiger nimmt seinen Lauf wieder auf, und der schwarze Ameisenkörper wird unsichtbar, solange er sich auf dem schwarzen Untergrund bewegt. Nur die Bewegung verrät ihn. Es ist ein dunkles Zittern, das sich auf einer unveränderlichen Quadratfläche vorwärtsschiebt. Die Ameise hat die Furcht vor den Grenzen verloren und wechselt jetzt wieder vom schwarzen auf einen weißen Grund. Es ist ein eigensinniges Krabbeln, sie sucht einen Ausgang, will zur bekannten Ordnung zurück, zur Reihe der Arbeiter, ihrer Kameraden. Plötzlich stößt sie gegen eine riesige Skulptur. Die Ärmste weiß nicht und wird es niemals erfahren, dass sie vor einer Königin steht, die nicht die ihre ist.

«Noch einen Kaffee?» Die Weltmeisterin im Kaugummikauen unterbricht Macolietas Gedanken zum dritten Mal.

«Ja, danke. Aber sieh dir mal kurz diese Ameise auf dem Schachbrett an. Sie hat eine Weile auf einem weißen Feld gestanden und überlegt, dann hat sie ihren ganzen Mut zusammengenommen und ist auf ein schwarzes Feld gewechselt, wo sie wieder eine Zeitlang überlegt hat. Schließlich hat sie ihre Furcht verloren und ist quer über das ganze Brett gekrabbelt, bis sie an eine Figur gestoßen ist. Da überlegt sie, in welche Lage sie jetzt schon wieder geraten ist. Die Ärmste versucht, eine Situation zu begreifen, aus der sie unbedingt einen Ausweg suchen muss. Findest du nicht, dass sie uns darin sehr ähnlich ist?»

Die Kellnerin hat mitten in ihren hektischen Kaubewegungen innegehalten, den Mund halb geöffnet, sodass man die rosafarbene Kaumasse zwischen ihren Zähnen sieht, starrt sie Macolieta unter hochgezogenen Augenbrauen an und sagt, dass das jetzt der letzte Kaffee sei, den sie ihm bringt.

Es ist neun Uhr vorbei, aber er bleibt sitzen, weil er überzeugt ist, dass Don Eusebio doch noch kommt.

Das Pärchen am Nebentisch ist immer noch in sein leidvolles Gespräch vertieft, bedrückend wie ein Tümpel voller Traurigkeit, in dem die ganze Welt versinkt. Ein Loch aus Flüssigkeit, das unwiderruflich vereist. Sie sind dabei, sich zu trennen, so viel ist klar. Sich voneinander zu lösen. Sie erinnern Macolieta an das Gespräch, das er beim Mittagessen mit Max und Claudio geführt hat.

«Die Konsumgesellschaft hat uns dazu erzogen», sagte Claudio, eine fettgebackene Tortilla in der Hand, «alles, was in unserem Leben von Dauer ist, als das am wenigsten Wünschenswerte zu betrachten. Ständig erneuern und wegwerfen, so heißt heute die Losung. Sich verändern und immer wieder neu erfinden.»

Macolieta hatte ihnen erzählt, er stelle sich vor, Balancín sei der Bühnenauftritte unerklärlicherweise überdrüssig geworden.

«Er ist ein Kind seiner Zeit, leidet an den Krankheiten seiner Zeit», setzte Claudio nach. «Man lehrt uns doch, Frustrationen gar nicht erst aufkommen zu lassen. Bevor wir ein Projekt zu Ende bringen, stürzen wir uns fröhlich ins nächste und in ein weiteres und noch ein weiteres. Draußen gibt es so viele Möglichkeiten, wie es Platz im virtuellen Raum gibt.»

«Aber, verdammt noch mal, wie kann man denn der Bühne überdrüssig werden?», knurrte Max, den Mund voller Soße und Chorizo. «Man kann von den Hotels, vom Üben, vom Essen in Restaurants, von den Kritikern, vom Vorher und vom Nachher irgendwann genug haben; aber von der Bühne? Niemals! Einmal auf den Brettern, gefangen in der ewig neuen Kraft der Manege, vor sich das Publikum, davon hat man nie genug!»

«Ich glaube, tausend Mal die immer gleichen Kunststücke vorzuführen, kann einen Künstler schon ermüden», sagte Macolieta.

«Nichts da! Eine Welle mag aussehen wie die andere, aber es gibt keine zwei, die gleich sind. Auf der Bühne braucht es nur einen etwas veränderten Blick, einen Rhythmuswechsel bei den Kunststücken, und schon ist eine eingespielte Aufführung offen für etwas vollkommen Neues.»

Am Kleiderständer bleibst du stehen und betrachtest die daran aufgehängte Marionette. Du hast dir vorgenommen, der Choreografie neue Bewegungen hinzuzufügen, den Anfang neu zu gestalten, um dich von den Rückenschmerzen abzulenken. Du umkreist die schlaffe Marionette, beschnüffelst sie wie ein Fährtenhund, starrst sie an, als wärst du eine Ameise, der eine riesige Schachfigur im Weg steht. Du wedelst mit der Hand vor ihrem Stofflappengesicht und schaust zum Publikum. Einige lachen. Du hebst einen Arm der Marionette hoch, hältst ihn ein paar Sekunden zwischen zwei Fingern, und als du ihn loslässt, plumpst er herab, kraftlos wie ein Gedicht in einer Diskothek. Noch einmal der gleiche ratlose Blick zum Publikum, und wieder Gelächter. Du schlenderst harmlos umher, dann springst du mit einem wilden Satz vor die Marionette, um sie zu erschrecken, doch sie rührt sich überhaupt nicht. Mehr Gelächter. Du stößt ihr den ausgestreckten Zeigefinger gegen die Brust, und da der Kleiderständer auf Rollen steht, rollt er davon. Jetzt bist du der Erschrockene. Du machst einen Satz rückwärts. Gelächter. Jede Bewegung ist ein stechender Schmerz in deinem Rücken. Du kannst ihn nicht ignorieren, sagst du dir, während du dich mit vorsichtigen Schritten wieder der Marionette näherst – aber lass dich auch nicht lähmen von ihm. Integriere ihn! Du zeigst der Marionette Fratzen, äffst sie nach, indem du so tust, als würdest du an einem unsichtbaren Haken hängen. Allmählich wird aus deinen Veralberungen ein primitiver Tanz, in dessen Verlauf dein Arm wie zufällig in den langen Ärmel der Marionette gerät. Einen Fuß noch in der Luft, hältst du inne und starrst auf den unerwartet ausgestreckten Arm, der nach einer Weile anfängt, sich zu bewegen, die Hand langsam ans Marionettengesicht führt, das – von der Hand bedeckt – zu schluchzen beginnt. Die Marionette weint, und du schaust mit weit aufgerissenen Augen ins Publikum, als wolltest du sagen: Sie lebt! Du willst sie trösten, doch ihre Hand (deine Hand in ihrem Ärmel) stößt dich zurück und bedeckt sofort wieder das Gesicht. Ein zweiter Versuch endet auf die gleiche Weise. Du versuchst, dich auf Zehenspitzen davonzuschleichen, da ergreift dich die Hand am Jackenkragen, zerrt dich zurück und legt sich wieder aufs Gesicht. Dein Blick ins Publikum ist ein einziges Fragezeichen und löst noch mehr Gelächter aus. Und nun bewegst du – das Gesicht immer noch dem Publikum zugewandt – ganz langsam die rechte Hand zu deiner linken im Ärmel der Marionette und löst sie von ihrem Gesicht. Eure Köpfe drehen sich gleichzeitig einander zu, als würden eure Blicke von einem Magneten angezogen, und Marionette und Clown schauen sich zum ersten Mal in die Augen.

Macolieta lässt den Kugelschreiber sinken und beobachtet wieder die Ameise, die vor dem weißen Springer stehen geblieben ist. Er nimmt ein Körnchen Zucker, legt es ein paar Felder entfernt aufs Spielbrett und stellt einen Bauern zwischen Zuckerkörnchen und Ameise, um ihr den Zugang zu erschweren.

Am Nebentisch teilt sich das Pärchen in eine weibliche Stimme, die entschlossen auf ihr Ziel zuhält, und eine stammelnde männliche, die hilflos und verzweifelt klingt.

«Können wir es nicht noch einmal versuchen?», fragt er.

«Wir haben es schon versucht, und es hat nicht geklappt.

Unsere Lebensentwürfe passen nicht zusammen», antwortet sie.

Draußen fährt mit gellendem Geheul ein Krankenwagen vorbei und taucht das Café sekundenlang in das gewaltsame Rot seiner blinkenden Lichter.

«Ja», beharrte Claudio und verscheuchte die Fliegen von seinem Teller mit einer Handbewegung, die Macolieta an einen Palmwedel denken ließ, «die Krankheit unserer Zeit ist der Konsumzwang der Wegwerfgesellschaft; dieses Kaufen, Kaufen, Kaufen, das zum Wegwerfen, Wegwerfen führt und zu diesem schrecklichen Zwang, sich immer wieder neu zu erfinden, um nicht selbst als Wegwerfartikel zu enden.»

«Die Schubladen sind voll von veralteten Mobiltelefonen», fuhr Macolieta fort, während er auf der Papiertischdecke herumkritzelte, «die Schränke voller Klamotten, die erst vor einem Monat Mode waren, und die Herzen voll von windiger Liebe, die hygienisch per SMS beendet wurde.»

Wenigstens die beiden sagen es sich noch direkt ins Gesicht, denkt Macolieta, der fühlt, wie sich das eisige Klima vom Nebentisch im ganzen Café ausbreitet.

«Pah! Ich insistiere», insistierte Max, nachdem er einen großen Schluck von seiner Limonade getrunken und seine Begleiter mit einem verhaltenen Rülpser beglückt hatte: «Das ist das Spiel, und wenn es sich neu zu erfinden gilt, dann los, erfinden wir uns eben neu! Seien wir glückliche Kinder unserer Zeit!»

«Das Problem ist», wandte Claudio ein, «dass wir am Ende des Spiels und am Ende oder in der Mitte all unserer Neuerfindungen feststellen, dass wir nur noch aus unzusammenhängenden Episoden bestehen, unser Leben in Stücke gegangen ist, keine Einheit mehr bildet.»

«Unser Dilemma besteht darin», folgerte Macolieta, eine Muräne zeichnend, «dass wir uns Aktivitäten und Beziehungen widmen, die Beständigkeit und Geduld verlangen, wenn wir ihren ganzen tiefen Gehalt ausschöpfen wollen; aber dennoch sollen wir nicht der schnelllebigen Welt entsagen, in der wir nun mal leben.»

«Das ist das Kunststück», fasste es Claudio zusammen.

«Genau, Langer. Das Kunststück. Und du, Maco, der du fünf Bälle in der Luft tanzen lassen kannst, solltest dir nicht immerzu nutzlose Fragen stellen, sondern endlich leben.»

«Kreative Antworten auf die grundlegenden Fragen unseres Daseins zu suchen und sie mit einem folgerichtigen Denk- und Wertesystem in Übereinstimmung zu bringen», eilte ihm Claudio nun naseweis zu Hilfe, «scheint mir ein guter Weg zu sein, um in unserer Beschleunigungsgesellschaft, die sich dazu noch ständig verändert, zu einer ausgeglichenen Persönlichkeit zu finden.»

«Aber auch die Antworten ändern sich dauernd», jammerte Macolieta. «Nur die Fragen bleiben immer dieselben.»

«O hohes Geschwätz. Sich die Hände schmutzig machen, was sage ich, den ganzen Körper, bis zum Hals hinein in den Dreck, wie die Schweine, so geht man das Leben an! Euer Problem, meine Freunde, ist, dass ihr zu viel denkt.»

«Und dein Problem ist», gab Claudio zurück, «dass du lebst, wie du isst.»

Alle drei starrten auf das Stück Tischdecke vor Max, das voller Soßen- und Limonadenflecke war, überall Spritzer von gekauten Fleischstückchen und geschmolzenem Käse.

«Kunststücke», murmelt Macolieta im Café und greift wieder zum Kugelschreiber.

Du zeigst der Marionette den Regenschirm, den sie ausdruckslos ansieht, als wollte sie sagen: Ein Regenschirm. Na und? Du spannst ihn auf, und heraus fallen Konfetti und lange durchsichtige Plastikbänder, die hängen bleiben und euch in einen künstlichen Regen hüllen. Die Marionette wendet sich dir zu, gibt dir einen launigen Klaps und versinkt wieder in Traurigkeit. Als du den Schirm zuklappen willst, bleibt ihr beide in ihm gefangen, als hätte euch eine riesige Fledermaus bis zur Hüfte verschlungen und ihre Schwingen um euch geschlagen. Die Fledermaus taumelt über die Bühne, als sei sie betrunken oder hätte sich verschluckt. Es ist ein Tanz des rollenden Kleiderständers und deiner stolpernden, sich spreizenden und drehenden Gummibeine, der erst endet, nachdem ihr euch endlich aus dem Innern der Fledermaus befreit habt. Ihr haltet inne und schaut euch an. Die Marionette gibt dir wieder einen Klaps und versinkt aufs Neue in Traurigkeit. Da fällt dir ein, dass es – wie ja jedermann weiß – nichts Besseres gibt, um die Moral einer Marionette zu heben, als einen Clown aus ihr zu machen. Also schiebst du den Kleiderständer ans andere Ende der Bühne, wo ein von Glühbirnen (die noch ausgeschaltet sind) umrahmter Spiegel steht. Du zeigst ihn ihr voller Stolz. Die Marionette kratzt sich am Kopf. Marionetten können manchmal sehr schwer von Begriff sein, scheint der Blick zu sagen, den du ins Publikum wirfst. Vereinzelte Lacher. Dann legst du mit majestätischer Geste, als würdest du ein ehrwürdiges Denkmal enthüllen, den Lichtschalter um, und mit einem schnalzenden Laut gehen die Spiegellämpchen an. Die Marionette er-

schrickt, rollt ein Stück weg, du rennst hinterher und bringst sie zum Schminktisch zurück. Der kurze Spurt hat eine Schmerzexplosion in deinem Rücken zur Folge. Du bleibst stehen und gewinnst Zeit, indem du so tust, als müsstest du die Marionette trösten. An deiner Nasenspitze hat sich ein Schweißtropfen gebildet, der sich zum Absprung bereit macht, gleich einem durchsichtigen Fallschirmspringer, der ins Leere stürzt, um am Boden zu zerschellen und in tausend winzige Tröpfchen zu zersprühen. Integriere den Schmerz in deine Darbietung, Balancín, ermahnst du dich und erinnerst dich an eine Passage aus der Autobiografie des Clowns Grock, in der er berichtet, wie er sich in einer seiner Vorstellungen ans Klavier setzt, kraftvoll in die Tasten greift und zusammen mit dem Klang der ersten Akkorde den brennenden Schnitt einer von einem Neider sorgfältig zwischen den Tasten versteckten Rasierklinge in der Fingerkuppe spürt. Und was tat der Clown? Brach er fluchend ab? Ließ er den Vorhang senken? Nein. Er zog die Rasierklinge heraus, betrachtete sie neugierig und brachte damit die Zuschauer zum Lachen, dann warf er sie fort und spielte weiter. Der unsichtbare Neider hatte jedoch mehrere Rasierklingen versteckt. Ein weiterer Schnitt – wie ein Peitschenhieb – in eine andere Fingerkuppe; und wie ein Archäologe an seinem Glückstag förderte Grock eine nach der anderen weitere Rasierklingen zwischen den weißen Tasten zutage, zeigte sie unter schneidenden Schmerzen und mit blutenden Fingern dem Publikum, ohne das Lachen aus seinem Clownsgesicht zu verlieren.

Du drehst dein Gesicht der Marionette zu, der Schweißtropfen löst sich von deiner Nasenspitze und fliegt durchsichtig, sich in die Länge ziehend, an die Stirn der Marionette. Jetzt ist sie es, die schwitzt, sich Sorgen macht, Schmerzen spürt. Du führst sie – deine Schmerzen beim Gehen mit trippelnden Eichhörnchenschritten in Schach haltend – zum Spiegel zurück, wo nun die chaotische Choreografie des Schminkens beginnt. Da ist die widerspenstige Marionette, die dir den weißen Puder aus der Hand schlägt, woraufhin prompt ein misstönendes Nieskonzert einsetzt; der Krieg der Farben gegen ein hin und her zuckendes, zurück- und ausweichendes Marionettengesicht; drohende Pinsel mit Rot und Blau und Grün und Gelb, heimliche Kniffe und Püffe, versehentliche Backpfeifen dazu, bunter Puder ins jauchzende Publikum geschleudert. Und als Schlusspunkt sozusagen drückst du dem neuen Clown die rote Nase ins Gesicht. Daraufhin betrachtet er sich einige Sekunden lang still im Spiegel, schaut zu dir, wieder in den Spiegel, zu dir, noch einmal in den Spiegel, dann wirft er sich begeistert in deine Arme, womit du aufs schönste bestätigt siehst, dass es nichts Besseres gibt, um die Moral einer Marionette zu heben, als einen Clown aus ihr zu machen.

Jetzt tanzen Balancín und der Marionetten-Clown über die Bühne, und jede Drehung ist für dich ein schmerzender Stich in den Rücken. Nicht innehalten, Balancín! Lass dich von der Musik davontragen! Du streckst die Arme zum Himmel der Bühnenscheinwerfer und Kabel hinauf und wirfst die Marionette, die nach einer kurzen Luftnummer in deinen Arm zurückkehrt und dann erfolglos versucht, mit dir das Gleiche zu tun. Daraufhin brichst du den Tanz ab, machst es ein bisschen spannend und zeigst der Marionette zuerst zwei rote Jonglierbälle, die die dumme Braut für Äpfel hält, in die sie hineinbeißen will. Nachdem du den irregeleiteten Appetit gestoppt hast, drückst du ihr zwei blaue Jonglierbälle in die Linke und gibst ihr zu verstehen, dass sie damit das Gleiche tun soll wie du mit deiner Rechten. Dies ist der heikelste Teil deiner Vorstellung, der zugleich mit dem größten Applaus bedacht zu werden pflegt. Deine rechte Hand in vollkommener Beherrschung der auf und ab hüpfenden Bälle, und deine linke, die der Marionette, beim unbeholfenen Versuch, es der anderen gleichzutun, jedoch immer besser werdend, bis jede Hand eine Fontäne ist, der ein fröhlicher Strahl zweier auf und ab hüpfender Wassertropfen entspringt. Plötzlich lässt du einen deiner Bälle zur anderen Hand fliegen, und es funktioniert. Ohne das Jonglieren zu unterbrechen, schauen die beiden Clowns sich an. Dann wirft der andere dir den Ball zurück, du nimmst ihn auf, gerade nachdem du einen weiteren hochgeworfen hast, der zwischen deinen Fingern klemmte, und nun ist aus den beiden Fontänen ein wirbelnder Bogen von fünf bunten Bällen geworden, während Clown und Marionette sich noch von der Überraschung erholen, von der Überraschung zum Entzücken wechseln, vom Entzücken zum glücklichen Lachen, und vom lachenden Glück zum hellen Wahnsinn. Immer höher, immer schneller; und dann wirbeln sie auch noch um die eigene Achse. Das Publikum ist hingerissen und applaudiert begeistert diesen aufsehenerregenden Jongleuren, die sich vom Farbenspiel der Scheinwerfer und den stürmischen Harmonien des Orchesters umschmeicheln lassen. Es kümmert dich nicht, dass jeder geworfene Ball ein glühender Stich in deinen Rücken ist. In diesem Augenblick haben sowohl die Zuschauer als auch die Künstler vergessen, wer sie sind, sie geben sich ganz dem hypnotischen, fantastischen Geschehen auf der Bühne hin und würden schwören, dass in der bewegten Puppe, die dem agilen Clown so geschickt die Bälle zuwirft, ein Herz schlägt, das menschlicher Empfindungen fähig ist. Den hoch in die Luft ge-

wirbelten Bällen fügt Balancín nun noch bunte Schleier hinzu, sodass sich ein wehender Sternschnuppenschwarm zu den rotierenden blauen und roten Planeten gesellt und die Zuschauer vollends verzaubert.

Wenn die Bühnenkunst zu etwas gut ist, falls sie überhaupt zu etwas gut sein muss, dann dazu, dass sie die Oberfläche durchbrechen und uns dazu bringen kann, unsere vergessenen Tiefen zu erkunden. Denn da unten, in all den zurückgelassenen Koffern, erwartet uns vielleicht der Blitzstrahl einer Antwort, denkt Macolieta und baut mit einem weiteren weißen Bauern eine Mauer vor der Ameise auf, die schon auf dem Weg zum Zuckerkrümel ist.

«Die Frage, meine Freunde, ist nicht, wer ich bin», hatte Macolieta am Ende des Mittagessens gesagt, «die Frage ist, wer alle die sind, die ich bin.»

Auf der Uhr im Café ist eine Stunde vergangen, und der Junge am Nebentisch versucht immer noch, mit pathetischem Flehen die uneinnehmbare Mauer der Argumente seiner Freundin zum Einsturz zu bringen.

«Wenn es so wäre», dozierte Claudio, nachdem er die erste Vanillewolke aus seiner Pfeife hinausgepafft hatte, «ginge es weniger um die Identifizierung als um die Harmonisierung aller Interessen, um sich in der beruhigenden Illusion einer Einheit wiegen zu können.»

«Pfui, Teufel ...», murmelte Max ignorant und rümpfte die Nase, nachdem er den Arm gehoben, in seine Achselhöhle gerochen und sich mit angewiderter Miene umgeschaut hatte. Dann nahm er eine ausgedrückte Zitrone vom Tisch und benutzte sie als Deodorant.

Die Musik setzt einen Moment aus, und genau da blinkt ein unförmiger Wecker und scheppert los, sodass das Publikum erschrickt. Du und die Marionette halten mitten in der Bewegung inne, was dazu führt, dass gleich darauf sämtliche Bälle wie ohnmächtige Frösche auf dem Boden liegen und nach und nach von den langsam herabschwebenden Schleiern zugedeckt werden. Eine Weile geschieht nichts. Dann quellen überall aus den Kulissen dicke Seifenblasen hervor. Dein Rücken krampft wie ein verwundetes Herz, doch das Ende der Vorstellung ist ganz nahe. Der bleiche Plüschmond sinkt herab, und eine große orangefarbene Sonne aus Karton geht auf. Marionette und Clown werfen sich einen langen Blick zu. Zucken die Schultern. Zeit zu gehen. Zusammen heben sie die Bälle und bunten Schleier auf; zusammen machen sie das Licht am Spiegel aus; zusammen holen sie den zerfetzten Regenschirm, der dich wieder dahin zurückzerren wird, woher du gekommen bist. Dann geben sie sich die Hand, umarmen sich, du überlässt ihr einen Ball als Souvenir, die Marionette tut, als ob sie hineinbeißen wolle. Gibt dir einen launigen Klaps. Beim Auseinandergehen schlüpfst du mit deiner Hand aus dem Ärmel, und als du ihn loslässt, plumpst er kraftlos herunter. Du gehst zum Ausgang, bleibst stehen, schaust dich um, ziehst ein riesiges Taschentuch aus der Jackentasche und winkst noch einmal zum Abschied. Du legst dir den Griff des Regenschirms um den Hals, und mit einem kräftigen Ruck nach vorn verschwindest du von der Bühne. Eine einzelne Seifenblase schwebt noch in der Luft und zerplatzt geräuschlos beim letzten verwehenden Ton der Musik. Die Marionette hängt einsam am Kleiderständer, dann hebt sie langsam die Hand vors Gesicht und schluchzt.

Macolieta legt den Kugelschreiber hin, reibt sich die Augen, und als er den Blick wieder aufs Schachbrett richtet, sieht er zu seiner Überraschung die Ameise nicht mehr. Sie ist ihm entwischt. Sie ist zur Straße ihrer Kameraden geeilt, die das Tischbein hinunterkrabbeln, zu einem Loch in der Wand. Auf dem Rücken balanciert sie den Zuckerkrümel, glitzernd wie ein siegreiches Lächeln.

2.1.3
Bestien

Nachdem der Applaus verklungen ist, der dich nach einer so schwierigen Vorstellung wie ein frischer Wind umweht, gehst du unter Schulterklopfen und Glückwunschlächeln in deine Garderobe. Du bist zufrieden. Prüfung bestanden. Aber morgen? Der Schmerz verschwindet nicht. Je mehr das Adrenalin sinkt und die Muskulatur erkaltet, nimmt er sogar noch zu. Du schminkst dich ab und ziehst dich um, so schnell du kannst. Du willst nach Hause. Beim Verlassen der Garderobe begrüßt du einige Bekannte. Der Schmerz wird stärker. Am Künstlerausgang des Theaters gibst du ein paar Autogramme, und als du endlich in die anonyme Menge der Fußgänger eintauchst, ist der Schmerz eine Würgeschlange, die sich um deine Hüfte windet und dir den Atem raubt. Schüttelfrost lässt dich zittern, jeder Schritt ist eine Tortur. Heute habe ich trotz der Schmerzen eine gute Vorstellung gegeben. Aber morgen?

«Gleich morgen früh gehen wir zum Arzt. Heute lindere ich deine Schmerzen mit einer Salbe und einer Tablette. Morgen weißt du mehr. Du wirst sehen, es ist nichts Ernstes.» Verlaine am Telefon. «Ich spreche mit der Nachbarin, damit sie auf die Kinder aufpasst, wenn ich dich zum Arzt fahre. Warte an der Metrostation auf mich.»

Und wenn es was Ernstes ist? Wenn ich nicht mehr auftreten kann? Nur noch wie die Marionette bin, die allein auf der leeren Bühne zurückbleibt und gerade noch einen Arm heben kann, um hineinzuweinen? Ein Stadtstreicher liegt auf einer Bank am Bahnsteig und schläft.

Macolieta bewegt sich auf seinem Stuhl und stellt fest, dass der Schmerz im Rücken etwas nachlässt.

«Vielleicht hat Max recht», denkt er, «und je mehr ich Balancín mit Rückenschmerzen quäle, umso weniger Schmerzen habe ich selber.»

Er kratzt sich den Kopf, als er darüber nachdenkt.

Kinderideen, Delirium, Aberglaube, Fantasy, würde Claudio sagen, und er hätte recht. «Keine Panik, Balancín», murmelt Macolieta, die Lippen dicht über dem linierten Papier, «es gibt für alles eine Lösung.»

«Darf ich Ihnen die Rechnung bringen?», fragt die Kellnerin, die ihren Bestellblock vor sich hält wie einen Schild gegen verrückte Gäste, die in ihr Notizbuch sprechen.

«Nein, nein, ich warte noch ein bisschen, danke.»

Macolieta bedenkt sie mit einem breiten Lächeln, das ihr sagen möchte: «Verrückt, vielleicht, ein wenig; aber keinesfalls gefährlich».

«Aha …»

Er betrachtet sie, während sie davongeht, doch bevor sie die Theke erreicht, wendet er seinen Blick ab, damit er nicht an der Wanduhr hängenbleibt. Er will nicht, dass die Stellung ihrer Zeiger ihn daran erinnert, dass Don Eusebio heute nicht mehr kommen wird.

«Aber wir könnten doch andere Gefühle füreinander entwickeln», hört er die bemitleidenswert niedergeschlagene Stimme des Jungen am Nebentisch, der vom schwarzen

Loch seiner sterbenden Liebe unaufhaltsam eingesogen wird.

«Wir können keine Gefühle verändern», entgegnet sie ungerührt. «Wir können höchstens einiges an unserem Leben verändern und hoffen, dass sich unsere Gefühle nach einer gewissen Zeit davon anstecken lassen. Der Verstand steht im Dienst unserer Leidenschaft.»

Guter Satz, denkt Macolieta.

Jetzt erst blickt er auf, um sich das Pärchen näher anzusehen. Das Mädchen drückt gerade eine Zigarette im Aschenbecher aus, so wie sie zuvor jede Bitte und jedes Argument des mutlosen Jungen zerdrückt und ausgelöscht hat. Verdutzt erkennt er Lorena, die Animateurin, mit der er sich gestern, Sonntag, am Ende des zweiten Kindergeburtstags unterhalten hat (und die sein Herz für ein paar Minuten höherschlagen ließ).

«Das heißt …?», fragt mit brechender Stimme der, der gleich gehen wird.

«Was es heißt!», antwortet unbarmherzig die Stimme derer, die bleiben wird.

«Seifenoper», denkt Macolieta, der mangels Zahnstochern den kleinen Finger an den Zähnen hat.

Der junge Mann legt ein paar Münzen auf den Tisch, hebt die Hand zu einer unbeholfenen Abschiedsgeste, nimmt seine Jacke und geht. Sie starrt auf die Tür, durch die er verschwunden ist. Unmöglich, die Gefühle zu deuten, die sich hinter ihrem ausdruckslosen Gesicht verbergen. Auf diesem herrlichen Profil hat die Zeit angehalten. Wieder spürt Macolieta sein Herz bis zum Hals klopfen. Das Summen des Kühlschrankmotors dringt durch das ganze, so gut wie leere Café. Draußen grummelt der Himmel mit fernem Donner. Die Ameisen sind verschwunden. Das Mädchen fährt sich mit beiden Händen übers Gesicht, spielt mit ihren Haarsträhnen, stößt einen hörbaren Seufzer aus und bittet die kauende Kellnerin mit entschlossener Stimme um die Rechnung.

«Geh zu ihr und frag sie, ob es ihr gutgeht!», wispert ihm das kleine Mäxchen ins Ohr, das auf seiner Schulter steht. «Sag ihr: Ich bin der Clown, mit dem du dich gestern unterhalten hast.»

«Nein, das Letzte, was sie jetzt will, ist, mit einem Fremden über ihre Probleme oder deren Lösung sprechen.» – Das ist Claudio, den Macolieta sich Pfeife rauchend auf seiner anderen Schulter stehend vorstellt.

«Dann steh auf, geh zur Toilette und tu so, als würdest du sie unverhofft wiedererkennen. Du sagst zu ihr: ‹Bist du nicht Lorena?› Und dann soll geschehen, was zu geschehen hat.»

«Ich glaube nicht, dass dies der geeignete Moment ist, um auf solche Weise ein Gespräch zu beginnen. Das muss man subtiler anfangen.»

Die Kellnerin bringt die Rechnung, das Mädchen bezahlt und verstaut ihre Sachen in der Handtasche.

«Steh auf, Maco, geh zu ihr, mach irgendwas! Wenn du sitzen bleibst …»

Macolieta sitzt wie angenagelt auf seinem Stuhl und schaut zu, wie sie aufsteht, zur Tür geht, stehen bleibt, mit einer Zigarette zwischen den ungeschminkten Lippen, und bevor sie die Tür aufstößt, tastet sie mit der Hand in ihrer Tasche nach dem Feuerzeug.

Das Feuerzeug! Es liegt noch auf dem Tisch. Sie hat vergessen, es einzustecken.

«Bingo!», schreit Mäxchen und verschwindet.

«Jetzt aber los! Steh auf, greif dir das Feuerzeug und frag sie, ob sie nicht Lorena ist», murmelt Claudio und verschwindet ebenfalls.

«Ja, Macolieta», spricht er jetzt zu sich selbst, «dies ist der Moment, Buchstabe ‹M› zu werden und nach vorn auszubrechen. Schluss mit den Zweifeln und dem Leben in der Vergangenheit. Vorwärts; was sein soll, soll sein.»

Seine Wangen glühen, ein Heer von Ameisen marschiert durch seinen Bauch. Er legt die Hände auf den Tisch, um sich in den Himmel hochzudrücken, wuchtet sich mit einem Ruck in die Höhe und ... Au! Der Schmerz trifft ihn wie ein Pfeil ins Rückenmark und lässt ihn mit verzerrtem Gesicht erstarren. Das Mädchen entdeckt das vergessene Feuerzeug, geht zum Tisch, nimmt es an sich, beachtet Macolieta gar nicht und lässt nur einen Hauch von Parfum und Zigarettenrauch zurück.

«Scheiße!», murmeln alle drei.

Macolieta wartet, bis der Schmerz ein wenig nachlässt, und setzt sich dann langsam auf den Stuhl zurück. Das Summen des Kühlschrankmotors lässt ihn an das verwobene Gesumm von Insekten an einem Teich denken. Woher kommen solche Gedanken?, fragt er sich, vergisst aber, nach einer Antwort zu suchen. Die Kellnerin räumt die Tassen ab und wischt den Tisch, an dem Lorena gesessen hat. Sie trällert ein Liedchen und begleitet es mit den hektischen Bewegungen ihres kauenden Kiefers. Als sie alles eingesammelt hat, verschwindet sie durch eine Tür hinter der Theke. Macolieta sitzt allein im verwaisten Café. Warum hat dieses Mädchen gerade jetzt zwei Mal kurz hintereinander sein Herz in Aufruhr versetzt? Gerade jetzt, da er entscheiden muss, ob er verrückt genug ist, dem fernen Ruf Sandrines zu folgen. Sandrine. Schon wieder Sandrine.

Er hebt die Hand an seine Brust, dorthin, wo er den Brief verwahrt, den er jetzt nicht mehr mit Don Eusebio besprechen kann. Er holt den Umschlag aus der Innentasche seiner Jacke, legt ihn auf seine flache Hand, wiegt ihn, betrachtet ihn, zieht mit zwei Fingern den Brief heraus, und dabei fällt ein Zettel zu Boden. Offenbar hat er mit den Blättern des Briefes im Umschlag gesteckt, und er hat ihn bislang nicht bemerkt. Er hebt ihn auf und liest:

Wenn die Welt nur noch ein einziges schwarzes
Wäldchen sein wird für unsre vier staunenden Augen,
  – ein Strand
für zwei treue Kinder, – ein musikalisches
Haus für unsern hellen Einklang, – werd ich
Sie treffen.
Dann gäb es hienieden nur noch einen Alten, einsam, still und schön, umgeben von «übermäßigem Luxus», – und ich zu Ihren Knien.
Dann hätt ich all Ihre Träume verwirklicht, –
ich wäre die, die Sie zu knebeln weiß, – ich werd Sie
  ersticken.

Er kennt die Zeilen, sie stammen aus den *Leuchtenden Bildern* von Rimbaud. Zusammen haben sie den Dichter oft in einer Ausgabe gelesen, in der auf der linken Seite das Original in Französisch abgedruckt war und auf der rechten Seite die spanische Übersetzung.

Er steckt alles in den Umschlag zurück, haucht einen Kuss darauf und murmelt «Pardon».

«Pardon, Alter, wofür?», sagt der kleine Max, der auf seine rechte Schulter zurückgekehrt ist. «Du hast sie seit Jahren nicht gesehen. Du kannst tun und lassen, was du willst, Maco. Du bist ein freier Mensch. Du kannst nach Spanien fahren und sie wiedersehen; aber du kannst auch hier in der Stadt nach dieser Lorena suchen und dich neu verlieben, oder du kannst dir megaorgasmisch einen runterholen. Was immer du willst, Mann; aber hör auf, dich in der Vergangenheit zu verlieren; komm heraus aus der Fiktion und wirf deine Ketten ab!»

«Ich habe den Verdacht, dass Sandrine mein Schicksal ist.»

«Und ich glaube» – das ist jetzt Claudio, der von der linken Schulter spricht –, «das Einzige, was ich mich trauen würde, als Schicksal zu bezeichnen, ist unser Unterbewusstsein, dieses von gesichtslosen Schatten bevölkerte Gemach. Und doch behaupten Sartre, Heidegger und andere Philosophen und Dichter, dass wir verdammt sind, frei zu sein, und dass es weder ein Schicksal noch ein Unterbewusstes geben darf, das unseren außergewöhnlichen Existenzkampf um ein selbstbestimmtes Leben behindert.»

Er erbittet ihr Pardon, weil sie ihm geholfen hat, die Poesie zu entdecken; in den verdrecktesten Winkeln der Stadt ein Gedicht zu finden; in Mülltonnen verborgene Verse, die wie dürres Gestrüpp über rissigem Asphalt ihre Zweige ausstrecken. Er erbittet ihr Pardon, weil sie sich, indem sie ihm seinen Künstlernamen gab, seiner Existenz bemächtigt hat. Sie hat ihm den Namen Macolieta gegeben, der sich für ihn nach gebügelter Wäsche, nach Blattgrün und hoppelndem Murmeltier anhört. Dahinter verbirgt sich der andere Name, der Taufname, der nach Blutkruste klingt, nach trockenem Brunnen oder einem Topf voll überholter Symbole.

«Aber ich habe einen Clown aus dir gemacht, du Saftsack!»

«Platon meinte, göttlich sei der Liebende, nicht der Geliebte.»

Mit einer abrupten Kopfbewegung pulverisiert Macolieta die eingebildeten Eindringlinge zu trockenen Schneeflocken, die auf seinen Schultern niedersinken.

«Blöde Schuppen!», brummt er.

Der Kugelschreiber in seiner Hand fährt nun wieder mit der gleichen erlesenen Eintönigkeit über die Linien des Buches, mit der das Weltrauminsektengesumm des Kühlschranks das leere Café durchflutet.

Sie kommt und umarmt dich mit ihrem Lächeln, dem blauen Glanz ihrer Augen, der Zärtlichkeit ihrer schlanken Arme, und ihr geht zusammen nach Hause. Dort küsst du die Kleinen, die schon von Helden und Drachen träumen, lässt dir danach von Verlaine den Rücken mit einer übelriechenden Kräutersalbe einreiben und eine Tablette gegen die Schmerzen geben, zu der sie dir ein Glas Wasser reicht. Sie küsst dich und fährt dir durchs Haar, während sie dir die neuesten Streiche von Marco und Iris erzählt, und dann steht sie auf und holt einen Gedichtband von Rimbaud, um dir einige Zeilen vorzulesen, die sie am Nachmittag tief berührt haben.

Wenn wir sehr stark sind, – wer weicht? sehr froh,
wer macht sich lächerlich? Wenn wir sehr
tückisch sind, – was stellt man mit uns an.
Schmückt euch, tanzt, lacht, – ich könnte niemals
die LIEBE durchs Fenster jagen.

Sie schaut dir in die Augen und sagt mit sanfter Stimme, dass alles gut wird, und du glaubst ihr, allein, weil sie es sagt, diese Lippen es sagen, die du so oft geküsst, denen du so oft gelauscht, nach denen du dich so oft gesehnt hast. Sie steht auf, um dir ein belegtes Brot zu machen, und als du sie aus dem Zimmer gehen siehst, fragst du dich, was ohne Verlaine aus dir geworden wäre. Du versuchst dir vorzustellen, wie dein Leben aussähe, wenn du nicht bei ihr geblieben wärst, und siehst dich wieder als einen am Leben zweifelnden Kindergeburtstagsclown in Begleitung zweier bester Freunde, der sich nach der platonischen Liebe verzehrt. Woher kommen einem bloß solche Gedanken?, fragst du dich, und von einem plötzlichen Impuls getrieben, der dich alle Schmerzen vergessen lässt, ziehst du die Schublade auf und holst das mysteriöse blaue Buch heraus, das dich schon dein Leben lang begleitet, dessen Ursprung dir jedoch unbekannt ist. Du schlägst es auf der ersten Seite auf und schreibst:

Er wachte auf, ohne die Augen zu öffnen. Ein kalter, stechender Schmerz im Magen hinderte ihn, die Lider zu bewegen. Diesmal war es tatsächlich so weit; diesmal war Macolieta nicht mehr er selbst und erwachte im Körper und im Leben eines anderen.

Und du schreibst immer weiter, Seite für Seite, die Geschichte dieses Clowns, der, Seite für Seite, deine Geschichte erzählt.

Macolieta lässt den Kugelschreiber sinken. Wie eine Ohrfeige hat ihn getroffen, was er bis heute nicht hat wahrhaben wollen: Balancín könnte er niemals sein; dieses Parallelleben, das nichts mit seinem tatsächlichen zu tun hat, niemals leben. Nie könnte er dieser triumphierende Clown sein, diese Fantasie ausleben, der er sich jahrelang und so viele Seiten lang hingegeben hat, ohne sich von ihr lösen zu können. Balancín ist ein anderer. Und Verlaine? Verlaine ist nicht mit Sandrine zu vergleichen. Sandrine ist nicht Verlaine. Und du, in wen bist du verliebt? Die Frage kommt von Max, oder von Claudio, oder vom summenden Kühlschrankmotor. Und du, wen willst du am Nudistenstrand von Barcelona treffen, Verlaine oder Sandrine? Beide kommen ihm mit einem Mal wie Schimären vor. Den inquisitorischen Gespenstern zu antworten, bleibt ihm jedoch keine Zeit, da ein zerlumpter, ungekämmter Junge in sein Blickfeld getreten ist, der ausgiebig in seiner Nase bohrt und ihn verschlagen ansieht.

«Warten Sie auf Don Eusebio?»

Noch etwas benommen schreckt Macolieta aus seinen Gedanken auf, hebt den Blick von den geschriebenen Worten und braucht ein paar Sekunden, bis er den Jungen deutlich vor sich sieht. Das Summen des Kühlschranks martert sein Hirn.

«Pardon?»

Der Blick des Jungen wird ungeduldig, und nachdem er

interessiert das Ergebnis seines Nasenbohrens betrachtet hat, wiederholt er die Frage, als spräche er zu einem vertrottelten Alten.

«Ob-Sie-auf-Don-Eu-se-bi-o-war-ten.»

Macolieta nickt, wirft einen Blick auf die Wanduhr, erkennt aber nicht, welche Zeit sie zeigt.

«Ich soll Ihnen sagen, dass das Schachspielen für unbestimmte Zeit ausfällt.»

«Warum?»

«Er hat einen Unfall gehabt.»

«Wann?»

«Weiß nicht.»

«Ist es schlimm?»

«Weiß nicht.»

«Liegt er im Krankenhaus?»

«Nein.»

«Zu Hause?»

«Weiß nicht.»

«Wo dann?»

«Weiß nicht.»

«Woher wusstest du, wo du mich findest?»

«Ich bin ein Freund der Familie.»

«Don Eusebio hat nie eine Familie erwähnt. Wer ist das?»

«Weiß nicht. So ein guter Freund bin ich auch wieder nicht.»

«Soll das ein Witz sein?»

«Weiß nicht.»

«Und wer, zum Henker, bist du?»

«Nun, der Bote.»

«Aber du weißt doch nichts.»

«Natürlich weiß ich was.»

«Was denn?»

«Weiß nicht.» Er grinst wieder verschlagen. «Haben Sie einen Peso für mich?»

«Einen Tritt in den Hintern hab ich für dich.»

Doch selbst wenn er seine Drohung wahr machen wollte, würde der neu erwachte Schmerz in seinem Rücken ihn daran hindern.

«Ich für Sie auch!», ruft ihm der Junge von der Tür aus zu und verschwindet pfeifend nach draußen, wo er eine leere Dose über den Gehweg tritt.

Macolietas keuchender Atem geht im Summen des elektrischen Motors unter. Seine Hände zittern, seine Wangen glühen, das Herz tritt ihm gegen die Brust, alles um ihn her und in ihm drinnen verflüssigt sich. Wird unfassbar. Falsche Augen schauen auf eine falsche Welt, eine Welt voller Abwesenheiten mit einer Uhr an der Wand, die keine Zeit anzeigt, mit einem absurden Gespräch, dessen Echo noch in der Luft eines Cafés ohne Gäste schwebt. «Fiktion, Fiktion, Fiktion!», rufen ihm seine Schimären zu, und er versteht «Feuer, Feuer, Feuer!». Er krallt sich den Kugelschreiber und nagelt die Wörter aufs Papier.

Mitten in der Nacht weckt dein Geheul eines verwundeten Wolfs Verlaine und die Kinder. Du wolltest aufstehen, um ins Bad zu gehen, und konntest dich nicht mehr bewegen. Bösartige Igel drücken sich in deine Wirbelsäule und stoßen ihre Stacheln in jeden erreichbaren Nerv. Du schreist und stöhnst und weinst vor Schmerzen, kein verständliches Wort kommt über deine Lippen. In heller Aufregung läuft Verlaine zum Te-

lefon und wählt den Notruf, fordert mit kreischender Stimme einen Krankenwagen an. Die Kinder sind erschrocken und weinen, und Verlaine versucht sie zu trösten. Dann kühlt sie deine glühende Stirn, und du versuchst, dein Stöhnen zu unterdrücken, das dir wie der Schaum eines tollwütigen Hundes aus den Mundwinkeln quillt. Noch nie hast du solche Schmerzen gehabt. Hysterisches Sirenengeheul kündigt die Ankunft des Krankenwagens an. Mit den Sanitätern kommt auch die Nachbarin, die Verlaine gebeten hat, auf die Kinder aufzupassen. Die Männer untersuchen dich und heben dich auf eine Trage. Die Stacheln der Igel verursachen grauenvolle Schmerzen. Man verabreicht dir eine Spritze und versichert dir, sie werde den Schmerz lindern. Du gibst nur ein zustimmendes Knurren von dir, kalter Schweiß steht dir auf der Stirn, vor deinen Augen bewegen sich unerklärliche Schatten und Gespenster. Du hörst das Geräusch von Schritten, instabile Geländer sind um dich herum, Fenster mit bauchenden Scheiben, eine Treppe, die sich im schwarzen Abgrund verliert. Aus deiner Zimmerdecke ist die Decke des Hausflurs geworden, dann eine mondlose Nacht und schließlich das bespannte Blechdach des Krankenwagens. Verlaines Mund bewegt sich, wird zum brüllenden Rachen eines Panthers, der nach den Sanitätern schnappt, Silhouetten verschlingt, Farben, Lichter. In der Dunkelheit nimmst du nur ein Geräuschechaos wahr, die Stacheln in deinem Rückenmark, Bewegung, ein letzter markerschütternder Schrei und dann nichts mehr … dann nichts mehr.

Als Macolieta das Café verlässt, trifft der erste Regentropfen seine Stirn. Was mag Don Eusebio zugestoßen sein? Der zweite hinterlässt einen erdigen Geschmack auf seinen Lippen. Was mag Don Eusebio zugestoßen sein? Der dritte und alle weiteren vereinigen sich mit den Tropfen, die ihm in die Augen treten und langsam über seine Wangen rinnen. Was mag Don Eusebio zugestoßen sein?

◆◆ ZWEITE TRIADE ◆◆

Abwesenheiten

Einzeln betrachtet, hat der Baustein eines Puzzles keine Bedeutung; er ist nur eine unmögliche Frage, eine undurchsichtige Herausforderung; doch kaum ist es einem gelungen, ihn nach einigen Minuten der Versuche und der Irrtümer oder in einer ungewöhnlich inspirierten Halbminute mit einem seiner Nachbarn zu verbinden, verschwindet der Baustein, hört auf, als Baustein oder Einzelteil zu existieren. (...) die beiden auf wunderbare Weise miteinander vereinigten Bausteine sind zu einer Einheit geworden, die nun ebenfalls Ursache für Irrtum, Zögern, Verwirrung und Hoffen ist.

GEORGES PEREC, Das Leben,
Gebrauchsanweisung

2.2.1
Verluste

Er hatte eine quälende Nacht mit Rückenschmerzen, kurzen, wirren Träumen und einer Flut von Fragen verbracht, die sein Gehirn zermarterten. Was war Don Eusebio zugestoßen? Wo war er? Würde er jetzt zu Sandrine fahren können? Wer war Sandrine? Eine Fremde? Eine von ihm erfundene Figur? Die Liebe seines Lebens? Wer ist Macolieta? Was wusste er über Don Eusebio, außer dass der alte Mann ein guter Schachspieler war? Warum schmerzte es ihn so, zu wissen, dass es ihm nicht gutging? Wie viel können wir wirklich über andere wissen? Nur das, was die Fassade uns zeigt? Denken wir uns aus, was drinnen ist, und ist jeder für jeden ein Fremder? Nur eine Leinwand für unsere Projektionen? Was ist eine Entfernung? Der Mond blinzelt durchs Fenster und lässt die Schatten länger werden, manchmal hört man das hoffnungslose Miauen einer Katze. Schweiß auf der Stirn, flüchtige Bilder, die ihn um den Verstand zu bringen drohen. Ein leichter Wind bewegt gespenstische Gardinen. Etwas heult, etwas schmerzt. Er steht auf, schlägt das Buch auf und beginnt – leicht fiebernd – zu schreiben.

Deine erste Regung ist, die Flügel auszubreiten, obwohl du weißt, dass sie unter deinem Körper begraben und außerdem vollkommen durchnässt sind. Du schlägst die Augen auf. Um dich her ein Weiß, das nach Desinfektionsmittel riecht und dir einen flüchtigen Moment lang Verlaines Gesicht zeigt. Sie lächelt. Du schließt die Augen und bist wieder eine auf dem Rücken in einer schlammigen Pfütze liegende Motte. Die Sonne scheint dir ins Gesicht, und du kannst nichts sehen. Deine Flügel sind zwei Bahnen schweren Stoffs, die an deinem Körper kleben und die du vergebens auszubreiten suchst. Eine riesige Hand fährt zwischen dem gleißenden Licht und deinen Augen hindurch und ergreift dich am Ende eines deiner Flügel. Sie hebt dich hoch, und der Wind lässt deine Fühler aufgeregt zittern. Die Hand setzt dich auf einem großen Jakarandablatt ab, damit die Sonne dich trocknen kann. Vor dir siehst du das Gesicht eines jungen Mannes, der einen weißen Kittel und ein Stethoskop um den Hals trägt. Er beobachtet dich einige Sekunden lang, dann spricht er mit Verlaine. Zum zweiten Mal gelingt es dir nicht, wach zu bleiben, und du wirst wieder zur Motte. Das Wasser tropft von deinen plattgedrückten Flügeln. Bald wird die Sonne sie getrocknet haben, und die Wirkung der Narkose wird weiter nachlassen, wenngleich du noch nicht fliegen kannst.

Er legt den Kugelschreiber hin und wälzt sich wieder im Bett. In der kühlenden Luft des anbrechenden Tages wird die körperliche Erschöpfung endlich zu tiefem Schlaf, bis die Wohnungstür mit lautem Krach an die Wand fliegt und ihn hochfahren lässt. Wie ein wildes Nashorn hereingestapft kommt der als Clown geschminkte und verkleidete Max. Er marschiert zum Fenster, reißt den Vorhang zur Seite, ein Eisblock von Licht fällt ins Zimmer und trifft die sterbenskranke Sonnenblume mitten ins Gesicht.

«Aufstehen, du Faultier!», ruft Max grinsend und stellt die Schminktöpfe in einer Reihe vor dem von Glühbirnen – von denen nur noch drei ihren Dienst tun – umrandeten Spiegel auf, auf den die Spinne sich langsam schreitend zubewegt. «Heute ist unser Vorstellungsgespräch im Zirkus.»

«Unser?»

«Ja, deines, euer», bestätigt die Spinne mit von Max geliehener Stimme.

«Du ziehst dich jetzt um, und dann üben wir die Nummer ein, mit der wir uns in zwei Stunden vorstellen und die mich zu einem richtigen Zirkusclown machen wird. Beeil dich!»

«Max, mein Rücken ist ein Schlachtfeld der Schmerzen.»

«Das Grauen», flüstert die Spinne.

«Macht nichts, Maco. Wir denken uns eine Nummer als Doktorclown und Patientenclown aus.»

«Das Grauen», flüstert die Spinne zum zweiten Mal.

Durch die offen gebliebene Tür tritt – einen Stapel Bücher unterm Arm – Claudio herein.

«Und du, warum bist du um diese Zeit noch nicht in der Bibliothek?», fragt Macolieta, während er mit schmerzverzerrtem Gesicht auf die Beine zu kommen versucht.

«Sie haben mich entlassen.»

«Das Grauen!», schreit die Spinne jetzt und fällt tot um.

«Warum?»

«Ich hatte das Schild der Abteilung für Philosophie mit dem für Lyrik und Musik vertauscht. Vorige Woche kam eine Frau und suchte was von Schubert und Neruda, nahm aber was von Schopenhauer und Nietzsche mit. Heute früh kam ein Vertreter der Kirche, die unsere Bibliothek finanziert, und kündigte die Streichung der Subventionen an, da die Frau aus der Kirche ausgetreten sei. Mich haben sie rausgeworfen.»

Max betrachtet den leblosen Körper der Spinne, hebt sie mit zwei Fingern hoch, haucht sie an, lässt sie auf den Rücken fallen.

«Die Spinne ist tot.»

«Das Grauen», murmelt Claudio.

«Das Grauen», seufzt Macolieta.

Sie stellen sich am Schreibtisch auf und betrachten das tote Insekt während einer langen Schweigeminute, jeder in seinen Gedanken versunken. Dann steckt sich Claudio die Pfeife zwischen die Zähne und leert sämtliche Hölzer aus seiner Streichholzschachtel. Max holt einen großen Luftballon aus der Schublade und geht damit zur Heliumgasflasche, um ihn aufzublasen. Macolieta zieht sich einen langen Faden aus dem Pyjama. Immer noch schweigend legen sie die tote Spinne in die leere Streichholzschachtel, die sie mit dem Faden an den Luftballon knoten. Feierlich schreiten sie zum Fenster und lassen das Ganze gen Himmel steigen.

«Das ist keine Beerdigung», sagt Macolieta.

«Es ist eine Behimmligung», murmelt Claudio.

«Sie war eine gute Spinne», seufzt Max, «und sie hatte eine so schöne Stimme.»

Sie beobachten den langsamen Aufstieg des Insekts in den Himmel. Plötzlich hören sie ein pfeifendes Geräusch und, plopp!, platzt der Ballon. Die Streichholzschachtel mit der Spinne stürzt in den Straßenverkehr, und ein vorbeirasendes Motorrad drückt sie auf dem Asphalt platt. Auf dem gegenüberliegenden Gehweg macht ein Junge mit einer Ziehschleuder in der Hand vor Freude über seinen gelungenen Schuss einen Luftsprung. Es ist der Junge, der am Abend zuvor Macolieta mitgeteilt hat, dass Don Eusebio nicht erscheinen kann. Lachend applaudiert Max dem Freischütz, Claudio enzündet gleichmütig seine Pfeife und kehrt zum Schreibtisch zurück, Macolieta will dem Jungen etwas zurufen, doch der Schmerz in seinem Rücken lässt ihn erstarren.

«Also, meine Herren, jetzt wird sich geschminkt!»

«Max, ich kann mich nicht einmal bewegen.»

«Dann machen wir es so: Wir verkleiden uns und gehen als Clowns zur Sprechstunde des Arztes, der mich wegen meiner Migräne behandelt. Er soll Macolieta untersuchen, und danach stellen wir uns im Zirkus vor. Wenn er für Macolietas Rücken nichts tun kann, gehen wir trozdem hin, und Lulatsch macht mit mir zusammen die Nummer. Einverstanden?»

«Wie Seneca schon sagte», fügt Claudio auf dem Pfeifenstiel kauend hinzu, *«aut regem, aut fatuum nasci oportet.»*

«Uff!», stößt Max hervor und beginnt ihn zu schminken, «fängt der schon wieder an, in toten Zungen zu reden.»

Die Zirkusarena hat keinen Boden, und doch stehst du mitten darin. Es gibt keine Erklärung dafür, dass du über dem Nichts stehst. Vom Scheinwerfer getroffen und vom Applaus eines unsichtbaren Publikums angefeuert, beginnst du mit deiner Darbietung über dem saugenden Abgrund. Warum stürzt du nicht ab? Deine Füße bewegen sich auf einem nicht vorhandenen Boden. Du tanzt. Mit biegsamen Beinen vollführst du Luftsprünge, und zu deinem Tanz lässt du drei Gummibälle über den nicht vorhandenen Boden hüpfen. Sie springen geräuschlos wieder hoch, und du drehst Pirouetten und schlägst Saltos, während du mit den Bällen jonglierst. Der Applaus dringt wie Intervalle eines Gewitterdonners an dein Ohr. Dein Tanz wird schneller, die Bälle springen in einem Irrsinnsreigen über dieses aufgerissene Maul, dieses bodenlose blinde Riesenauge, auf dem du dennoch Halt findest. Du wirfst die Bälle hoch in die Luft und springst mit Anlauf, um sie zu fangen. Der Applaus ist wie das Brüllen eines hungrigen Raubtiers. Du hebst ab, der Scheinwerferkegel verfolgt dich wie einen Fliehenden, du greifst die Bälle aus der Luft, und noch bevor du wieder landest, schleuderst du sie hinunter auf den unsichtbaren Boden, von dem sie diesmal aber nicht zurückprallen. Eine Sekunde bevor dein Sprung endet, siehst du sie im bodenlosen Abgrund verschwinden. Doch bevor deine Füße aufsetzen und du wissen wirst, ob sie eine tragende Oberfläche finden oder ob du wie die Jonglierbälle in das riesige schwarze Loch fallen wirst, weckt dich der Schmerz.

Im Wartezimmer von Doktor Julius sitzen ein an Schlaflosigkeit leidender Richter, ein von sexueller Übererregbarkeit geplagter Priester, ein Boxer, dem die Hände zittern, und drei lesende Clowns. Der am Hexenschuss leidende Clown liest in dem Buch *Das Leben, Gebrauchsanweisung* von Perec und unterstreicht hin und wieder eine Zeile; der Lange neben ihm ist in die Lektüre von Nietzsches *Unzeitgemäße Betrachtungen* vertieft; und der Dritte, ein großer Dicker mit den Füßen auf dem Tisch, liest lachend und sich auf die Schenkel schlagend einen Comic mit Duffy Duck. Um ihre grellen Perücken schwirren zwei Fliegen, die sich von gelegentlich hochwischenden Händen nicht verscheuchen lassen.

«Sind wir Scheißhaufen oder was?», grummelt Max und versucht, eine der Fliege zwischen den Seiten seines Comic-Hefts zu zerdrücken.

«‹Für Clowns und Akrobaten›», liest Claudio vor, «‹ist der Beruf die Pflicht. Sie sind die einzigen Darsteller, deren Talent absolut und unwidersprochen ist, so wie bei Mathematikern oder, eindeutiger noch, beim Salto mortale der Fall. Bei diesem gibt es kein Vorspiegeln von Talent: entweder man landet auf den Füßen oder man fällt hin.› Also spricht Nietzsche. Was halten die Herren Clowns davon?»

«Was weiß ich», knurrt Max. «Ich bastle nicht an Clown-Theorien. Ich bin der Clown.»

«Ich glaube», antwortet Macolieta, «der Clown hat die Energie und die drängende Neugier eines Kindes, aber er ist kein Kind; er hat die Hemmungslosigkeit und den Überschwang eines Betrunkenen, ohne betrunken zu sein; seine Logik ist die eines Verrückten, aber er ist nicht verrückt. So wie die Philosophie das Grenzland zwischen Wissenschaft und Theologie ist, wie der Dichter sich zwischen Bedeutung und Musik bewegt, so wächst der Clown in dem Spalt zwischen Ordnung und Chaos heran.»

«Ich habe dazu keine Meinung», meldet sich Max noch einmal zu Wort, «und auch keine Clown-Theorie. Ich bin der Clown. Und jetzt haltet gefälligst den Mund, verdammt, damit ich mich auf Duffy Duck konzentrieren kann!»

Eine Weile lesen alle drei schweigend. Mit einem Mal springt Max auf die Beine und dann auf den niedrigen Zeitschriftentisch, wo er mit dem zusammengerollten Comic-Heft nach den summenden Fliegen schlägt. Der Richter macht ein empörtes Gesicht und listet im Geiste alle Vergehen auf, deren sich der dicke Irrwisch da gerade schuldig macht; der Priester schlägt die Beine übereinander, um eine jähe Monumentalerektion zu verbergen; der Boxer klatscht mit zitternden Händen Beifall; Claudio lässt seine Lektüre sinken und schaut Max wortlos zu; Macolieta schlägt das blaue Buch auf und schreibt:

Dich weckt der Schmerz; ein Schmerz, der so schrecklich ist, als würde man dich von innen aufschneiden. Blitze zucken durch deine sämtlichen Nervenbahnen. Ein entsetzlicher Schmerz. Verlaine kommt und streicht dir über die Stirn, bittet dich, Ruhe zu bewahren, derweil sie mehrmals einen Knopf drückt, der sich über deinem Bett befindet. Als eine Schwester hereinkommt, begreifst du, dass du dich im Krankenzimmer eines Krankenhauses befindest. Ernst und zielstrebig bedient die Schwester die Funktionsknöpfe deines Bettes. Dessen Kopf- und Rückenteil beginnt sich summend zu heben. Als dein Rücken in vollkommen vertikaler Stellung aufgerichtet ist, lassen die Schmerzen nach. Du reibst über eines deiner Beine. Die Krankenschwester gibt dir zwei Tabletten, misst deine Temperatur, fühlt den Puls, und als sie geht, sagt sie zu dir, dass der Doktor gleich kommt.

«Was ist mit mir passiert, Verlaine?»

Ihre kalten Hände umfassen deine unrasierten Wangen, und sie küsst dich auf die Stirn, auf die Augen und auf den Mund.

«Du hattest einen Bandscheibenvorfall. Sie mussten eine Notoperation vornehmen.»

«Wie lange muss ich hierbleiben?»

«Nur noch zwei Tage, dann geht es nach Hause.»

«Und auf die Bühne?»

«Das fragen wir den Doktor, wenn er kommt.»

«In wie viel Tagen kann ich wieder auf die Bühne, Verlaine?»

«Sie wissen es nicht; du musst Geduld haben, Liebster. Ich glaube, du solltest eher in Monaten als in Tagen denken.»

«Monate?!»

Verlaine nimmt deine Hände in ihre und streichelt sie. Durch die halb aufgezogenen Gardinen fällt das Sonnenlicht als vertikaler Balken ins Zimmer. Euch an den Händen haltend, hört ihr euch beide atmen; du schnell, keuchend, sie leicht und ruhig, um dir die Furcht zu nehmen. Auf deinem Handrücken lässt sie ihre Faust auf den zwei Beinen ihres Zeige- und Mittelfingers stehen und diese dann loslaufen. Die Faust spaziert, rennt ein Stück, stolpert, kommt wieder hoch, läuft weiter, und als sie den Lichtbalken erreicht, bleibt sie stehen. Dann klettert sie mit munteren Hüpfern daran empor, und auf der Höhe des Fensters geht sie in die Knie, stößt sich mit den langen Fingernägeln ab, landet mit einem gewaltigen Satz und weit gespreizten Fingerbeinen auf deiner Nasenspitze und zwickt liebevoll hinein.

«Mach dir keine Sorgen, Clown. Alles wird gut.»

Das Faustmännlein ist jetzt wieder ihre Hand, die dir den Schweiß von der Stirn tupft und dir liebevoll das Haar zaust.

Ein Sänger, der seine hohen Töne verloren hat, verlässt das Sprechzimmer des Doktor Julius. Jetzt ist Macolieta an der Reihe. Mühsam kommt er auf die Füße und tappt wacklig zur Tür, wo ihm der Doktor mit ausgestrecktem Arm entgegensieht, um ihm die Hand zu geben. Der clowneske Porthos, der mit dem zusammengerollten Comic-Heft auf den niedrigen Tisch im Wartezimmer einschlägt, überrascht den Arzt nicht. Er kennt seinen Patienten und weiß, dass der zwar extravagant, ansonsten aber harmlos ist. Die Tür schließt sich hinter ihnen. Unmöglich zu sagen, ob Macolieta gehört hat, dass Claudio, der zu Max auf das Tischchen gestiegen ist, diesem ins Ohr geflüstert hat, dass seiner Meinung nach die Sonnenblume in Macolietas Wohnung das gleiche Schicksal erwartet wie die Spinne.

Du bist seit mehreren Stunden wach. Der Doktor, der bei aller Leutseligkeit doch erkennen ließ, dass auch andere Patienten auf ihn warten, ist gegangen. Er hat dir alles erklärt, dich über die Rehabilitation informiert und dir versichert, dass alles gut werden wird. Später will er noch einmal vorbeikommen, um dich gehen zu sehen. Auch Verlaine ist gegangen. Sie muss sich um die Kinder kümmern und pendelt zwischen Zuhause und Hospital. Du bist jetzt allein, liegst in deinem Krankenbett und denkst an den Clown der Kindergeburtstage, der du einmal gewesen bist.

Du verabscheust dieses nach Ammoniak riechende Zimmer. Die Wände sind nackt bis auf einen Fernsehapparat, der wie ein lauerndes Roboterinsekt in einer Ecke hängt. Du denkst nicht daran, ihn jemals einzuschalten. Am liebsten willst du sofort nach Hause. Du fühlst dich schwindlig und schwach, wie der Überlebende eines Erdbebens, der nach draußen tritt, wenn alles wieder ruhig ist, und sich einer menschenleeren Stadt in Trümmern gegenübersieht. «Nicht übertreiben, Kumpel», mahnst du dich selbst, «nicht übertreiben.» Jemand öffnet leise die Zimmertür, und der Kopf, der sich vorsichtig hereinschiebt, ist der von Verlaine.

«Ah, schön, dass du wach bist!», ruft sie und tritt ins Zimmer. «In ein paar Minuten kommt der Arzt und will dich gehen sehen. Hier, nimm!»

Sie gibt dir einen Kuss und überreicht dir eine glänzende Sonnenblume, die sie mit einer roten Clownsnase verziert hat.

«Der Clown als Pflanze», witzelst du verbittert und bereust die dumme Bemerkung sogleich, als du die Enttäuschung in Verlaines Gesicht siehst. «Entschuldige», flüsterst du.

Doch sie hat sich schon umgedreht und zieht fröhlich pfeifend die Vorhänge auf, stellt die Sonnenblume in den schäbigen Blumentopf, der unter dem Fenster steht, dreht sich um, wuschelt dir durchs Haar und sagt, dass Pflanzen nicht gehen können, du aber in wenigen Sekunden schon wieder die ersten Schritte tun wirst; die ersten Schritte auf deinem möglicherweise langen, aber sicheren Weg zurück auf die Bühne.

Niedergeschlagen kommt Macolieta aus dem Sprechzimmer geschlurft. Er sieht Claudio in seinem blauen Buch blättern und Max, der mit dem zusammengerollten Comic-Heft in der erhobenen Hand mit einem Bein auf dem Sessel und dem anderen auf der Rückenlehne steht, bereit, den tödlichen Schlag zu führen.

«Unmöglich», sagt Macolieta, «heute kann ich unmöglich auftreten.»

Platsch! Alle springen auf.

Die Fliege ist nicht mehr. An ihrer Stelle hat Max' furioser Hieb einen dunklen Fleck an der Wand hinterlassen.

«Mord *en miniature*», murmelt Claudio und liest weiter.

Kaum hat Verlaine den Satz beendet, stehen schon der gehetzte Doktor und ein Pfleger im Zimmer.

«Aufgesessen, mein Herr», sagt der Doktor, während der Pfleger dir hilft, auf die Füße zu kommen, «jetzt werden wir ein paar Schritte gehen.»

Du tust zwei zögernde Schritte, dann einen dritten und noch einen weiteren. Auf deiner Stirn bilden sich dicke Schweißperlen. Du hältst inne und schaust mit geröteten Augen und voller Panik zu Verlaine.

«Ich fühle mein Bein nicht mehr, Verlaine.»

«Seien Sie unbesorgt», beruhigt dich der Arzt und legt seine kalte Hand auf deine heiße Schulter, «es kann ein paar Tage dauern, das ist ganz normal, dann kommt das Gefühl meistens zurück.»

«Und wenn nicht?»

«Sollte dieser unwahrscheinliche Fall eintreten, werden wir eine Lösung dafür finden. Fürs Erste konzentrieren Sie sich auf dieses Bein und denken positiv, denn damit können Sie Ihrem Körper helfen, die verlorene Sensibilität zurückzugewinnen.»

Doch du rührst dich nicht vom Fleck, fühlst dich ausgelaugt und am Ende deiner Kräfte. Du bist überzeugt, dass du nie wieder ein Gefühl in diesem Bein haben wirst. Die Worte des Arztes, der immer noch aufmunternd auf dich einredet, stolpern übereinander, werden unverständlich, dunkel, verstricken sich zu einem wirren Knäuel. Der wird zu einem Klumpen Blei, der gegen deine Brust schlägt, sie zerdrückt und in dich eindringt. Die Angst. Deine Gummibeine füllen sich unaufhaltsam mit dem schmelzenden Blei und geben dir die absolute Gewissheit, dass du dein Bein nie wieder spüren wirst. Am liebsten würdest du jetzt Regentropfen an den Fensterscheiben hinabrinnen sehen, doch der Himmel ist blau und wolkenlos. Als Nächstes vernimmst du nervöses Flügelgeflatter um dich herum. Was sind das für Vögel, die dir so bekannt vorkommen? Es ist der Applaus, die Bühne, dein Clownskostüm, deine Marionette und alles, was du sonst für deine Kunststücke brauchst. In wildem Durcheinander flattern sie krächzend auf, fliegen davon und verschwinden im Schlund des freundlichen Doktors, der dir immer noch Anweisungen und Ratschläge erteilt.

Verlaine hat dir deine Katastrophen-Fantasien im Gesicht abgelesen. Sie geht ans Ende des Zimmers, breitet die Arme aus und lächelt dich beruhigend an.

«Dein Geist ist deine Kraft, Balancín. Nichts ist verloren. Und jetzt komm zu mir, damit ich dir einen Kuss geben kann.»

Ihre Stimme hat zwar das Krächzen und Flügelschlagen verscheucht, doch das Blei fließt immer noch in deine Beine, füllt sie aus und verfestigt sich. Deine Augen klammern sich an ihre Augen, du erfasst das Seil der Hoffnung und der Zuversicht, das dich zu ihr zieht. Und dann setzt du das gefühllose Bein einen Schritt nach vorn, danach das andere, und als du das gefühllose Bein ein weiteres Mal bewegst, spürst du einen winzigen flüchtigen Stich. Ein Nerv hat reagiert: das kühne Kitzeln einer winzigen Blume, die in dem endlosen Bleimeer den Weg nach oben gefunden hat. Deine Augen lassen die Augen von Verlaine jetzt nicht mehr los. Sie lächelt dich an, die Arme immer noch weit ausgebreitet, und du schiebst dein Bein ein weiteres Mal vor, hin zur lockenden Umarmung.

2.2.2
Abschied

Wie vor zwei Tagen sitzt Macolieta jetzt wieder auf der Rückbank des gelben Unterseeboots, das Max mit zweifelhaftem Geschick durch die Straßen lenkt. In dem Café, in dem Macolieta mit Don Eusebio Schach spielte, haben sie eine Kleinigkeit gegessen, nachdem sie bei Doktor Julius gewesen waren, und fahren jetzt zum Vorstellungstermin in den Zirkus. Aufs Neue sieht er im Seitenfenster sein durchsichtiges Spiegelbild, während Claudio sich ein weiteres Mal über den künstlichen Geruch des Aromabäumchens aufregt und die Leute draußen sich über das gelbe Auto mit den drei Clowns wundern. Eine melodische Frauenstimme lässt die Beatles verstummen. Leidenschaftslos verliest sie die neuesten Katastrophennachrichten der Erde und die Schicksalsschläge der unglücklichen Wesen, die auf ihr leben: Erdbeben, Attentate, Hunger, Demonstrationen, Skandale, Luftverschmutzung, Flugzeugabstürze, bedrohte Spezies und die Niederlage der Nationalelf.

«Ich habe gelesen, was du in dein blaues Buch geschrieben hast», sagt Claudio, der sich mit beiden Händen an den Sicherheitsgurt klammert. «Du gibst es Balancín gehörig.»

«Aha!», ruft Max und dreht sich zu Macolieta um. «Hast du ihm also die Rückenschmerzen angehext, wie ich dir empfohlen habe? Und? Fühlst du dich besser?»

«Schön wär's. Der Rücken tut mir noch genauso weh, und zudem habe ich jetzt das schlechte Gewissen, Balancín übel mitgespielt zu haben.»

«Unsinn!», ruft Max und reißt das Steuer herum, um einem Schlagloch auszuweichen. «Balancín ist bloß eine Romanfigur.»

«Balancín ist ein Symbol», wendet Claudio ein. «Du gibst deinem Schmerz metaphorisch Ausdruck, um ihn außerhalb deines Körpers beherrschen zu können. Schmerz individualisiert und isoliert den, der ihn erleidet. Wenn der Körper schmerzt, wird man zu diesem Schmerz, und alles andere ist zweitrangig. Allein der Schmerzempfindende ist imstande, den Schmerz zu ermessen. Der Schmerz verstärkt unsere Furcht vor der Einsamkeit, erhöht die physische Barriere, die unsere Innenwelt von der Innenwelt der anderen trennt. Du benutzt die Fiktion, um deinen eigenen Schmerz auf ein externes Objekt zu übertragen.»

«Man sollte Rückenschmerzen nicht überinterpretieren …»

«Der Schmerz, den du auf die Zeilen deines blauen Buches übertragen hast, ist nicht bloß ein körperlicher Schmerz, sondern vielmehr die Darstellung deiner Angst, deines Lebensschmerzes, der Verzweiflung, mit der du deinem Leben einen Sinn zu geben suchst und die nach Sandrines Abreise noch stärker geworden ist.»

Dann schweigen die drei, und man hört nur noch die flötende Stimme der Nachrichtensprecherin, die nach diversen Werbespots weitere Tragödien vermeldet: Krisen, Missbrauch Minderjähriger, Diskriminierung, unheilbare Krankheiten, Epidemien, Scheidungen, Verrat, religiöse Konflikte, geistiger, politischer und ideologischer Stillstand sowie eine Aufzählung neuer Sekten, unter denen es eine gibt, die von einem Science-Fiction-Autor erfunden wurde und durch die Beiträge ihrer Anhänger auf der ganzen Welt zu einem Millionenunternehmen angewachsen ist.

«Ich glaube, dass du es leid bist, Balancíns Geschichte aufzuschreiben», unterbricht Max ihr Schweigen, «und dass du ihm die Rückenschmerzen aufbrummst, weil du ihm sein Glück missgönnst und ihn loswerden willst.»

«Und ich glaube», entgegnet Macolieta ärgerlich, «dass euer ganzes Gerede Blödsinn ist. Meine Rückenschmerzen, meine Angst, meine Einbildungen, meine Zweifel … alles Blödsinn. Hört mal genau hin, was da im Radio erzählt wird; das ist richtiges Leid. Die Welt geht den Bach runter, und wir quatschen über Balancín und meine Rückenschmerzen.»

«Schon Sokrates hat gesagt, wer in der Welt etwas bewegen will, der soll erst einmal lernen, sich selbst zu bewegen.»

«Balancín bin nicht ich in einer Parallelwelt. Balancín ist eine Figur, die ich erfunden habe.»

«Ein Symbol. Vielleicht ist der Augenblick gekommen, das blaue Buch endlich zur Seite zu legen und dich zu entscheiden – das sage ich mit Großbuchstaben», betont Claudio, «ZU ENTSCHEIDEN, ob du Sandrine wiedersehen willst oder dich endgültig von diesem Teil deines Lebens verabschiedest und nach vorn schaust.»

«Nach vorn? Wo soll das sein?»

«Genau hier, meine Herren», ruft Max und bringt den Wagen zum Stehen.

Sie halten an einem Stück Brachland, auf dem ein Zirkuszelt in verblassten Farben steht. Daneben zwei Wohnwagen, aus denen zwei junge Männer und ein Mädchen Kisten und Bündel ins Zelt tragen. Einige Hunde liegen dösend auf der Erde, andere trotten schnüffelnd zwischen den Kisten umher. Weiter hinten steht in einem Gehege ein Elefant und spritzt sich mit dem Rüssel Wasser über den Rücken.

Max hat glänzende Augen bekommen.

«Gehn wir, Lulatsch?»

«Bin dabei», antwortet Claudio und zündet sich die Pfeife an.

Nachdem er ihnen Glück gewünscht hat, sieht Macolieta ihnen nach, wie sie zum Zelt hinübergehen. Einer der Hunde nähert sich ihnen von hinten, bellt und lässt Max einen erschrockenen Luftsprung tun, doch dieser erholt sich schnell von seinem Schreck, dreht sich um und bellt wütend zurück, worauf der Hund mit eingeklemmtem Schwanz davonrennt. Gleich darauf kommt er jedoch mit vier weiteren Hunden zurück, und alle bellen, recken die Hälse und fletschen die Zähne. Max und Lulatsch rennen los, der Elefant posaunt mit hochgerecktem Rüssel, und noch bevor er ihn wieder senkt, sind die beiden Clowns im Zelt verschwunden.

Drei Tage nach der Operation konntest du nach Hause gehen. Das Gefühl in deinem Bein kehrte zurück, wie der Arzt es vorhergesagt hatte, und das Laufen bereitete dir bald kaum noch Schwierigkeiten. Aber springen, Pirouetten drehen und Handstände machen würdest du auf eine sehr viel spätere Zeit verschieben müssen. Dein Agent hat sämtliche Verpflichtungen abgesagt. Gemeinsam habt ihr eine Pressemitteilung aufgesetzt, die dein Publikum über die letzten Ereignisse informiert, und seitdem führst du ein Leben, das sich von deinem bisherigen stark unterscheidet. Du bist sesshaft geworden. Drei Mal in der Woche gehst du zum Physiotherapeuten, der mit endlosen, immer gleichen Übungen Nerven wiederbelebt und traumatisierte Muskeln trainiert. Du benutzt Wärmekissen zum Abschwellen des entzündeten Nervs, brauchst Verlaines Hilfe, wenn du baden willst, kannst dich nicht bücken und darfst nichts heben. Um nicht in Selbstmitleid zu versinken oder dich von hilflosem Zorn zerreißen zu lassen, begrüßt du die Überraschungen des häuslichen Lebens als willkommene Abwechslung. Du lässt dich bezaubern von den im Haus verstreuten Schätzen, die Iris oder Marco von ihren Ausflügen in den Park mitgebracht haben: einen Ast in Form eines Gewehrs, einen Stein mit glänzenden Punkten, auf den sie ein lachendes Gesicht gemalt haben, getrocknete Blätter, in einem Schuhkarton gesammelte Eicheln, und einmal – zum Schrecken ihrer Mutter – eine tote Eidechse. Morgens lässt du dich vom Aroma frisch aufgebrühten Kaffees in die Küche locken und besprichst den Tag mit Verlaine, derweil die Kinder um euch herum toben, bevor sie zur Schule müssen. Du hilfst Verlaine beim Dienstplan für die Clowndoktoren und bereitest einen Arbeitskreis vor, den auf der nächsten Halbjahreskonferenz zu leiten sie dir vorgeschlagen hat. An den Wochenenden geht ihr alle vier spazieren, denkt euch Abenteuer aus, die aus euch furchtlose Forscher machen, Drachenjäger, Raumschiffpiloten, die das Weltall erobern, und wenn es regnet, schaut ihr Filme mit Buster Keaton, Charlie Chaplin oder Roberto Benigni. Oder ihr spielt mit Marionetten, geht ins Museum oder lasst die Stunden einfach planlos verstreichen wie Honigseim, der träge aus dem Honigtopf des Tages tropft. Du verbringst viel Zeit mit einem Buch in der Hand oder indem du in deinem blauen Buch schreibst, aus dem

Fenster schaust und nicht an die Bühne zu denken versuchst. Und wenn dich plötzlich die Lust überkommt und du dir selbst beweisen willst, dass du immer noch Balancín bist, der Clown mit den Gummibeinen, dass das Abenteuer Bühne für dich noch kein abgeschlossenes Kapitel ist, und du einen Luftsprung versuchst, eine Körperverrenkung oder gar einen Handstand, der dir nicht einmal vor einer Wand gelingt, dann kommt Verlaine, um dich zu bremsen und – oft von lautstarken Diskussionen begleitet, die manchmal sogar zu einem handfesten Streit führen – dich zu Geduld und Besinnlichkeit zurückzuführen. Dann greifst du zu deinem blauen Buch und schreibst weiter an der Geschichte von Macolieta.

«Was ist das?», fragen die Kinder.

«Ein Symbol», antwortest du, ohne den Blick von den beschriebenen Seiten zu nehmen. Zu deinem Glück stellen die beiden keine weiteren Fragen.

Nur Iris sagt, als sie aus dem Zimmer geht:

«Ich dachte, das wäre ein blaues Buch.»

Der Elefant trompetet wieder. Als Macolieta den Blick von seinem Buch hebt, entdeckt er am Stamm eines verdorrten Baums einen Mann, der dort sitzt, das Zirkuszelt beobachtet und Selbstgespräche führt. Seine Kleidung ist schmutzig und abgerissen. Mit einer Hand streichelt er einen einäugigen grauen Kater, der Macolieta unverwandt anstarrt. Mit der anderen Hand führt der alte Mann immer wieder eine Flasche zum Mund, und unter dem Arm hält er einen Besenstiel geklemmt, auf dessen Ende ein Pferdekopf aus Filz sitzt. Macolieta will sich gerade wieder den Seiten seines Buches zuwenden, um dem bohrenden grünen Blick des einäugigen Katers zu entgehen, als ihm auffällt, dass mitten im unrasierten Gesicht des Alten eine rote Clownsnase steckt.

«Bist du auch zu einer Probevorstellung hier?»

Die Frage kommt hinter seinem Rücken von einem Jungen, der ihn misstrauisch beäugt und den Elefanten, den er bei sich führt, mit Erdnüssen füttert.

«Nein, nein», erwidert Macolieta überrascht, «ich begleite bloß meine Kollegen.»

«Aha! Los, Cacho, heim ins Gehege», sagt der Junge zum Elefanten, der daraufhin den Rüssel entrollt und sich schwankend in Bewegung setzt. Macolieta kommt das Gesicht des Jungen nicht nur bekannt vor, sondern unerklärlicherweise auch unsympathisch. Ohne sich zu verabschieden, entfernt sich der Junge.

«He, du!», ruft er ihm hinterher. «Weißt du, wer der Mann da unter dem Baum ist?»

«Wie kommt dir der vor, Cacho? Fragt, ob ich weiß, wer Bango ist ...», sagt der Junge zum Elefanten. «Man könnte sagen, deine Kollegen geben da drinnen ihre Probevorstellung, um seinen Platz einzunehmen.»

Macolieta ist sicher, den Spott in diesen Augen schon einmal gesehen zu haben.

«Und warum wollt ihr ihn nicht mehr bei euch haben?»

«Lange Geschichte.»

«Alle Geschichten sind lang», denkt Macolieta. (Warum bringt ihn dieser Bursche bloß so in Rage?) Alle Geschichten sind lang und schwer zu erzählen, und sosehr man sich bemüht, ins Detail zu gehen, sind sie am Ende doch immer bloß Fragmente eines Lebens; Schnipsel, mit denen sich jeder, der die Geschichten hört, seine eigene Version zusammenreimt. Das Einzige, worin sich alle Geschichten gleichen, ist die Oberfläche des Geschehens; das Warum haust in einem dunklen, verschlungenen, unzugänglichen Untergrund, der auf alle mögliche Weise interpretiert werden kann. Das gilt sowohl für den Erzähler wie für den Zuhörer und (unvermeidlich) auch für den Protagonisten.

«Das Problem ist, dass der Ärmste schon seit langem nicht mehr die Finger von der Flasche lassen kann. Und wie du besser weißt als ich, ist ein saufender Clown kein Clown, sondern bloß ein angemalter Säufer. Aber die Vorstellung muss weitergehen, mit dir oder ohne dich, wie das Leben, stimmt's? Armer Bango. Wir müssen weiter», sagt er dann zum Elefanten. «Los geht's, Cachito …!»

Ohne ein weiteres Wort wendet er sich ab, und die beiden gehen davon. Macolieta ist jetzt sicher. Es kann zwar nicht derselbe Junge sein, denn dieser ist älter als der andere, sein Gesicht jedoch ist gleichsam das Abbild jenes Jungen, der ihm die Nachricht von Don Eusebios Unfall überbracht hat und der den Luftballon mit dem Streichholzschachtelsarg der toten Spinne zerschossen hat.

Wie ein schwindendes Echo klingen seine letzten Worte durch Macolietas Hirn: Aber die Vorstellung muss weitergehen, mit dir oder ohne dich, wie das Leben, stimmt's?

«Papa, bist du traurig, weil du nicht mehr auf der Bühne stehen kannst?»

«Ja, ein bisschen. Aber ich bin sehr glücklich, weil ich jetzt mehr Zeit mit euch verbringen kann.»

«Trittst du nie mehr auf, Papa?»

«Doch. Sicher. Ich muss es nur langsam angehen und viel Geduld haben.»

«Papa, du wirst niemals sterben, nicht wahr?»

«Wir alle sterben eines Tages, Iris; aber ich hoffe, dass wir noch lange, lange zusammen sein können.»

«Bis du weiße Haare und viele Falten im Gesicht hast?»

«Das will ich hoffen.»

«Wohin gehen wir, wenn wir sterben, Papa?»

«Nun ja, manche glauben an einen Ort namens Paradies. Andere glauben, dass wir in einem neuen Körper wiedergeboren werden; als Mensch, als Tier oder Insekt, je nachdem, was für ein Leben wir geführt haben. Es gibt auch welche, die glauben, dass wir uns in eine reine geistige Kraft verwandeln; und wieder andere glauben, dass mit dem Tod alles endet und unsere Körper von den Würmern gefressen werden.»

«Iiiih!»

«Mama und du, ihr bleibt immer zusammen, oder, Papa?»

«Ja, das wollen wir. Wir kämpfen jeden Tag darum, ineinander verliebt zu bleiben.»

«Verliebt sein ist, wenn sich die Leute auf den Mund küssen?»

«Verliebt sein ist noch viel mehr. Aber es stimmt, wenn man verliebt ist, küsst man sich auf den Mund.»

«Iiiih!»

«Papa, glaubst du an Gott?»

«Worauf es ankommt, ist, ob du an ihn glaubst.»

«Ich will an ihn glauben.»

«Ich auch, Papa, ich auch!»

«Dann glaubt an ihn, Kinder. Aber an einen Gott, der euch lieb hat.»

«Und der Tote zum Leben erweckt.»

«Da bin ich mir nicht so sicher …»

«Doch, doch, damit uns nicht die Würmer fressen, Papa.»

«Ich will nicht, dass du stirbst, Papa.»

«Es gibt gar keinen Grund, sowas zu denken. Ihr seht doch, ich bin munter und guter Dinge.»

«Papa, wenn du stirbst, kriege ich dann deine Jonglierbälle?»

«Sterblich, verletzlich, abhängig, mutterseelenallein und sich dessen auch noch bewusst, meine Damen und Herren, nicht nur Sie, sondern die gesamte Menschheit …», deklamiert Macolieta traurig, dem eisigen Blick des einäugigen Katers standhaltend, der bei dem ausgemusterten Clown und dessen nutzlosem Steckenpferd unter dem Baum hockt.

«Maco, Maco!»

Max' begeisterte Rufe entreißen ihn dem Katzenblick. Wie ein Erdbeben auf zwei Beinen kommt er angelaufen, und Claudio, der Lulatsch, hinterher wie sein Schatten, spricht keuchend als Erster:

«Wir haben unsere Vorstellung gegeben, nicht ganz ohne Fehler, zugegeben …»

«… geben», echot Max und ruckelt mit dem Kopf zwischen dem einen und dem andern hin und her.

«… meine Fehler, ganz eindeutig.»

«… deutig», wiederholt Max.

«Fehler, die Max durch seine unglaubliche Improvisationskraft als spontane …»

«… tane.»

«… Neuerungen erscheinen lassen konnte …»

«… konnte.»

«… wie es die besteingeübte Vorstellung nicht vermocht hätte.»

«… hätte.»

«Und wenn ich jetzt darüber nachdenke …»

«… denke.»

«… waren es vielleicht gerade diese Fehler …»

«… Fehler.»

«… die für uns nicht tückischer Treibsand …»

«… reibsand.»

«… sondern Trampoline waren, die Max zu absoluter Höchstleistung katapultiert haben.»

«… haben, haben, haben. Jetzt komm doch endlich zur Sache!», fleht Macolieta.

«… Sache, Sache!», schreit Max dazwischen.

«Am Ende sagte einer der beiden Männer, die die Prüfung abgenommen haben, der mit dem Anzug, dass das Zirkusleben eine ewige Wanderschaft sei, auf der es wenig Gewissheiten und viel Arbeit gebe und manchmal auch einen knurrenden Magen.»

«Kurzum», unterbricht ihn Max wieder, der sich während Claudios Ausführungen nervös auf die Lippen gebissen und jeden einzelnen Finger hat knacken lassen, «der andere Mann, nicht der im Anzug, hat uns gefragt, ob wir in seinem Familienzirkus mitmachen wollen.»

«Und wir haben ja gesagt.»

«Im Chor.»

«Im Duett wohl eher.»

«Und jetzt fahren wir mit.»

«Ihr fahrt mit? Beide? Jetzt?» Macolieta verschlägt es die Sprache.

«Wir helfen mit, das Zelt abzubauen, und dann geht's los, heute noch, mit dem Zirkus.»

Die einzelnen Puzzleteile seines chaotischen Lebens werden durcheinandergeschoben. Wieder überfällt ihn das Gefühl, eine Figur in einem schlechten Roman zu sein. Was für eine Art von Wirklichkeit ist das? Die Freunde gehen doch nicht einfach so, als würde sie nichts halten, ohne Koffer, ohne Proviant? Man kann ein Leben nicht wechseln wie ein Paar Hosen. Na ja, Max vielleicht; aber Claudio? Vor wenigen Tagen noch war dieser langlulatschige Philosophenleser ein stiller Bibliotheksangestellter, und jetzt will er bei einem fahrenden Zirkus als Clown arbeiten? Soll das ein Scherz sein? Was ist das für ein grausamer Gott, der solche abartigen Spielchen mit einem treibt? Welcher minderbemittelte Autor denkt sich solche Geschichten aus? Wer führt die Feder? Niemand. Niemand, und falls doch, wird er – Macolieta – es niemals erfahren. Das ist die Wirklichkeit, Punktum. Ein absurdes Durcheinander unbegreiflicher Puzzleteilchen.

«Und deine Bücher, Claudio?»

«Ach, Bücher, mein Lieber, die warten immer auf einen. Sie sind treuer als ein Hund, außerdem machen Zeit und Staub sie interessanter. Aber du könntest hin und wieder in ihnen blättern, damit ihre Wörter nicht einrosten.»

«Wir sind gleich zurück zum feierlichen Abschied», sagt Max, Macolieta zuzwinkernd, und zieht Claudio am Arm zum Zelt. Schon kommen die Hunde wieder angerannt und verfolgen sie mit schaumigem Gebell.

Du stehst vor deinem Arbeitstisch. Die Kinder sind in der Schule, und Verlaine ist aus dem Haus, um mit ihren Clowns zu arbeiten. Du stehst da und fixierst die fünf farbigen Bälle, die Seidentücher, deine Ringe und Tschinellen, deine Keulen. Sie liegen erwartungsvoll nebeneinander, als wollten sie dich anflehen, sie wieder zum Leben zu erwecken, sie wieder in deine Artistenhände zu nehmen und sie ihrem bewegungslosen Alltag zu entreißen, ihrem nicht enden wollenden Dasein als Dinge ohne besondere Eigenschaft. Sie erwarten von dir, dass du sie in der Luft tanzen lässt, Illusionen aus ihnen machst, luftige Spiralen, Ellipsen, Regenbögen und rotierende Kreise, und sie drängen dich, bald anzufangen, damit ihnen unter deinen Händen wieder unsichtbare Flügel wachsen.

Draußen miaut eine Katze. In der Wohnung über dir geht jemand auf Stöckelschuhen, bleibt stehen, und du hörst das Ächzen des Windes, der sich durch unsichtbare Fensterritzen quält. Die Stöckelschuhe nehmen ihren nervösen Gang wieder auf, ein Möbelstück wird über den Fußboden gezerrt und kreischt wie ein verwundetes Tier. Danach Stille. Jemand schaltet einen Fernseher ein, und die Tagesnachrichten bringen die Tragödien der Welt und der sie bewohnenden Menschen. Du nimmst einen der Bälle in die Hand und drückst mit aller Kraft einen Nagel hinein. Dasselbe machst du mit dem nächsten Ball, und als du es beim dritten versuchst, wehrt sich der. Anstatt die glatte Oberfläche zu durchdringen, rutscht die rostige Nagelspitze ab, ritzt deine Fingerkuppe und hinterlässt überall kleine Blutspuren. Fluchend versuchst du es ein zweites Mal, und da gelingt es dir. Du umwickelst die aus den Bällen ragenden Nägelköpfe mit Draht und befestigst sie in unterschiedlicher Höhe an der Hosenstange eines Kleiderbügels. Das rudimentäre Mobile hängst du an einem Haken auf und betrachtest nun dieses eingefrorene und mit getrocknetem Blut befleckte Kunststück, das über den restlichen Bällen, den Seidentüchern, Ringen, Tschinellen und Keulen mit ihren unsichtbaren gerupften Flügeln schwebt.

Das Zirkuszelt ist untergegangen wie ein großer Dampfer aus dünnem Stoff. Holz und Gestänge sind auf Lastwagen verladen. Alle steigen in die Autos, und Macolietas Freunde kommen aufgeregt zu ihm gelaufen. Der alte Clown, der immer noch unter dem Baum sitzt, glotzt verständnislos auf die brache Fläche, die der versenkte Dampfer hinterlassen hat, als wäre dies das verlorene Paradies. Macolieta hat ein leeres Gefühl im Bauch. Er will seine Freunde nicht abreisen sehen. Lachend stehen sie vor ihm.

«Kommst du mit?», fragt Max.

«Ich kann nicht. Ich muss meinen Rücken in Ordnung bringen, Don Eusebio wiederfinden, entscheiden, was mit Sandrine und ihrem Brief geschehen soll ...»

Er muss mächtig in seinem Inneren kramen, um sich selbst zu finden und zu erkennen, was er wirklich tun muss.

«Ach, Maco, das Leben wird dir die Antworten geben. Hör auf, dein Gehirn auszuwringen! Komm nach, wenn du willst.»

Max drückt ihn mit einem letzten lauten Lacher an sich und steigt hastig in sein gelbes Auto, da sich die Karawane schon in Bewegung gesetzt hat.

«Mein lieber Freund, die Lücke, die wir hinterlassen, ist unvollständig, wenn du hierbleibst. Du wirst deinen Fragen nie entrinnen. Versuche es, irre dich, lass deine Fehler zu Trampolinen werden ...»

«... linen werden!», ruft Max vom Auto aus.

«... und nicht zu Treibsand. Hier draußen ist das Leben. Halte uns über deine Pläne auf dem Laufenden!»

Claudio steigt ins Auto und ruft, auf das Aromabäumchen deutend:

«Das stinkt!»

«Schon gut, erzähl mir lieber, wie der andere Baum zum Bootsmann ins Gefängnis kam.»

Das Brummen des Motors verschluckt den Rest des Gesprächs, und dann schießt der Wagen davon, der Karawane hinterher. Er wird immer kleiner und kleiner und kleiner. Schließlich ist er nur noch ein gelbes Konfettipünktchen, das, plopp, verschwunden ist.

Auf dem geräumten Platz bleiben in der von den Fahrzeugen aufgewirbelten Staubwolke ein einäugiger Kater, ein Steckenpferd, ein verwirrter junger Clown und ein einsamer alter Clown zurück.

2.2.3
Workshops

«Schau, Mama, ein Clown!»

Die Leute zeigen auf ihn, werfen ihm sonderbare Blicke zu, gehen weiter. Er zieht wie ein Nachtwandler durch die Straßen. Ein Clown ohne Lachen, mit matten Augen, in sich gekehrt, dunkel, stumm, rätselhaft. Eine bunte, einsame Gestalt, gefangen in einem offenen Raum voller Menschen. Masken, die sich auf der Straße begegnen, während die Sonne langsam hinter dem Asphalt versinkt. Masken, hinter denen sich unerreichbare Welten verbergen; verzweifelte Erbauer von Individualitäten; zweitrangige Figuren, die eine Sekunde lang die Geschichten der anderen bevölkern. Masken ohne Namen, ohne Geschichten, die für einen Augenblick auf diese demaskierte Maske treffen: weißes Gesicht, rote Nase, grünes Haar. Ein einsamer, gedankenverlorener Clown, dem beim Gehen der Rücken schmerzt; ein surrealer Komet, der sich durch die gleichgültige Stadt bewegt.

An einer Straßenecke steht eine kleine, verwahrloste Kirche. Vor ihren grauen, angelaufenen Mauern bleibt Macolieta stehen. Ihn überkommt eine unwiderstehliche Lust, hineinzugehen. «Warum?», fragt er sich mit einer von Claudio geborgten Grabesstimme. «Um zu beten», antwortet er sich selbst. Um dich nicht einsam zu fühlen? Ja, um sich nicht einsam zu fühlen. Beten ist mit dir selbst sprechen. Nein, ich will mit IHM sprechen. Das oder mit dir selbst sprechen ist das Gleiche. «Was auch immer, zum Henker!», geht er jetzt mit Maxens Stimme dazwischen. «Wenn du da reingehen und beten willst, dann geh da rein und bete; aber spar dir die dämlichen Dialoge!»

In dem Kirchlein ist außer ihm kein Mensch. Elektrische Kerzen, falsche Feuer, werfen funzeliges Licht auf die Heiligen- und Marienstatuen, die an den Seitenwänden aufgereiht stehen. Es riecht nach Holz und feuchter Erde. Weiter hinten vergießt ein auf ewig ans Kreuz genagelter Jesus sein Blut und schaut – Verzweiflung im Blick – auf die leeren Bankreihen. Vor dem Altar steht ein Pult, auf dem eine dicke Bibel liegt. Macolieta schaut in das bei den Sprüchen Salomons aufgeschlagene Buch und liest: «Gehe hin zur Ameise, du Fauler; siehe ihre Weise an und lerne. Ob sie wohl keinen Fürsten noch Hauptmann, noch Herrn hat, bereitet sie doch ihr Brot im Sommer und sammelt ihre Speise in der Ernte.»

«Ameisen ohne Chef tanzen im Regen», trällert Maxens Stimme.

«Husserl zufolge», übertönt ihn Claudio, «können wir nur von Phänomenen sprechen; das Nomen ist das Ding an sich, und das Phänomen ist das Ding, so wie wir es sehen, und da wir vom Nomen absolut nichts wissen können, verbleiben wir in vollkommenem Unwissen über die Existenz Gottes.»

«Schweinehunde!», murmelt Macolieta. «Wie konntet ihr nur einfach so abhauen? Oh, Verzeihung!», fügt er hinzu, als ihm einfällt, wo er sich befindet.

Er setzt sich in eine der Bänke und lässt sich umfangen von der Stille, der Feuchtigkeit, dem Halbdunkel, den Blicken der gipsernen Heiligen und des gequälten Erlösers aus Holz. Macolieta legt die Hände zum Gebet zusammen und wartet. Wartet auf die Worte. Es werden keine Dankes- und keine Lobesworte, sondern bittende Worte sein. Er will glauben, will Menschen um sich spüren, sich der Rüstung aus Muskeln, Haut und Knochen entledigen, die ihn isoliert, ihn unwiderruflich in die Einsamkeit stößt. Eine der falschen Kerzen erlischt. Stille, Feuchtigkeit und Halbdunkel. Blase aus Stein, darin eingeschlossen wunderbare, schreckliche Geschichten. Er faltet die Hände und richtet den Blick auf das große Buch, in dem von Ameisen die Rede ist, die sich ohne Herrn organisieren und sich die Welt dienstbar machen; für die die Anwesenheit oder Abwesenheit eines Allmächtigen bedeutungslos ist, weil sie wissen, dass sie nur überleben können, wenn sie ihrer aller Kräfte hier und jetzt zu einer Kraft zusammenführen. Unwissende Ameisen, wissende Ameisen. Und Macolieta wartet weiter, doch die Worte kommen nicht. Moment ... aber ja, da kommen sie. Hier sind sie. Ein ganzer Sturzbach von Wörtern. Doch ach, es sind nicht die, die er an diesem Ort erwartet hatte, sondern andere, dieselben wie immer. Seufzend holt er das blaue Buch und einen Kugelschreiber hervor, und auf das kalte Holz der Bank gestützt, beginnt er zu schreiben, anstatt zu beten.

Die Kirche ist bis auf den letzten Platz besetzt. Sogar die Gänge sind gedrängt voll, und man hat die Emporen öffnen müssen, damit alle Platz finden. Die Kirche ist voll ... voller Clowns.

In diesem Jahr hat die Gruppe «Holy Fools» zum Auftakt der Jahresversammlung der Clowndoktoren einen großen Got-

tesdienst vorbereitet. Natürlich kam es gleich zu Zwistigkeiten. Zuerst protestierten die atheistischen Clowns, und gleich darauf auch die Clowns anderer Religionszugehörigkeit. Nach einer hitzigen Debatte einigte man sich schließlich auf einen Ritus, der die Religionen aller anwesenden Clowns berücksichtigte. Und jetzt ist die Kirche brechend voll mit Clowns; mittendrin du und Verlaine Hand in Hand, immer noch ungläubig staunend inmitten dieses Meeres aus Gesängen und Gebeten, aus Weihrauch und flackernden Kerzen. Vorn am Altar stehen ohne jede hierarchische Ordnung eine Steinstatue des tanzenden Ganesh, eine vergoldete Darstellung des meditierenden Siddhartha Gautama, ein ans Kreuz geschlagener Christus aus Holz, ein siebenarmiger Kerzenleuchter mit brennenden Kerzen, auf einem sorgfältig drapierten Fußteppich ein Stück Felsgestein, und auf einem schlichten Pult liegt ein Exemplar der Allgemeinen Erklärung der Menschenrechte. Jede Gruppe hat Gelegenheit gehabt, vor der Gemeinschaft ihren Ritus zu zelebrieren. Die Atheisten beobachteten und diskutierten. Danach haben die Vertreter der jeweiligen Glaubensrichtungen eine Passage aus ihren heiligen Schriften vorgelesen. Man hat ein Stück aus der Bergpredigt gehört, aus dem Mahabharata, *aus Buddhas Lehren, den Ratschlägen des Propheten Mohammed, Poesie des Alten Testaments sowie einen Artikel aus der Menschenrechtserklärung. Was dir anfangs wie eine aberwitzige Idee vorgekommen ist, hat am Ende nicht nur deine Aufmerksamkeit gefesselt, sondern auch etwas tief in deinem Innern berührt. Angesichts all dieser Götter, dieser Mythen und ihrer zahlreichen Gefolgschaft hat sich etwas in dir geöffnet. Ganesh mit seinem Elefantenkopf auf dem menschlichen Körper repräsentiert Menschen und Tiere als Brüder, gemeinsame*

Bewohner des Planeten. Er ist der Gott, der uns – nicht als Untertanen, sondern als Gleiche – der Natur zurückgibt. Gautama sitzt in vollkommener Meditation, Triumph der Reise in die Tiefen des Innern, allumfassendes Mitgefühl, Fleisch und Geist eins geworden. Christus, der Schmerzensmann, mit den Menschen leidender Gott, Leiden als Bestandteil des Lebens, nicht als dessen Feind. Schmerz und Mensch eins geworden. Und am Ende – oder am Beginn – die Unaussprechlichen, die Unerreichbaren, die Kräfte des Feuers und des Steins, denen der Mensch unterworfen ist. An ihrer Seite der Text des Menschen ohne Götter. Alles scheint auf wunderbare Weise zusammenzugehen. Doch als einer der katholischen Clowns die Zunge herausstreckt, um aus der Hand des Kaplans den Leib des Herrn zu empfangen, hört man eine Stimme sagen: «Die essen ihren Gott, die Kannibalen.» Vereinzeltes Gelächter, denn die Bemerkung war eher spöttisch als beleidigend gemeint. «Und ihr glaubt tatsächlich, dass im Paradies süße Früchte und Jungfrauen auf euch warten? Heiliger Bimbam!» Lauteres Gelächter. «Pass auf! Tritt nicht auf die Ameise, sie könnte deine Großmutter sein», ruft eine andere Stimme. «Jessus, ein Atheist! Nichts wie weg, der will sicher über Gott diskutieren.» Und was vollkommene Ordnung und Harmonie gewesen ist, wird schlagartig zu einer Kakophonie von Scherzen, Beleidigungen, Gelächter und Rippenstößen. Glaubensrichtungen geraten in Bewegung, Diskutanten überall, Clowns wechseln von einer Gruppe zur anderen. Bald kommt es zu ersten Handgreiflichkeiten und Rempeleien. Dein Blick sucht einen Ausgang. Du flüsterst Verlaine zu, es sei besser, jetzt zu verschwinden. Doch sie sagt, auf gar keinen Fall, und dass hier gerade etwas Bedeutsames vor sich gehe und sie unbedingt dabei sein wolle. Im selben Moment ruft eine hohe, herrische Stimme: «SILENTIUM!» Sie muss es einige Male wiederholen, doch mit Hilfe anderer, die in den Ruf einstimmen, bekommt sie die Aufmerksamkeit sämtlicher Clowns in der Kirche. Vorn am Altar zwischen den Götterstatuen steht mit erhobenen Armen Bam Bam, die charismatischste, zärtlichste, erfindungsreichste und fetteste aller Clowns. Ihre großen, von langen Wimpernstrichen umrahmten Augen schweifen über die Gesichter mit den roten Nasen. Neben ihr steht ihre Freundin Antonella.

«Damit wir mit unserer Jahresversammlung fortfahren können», sagt sie, und Antonella nickt dazu, «schlage ich vor, dass wir unsere Streitigkeiten beilegen und diese Zeremonie mit einer Schweigeminute beenden, die jeder nutzen mag, wie es ihm gefällt.»

«Ja, beten wir!», lässt sich ein zartes Stimmchen vernehmen.

«Wie es jedem gefällt», wiederholt die dicke Clownin, «aber mit Disziplin und Respekt.»

Es scheint eine stille Übereinkunft zu geben, denn einige knien nieder, andere setzen sich mit gekreuzten Beinen, die nächsten schwingen ihre Oberkörper vor und zurück, wieder andere drücken ihre Nasen auf den Boden. Ein Gemurmel von Stimmen erhebt sich wie ein anschwellender Bach. Es wird lauter, und unter dem unverständlichen Stimmengewirr beginnt die Kirche zu vibrieren. Eine stimmliche Sturzflut, die Ketten sprengt, Jahrhunderte fortspült und Seelen zerreißt. Du entschließt dich, deine Überzeugungen über Bord zu werfen, und du landest in diesem Mahlstrom, der dich gegen Wände wirft, dich durchprügelt, dich zerbricht, dir Ruhe gibt. Nach und nach verstummt das Gemurmel der Stimmen, schleicht sich da-

von und versteckt sich, ein paar Sekunden lang herrscht absolute Stille. Dann hüpft ein hicksender Schluckauf von den Lippen eines der Clowns und weckt irgendwo ein Kichern, das sich an anderer Stelle zu einem Lachen steigert und zu weiteren Lachern führt, bis sich der ganze Kirchenraum mit schallendem Gelächter füllt. Du lässt dich anstecken von diesem absurden, befreienden Lachen und lachst haltlos mit, umarmst deine Nachbarn und applaudierst, und als du dich schwer atmend beruhigen willst, fällt dein Blick auf einen Clown neben dir, der sich auch gerade wieder fängt, eure Blicke begegnen sich, und schon prustet ihr beide wieder los. Unfähig, mit dem Gelächter aufzuhören, räumen die Clowns die Kirche unter gegenseitigem Abklatschen, Umarmen, Hinterntreten und Beinstellen. Am Ausgang wischst du dir die Freudentränen aus den Augen, wirfst einen letzten Blick zurück auf die Götter, und es will dir scheinen, als zeichnete sich auf den Gesichtern des tanzenden Ganesh, des asketischen Gautama, des leidenden Jesus, im Schweigen des zornigen Jehova und des unberührbaren Allah sowie in der mathematischen Leere des Universums auch ein breites Lachen ab.

Nachdem er das Kirchlein verlassen hat und ein paar Straßen gegangen ist, vernimmt Macolieta einen zarten Klageton. Er streckt seine rote Nase in die Luft und beschließt, dem wehenden Klang zu folgen. Er überquert die Straße, geht um eine Ecke, kehrt um, nimmt eine andere Richtung, hört den wunderbaren Klagelaut an Fülle gewinnen, je näher seine langen Schlappschuhe ihn herantragen, bis er schließlich die Stelle erreicht, an der ein Mann auf einer Oboe bläst, deren Koffer geöffnet vor ihm auf der Erde steht, damit die Passanten eine Münze hineinwerfen. Macolieta lauscht ihm mit verzückter Miene. Sein eigener Kummer hat in dem melancholischen Klang der Oboe und der Melodie, die sie spielt, seinen vollkommenen Ausdruck gefunden. Macolieta lauscht und schaut. Auf der Wand hinter dem Musiker prangt ein Graffito, das ein großes Loch darstellt, so als ob jemand mit einer riesigen Faust in die Mauer geschlagen hätte und man durch das Loch sehen könnte, was hinter der Mauer war. In der Mitte dieses Lochs hat der unbekannte Künstler ein chaotisches violettes Universum dargestellt, das von zischenden roten, grünen und gelben Strichen durchmessen wird und den Eindruck einer im fernen Zentrum leuchtenden Tiergestalt erweckt. Ein Stück weiter, links vom Musiker, steht neben unschuldigen Liebeserklärungen, der einen oder anderen Obszönität und Sprühdosenkrakeleien in großen schwarzen Buchstaben folgender Vers:

I have longed to move away but am afraid;
some life, yet unspent, might explode
out of the old lie burning on the ground,
and, crackling into the air, leave me half-blind.

(D. THOMAS)

Die Kombination von Oboenklang, Gedichtzeilen und dem Bild des Universums auf der Mauer verleiht dem in der Brust des Clowns nistenden Kummer unerwartet Stimme, Bild und Worte. Und wenn er auch immer noch nichts versteht, so fühlt er doch alles in dieser wundersamen Sekunde, die kein Ende zu nehmen scheint.

In irgendeinem fernen Winkel seiner Erinnerung doziert

Claudio: «Für Hegel ist die Wirklichkeit Geist-Substanz-Vernunft, die sich mittels Bestätigungen, Verneinungen und Synthesen fortentwickelt. Kunst, Religion und Philosophie sind die Drehung des Geistes um sich selbst, rationale Selbstreflexion; Geist, der sich weigert, das höchste Bewusstsein seiner selbst zu erreichen.»

«Warum vergesst ihr nicht mal einen Moment eure Analysen und klugen Kommentare und lasst euch einfach vom Zauber dieses einzigartigen Augenblicks gefangen nehmen?», fragt Max aus einem anderen Winkel der Erinnerung.

Schweinehunde, denkt Macolieta wieder. Wie konntet ihr einfach so abhauen?

Vielleicht liegt es an der teilnehmenden Aufmerksamkeit des Clowns, vielleicht ist es auch nur spät und dies das letzte Stück, das er heute auf seinem glanzlosen Instrument zu spielen gedenkt, oder vielleicht hat es auch gar keinen Grund, dass der Straßenmusikant die letzten Klänge seiner Melodie mit einer anrührenden Verzweiflung gen Himmel steigen lässt und der hohe letzte Ton – wenngleich ein wenig verstimmt (vielleicht aber auch gerade wegen dieser zutiefst menschlichen Unvollkommenheit, in der das Gefühl der Technik einen Tritt versetzt) – ein lange anhaltender Schrei ist. Die Mauer ist eine durchbohrte Brust, die ihr inneres Universum zeigt, und der verstimmte letzte Ton ist der Schrei dieses Universums, und die Gedichtzeilen an der Wand sind der verzweifelte Versuch, diesem Schrei einen Sinn zu geben.

Bevor er geht, sucht Macolieta in seinen Taschen nach einer Münze, doch alles, was er findet, ist Konfetti. Schulterzuckend holt er eine Handvoll der Glitzerpapierchen heraus und lässt sie mit dankbarem Lächeln einem Sternenschauer gleich auf den Instrumentenkoffer niederregnen.

Der Workshop ist in Einheiten aufgeteilt, in denen jeweils zehn Clowns mitmachen. Du hast deine Einheit «Das Publikum als Mitspieler – Interaktion und Rhythmus» genannt. Es macht dir Spaß, deine Theorien und Erfahrungen in die Gruppen einzubringen, die im Laufe des Tages in deinen Workshop kommen. Die Ersten empfängst du mit einer Mischung aus Aufregung und Freude. Die jungen Leute kommen herein, setzen sich, grüßen dich. In einigen Gesichtern kannst du Bewunderung erkennen, in anderen siehst du Argwohn und Langeweile. Aber du willst von Anfang an eine Beziehung unter Kollegen herstellen, eine gleichberechtigte Interaktion von Clowns, welche die Distanz überwindet, die deine Berühmtheit möglicherweise erzeugt. Du brauchst ihnen nicht zu erklären, dass der Ruhm nur ein Zufallsprodukt ist (du hast es am eigenen Leib erfahren), das man zu seinem Werkzeug machen muss, denn sie haben ihm schon lange genug entsagt und können sich – von dieser Schimäre befreit – jetzt ganz und gar auf die Interpretation ihrer Sketche und Figuren konzentrieren. Du hast dir eine Reihe von Übungen ausgedacht, die euch sofort nahebringen und sie die öffentliche Person vergessen lassen, die du bist, sodass ihr euch alle zusammen auf das Einzige besinnen könnt, was zählt: das Spiel. Mit wenigen Erklärungen ziehst du sie in die erste Übung von Gänsemarsch, Stocken und elegantem Stolpern, die übergeht in die Gruppenumarmung, bei der alle zusammen eine kompakte Kugel aus menschlichen Leibern bilden, die entwirrt werden muss, ohne dass man den körperlichen Kontakt verliert. Dabei streckt ihr euch, so weit es geht, auseinander, berührt euch aber immer noch an Händen, Füßen, Hälsen und Zehen, und dann zieht ihr euch wieder zusammen und endet lachend als menschliche Kugel, so wie ihr angefangen habt. Die Minuten vergehen, eine Übung folgt auf die andere, einige Teilnehmer spielen, andere sind Publikum, und so geht es weiter mit wechselnden Rollen. Die letzte Übung heißt Jonglieren in der Gruppe. Sechs Clowns stehen im Kreis, werfen sich einen Ball zu und rufen dabei den Namen des Clowns, für den der Ball bestimmt ist. Ein zweiter Ball kommt hinzu, dann ein dritter. Die fünf außerhalb des Kreises wechseln auf ein Zeichen von dir den Platz mit einem der Ballwerfer, die Wechsel werden immer schneller, und am Ende bildet sich ein dreifacher Wirbel aus Bällen, Körpern und Namen. Anfangs fallen Bälle zu Boden, Zungen verheddern sich bei den Namen, und Körper rempeln aneinander; doch nach und nach findet die Gruppe zur Konzentration und agiert zunehmend fehlerfrei wie ein einziger Organismus, und dann fliegen die Bälle, schwirren die Namen, gleiten die Clowns an ihre wechselnden Plätze, und alles so ergreifend koordiniert, dass am Ende der Übung alle in Triumphgeschrei ausbrechen und begeistert applaudieren.

Für dich waren es wundervolle Augenblicke, in denen du deine Sorgen und deine Schmerzen vergessen hast, in denen du dich mit den jungen Leuten ganz auf das Spiel einlassen und den Mythos beleben konntest, den der Kampf gegen das Chaos darstellt. Denn nichts anderes ist der Auftritt der Clowns. Gemeinsam habt ihr Ordnung in die Unordnung gebracht, habt das Absurde mit Absurditätsregeln belegt, und für einen kurzen Augenblick hattet ihr die Illusion, die geheimnisvollen Gesetze des Universums beherrschen zu können. Als alle aufbrechen, kommt eine Clownin zu dir und bittet dich um ein Autogramm, und während du deinen Namen auf das Programmheft schreibst, werden Menschheit, Natur und Universum wieder von Fragezeichen eingerahmt, und die Illusion wird wieder ein Rätsel.

Eine dunkle Nacht bricht herein, ohne Mond, ohne Sterne. Macolieta befindet sich in der Nähe des Hauses, in dem er wohnt. Die Gasse, durch die er geht, ist menschenleer und schlecht beleuchtet. Es ist dieselbe Gasse, in der er die Prügel bezogen hat, von denen seine Rückenschmerzen stammen. Er ist aus einem Einkaufszentrum gekommen, in dem er einen Auftritt gehabt hat. Plötzlich tauchten in der dunklen Gasse zwei nach Tabak und Alkohol riechende Gestalten vor ihm auf. Ihr Gruß klang spöttisch und bedrohlich.

«Guten Abend, du Kasper.»

«Guten Abend», erwiderte er und beschleunigte seine Schritte, doch die beiden hatten sich schon auf seine linke und rechte Seite geschlagen.

«Warum so eilig, Kasperclown? Erzähl uns ein paar Witze, wir haben lange nicht mehr gelacht.»

«Tut mir leid, ich bin spät dran», murmelte Macolieta, die Entfernung zur belebten Straße abschätzend, in die diese einsame Gasse mündete.

Der Kerl rechts von ihm lief einige Schritte vor und blieb vor Macolieta stehen, sodass dieser ebenfalls innehalten musste, während der andere etwas zurückblieb. Macolieta drehte den Kopf und versuchte, beide im Blick zu behalten. Man hörte jetzt nur noch den Verkehrslärm des Boulevards am Ende der Gasse.

Ich habe kein Geld, Jungs, lasst mich durch, erinnert er sich, gesagt zu haben, wusste jedoch, dass dies kein gutes Ende nehmen würde, und ballte schon einmal die Fäuste.

Doch noch ehe er reagieren konnte, kniete sich der Typ hinter ihm nieder, zugleich stieß der vor ihm ihn mit beiden Händen vor die Brust, sodass Macolieta hintenüberfiel und mit dem Rücken auf dem Pflaster landete. Sie traten ihn in die Rippen und gegen die Beine. Er hörte das heisere Gelächter der beiden. Es machte ihnen Spaß, ihn zu verprügeln. Ein Tritt an den Kopf, und die grüne Perücke flog übers Pflaster. Der Verkehrslärm der großen Straße war nur noch ein lautes Bienengesumm. Einer von ihnen hatte plötzlich ein schweres Metallrohr in der Hand. Dies war kein Überfall, sie wollten ihm bloß die Knochen brechen.

«Nein, bitte nicht», bettelte er mit schmerzverzerrtem Gesicht.

Der mit dem Rohr hatte schon den Arm gehoben, der andere klatschte lachend in die Hände und nickte dazu wie ein Irrer.

Macolieta sieht alles wieder deutlich vor sich, während er seine Schritte beschleunigt und deren Hall hinter sich hört. Gerade als das Rohr auf seinen schmerzenden Körper niedersausen wollte, ließ sich ein schauriges Miauen vernehmen, gleich darauf noch eins. Der lachende Zweite klappte den Mund zu und starrte entsetzt zum Ende der Gasse. Der andere – immer noch mit dem Rohr in der erhobenen Hand – stieß unverständliche Laute hervor. Dann schleuderte er das Rohr in die Richtung des offenbar entsetzlichen Anblicks, und beide machten sich Hals über Kopf in Richtung Straße davon. Macolieta drehte sich um, so schnell sein gepeinigter Körper es zuließ, doch was immer seine Angreifer vertrieben haben mochte, er konnte in der dunklen Gasse nichts erkennen. Er verbrachte zwei Wochen im Bett, und seitdem kehren in Momenten der Anspannung die Rückenschmerzen zurück.

Macolieta erreicht die Straße und bleibt stehen. Warum ist er wieder durch diese Gasse gegangen, in der ihm so übel mitgespielt wurde? Er schaut sich um, und als er zwei glänzende gelbe Augen entdeckt, die ihn aus der Dunkelheit anstarren, hebt er zwei Finger zum Gruß an die Perücke und setzt seinen Nachhauseweg fort.

In der letzten Gruppe dieses Tages ist ein alter Bekannter von dir. Ihr wart zusammen auf der Zirkusakademie, habt danach noch einige Zeit Kontakt gehalten, seid gemeinsam auf Kindergeburtstagen, in Kabaretts und als Straßenclowns aufgetreten, doch als du vom Ruhm und Erfolg überrascht wurdest, ist eure Kommunikation allmählich eingeschlafen und schließlich völlig versiegt. Hier begegnest du ihm nun wieder. Er beteiligt sich lustlos an den Übungen, in seinen Mundwinkeln nistet ein spöttischer Zug. Du versuchst, dem keine Bedeutung beizumessen, doch die Dynamik in dieser letzten Gruppe ist nicht so mitreißend wie in den anderen Gruppen, und das belastet dich.

«Hallo, mein Freund, lange nicht gesehen!», ruft der Bekannte und tritt dir am Ende der Stunde mit ausgebreiteten Armen entgegen.

«Wohl wahr, und hier trifft man sich wieder», entgegnest du und schließt ihn in die Arme.

«Wie läuft's mit der Genesung, mein Lieber?»

«Es geht voran, mit Geduld, Disziplin und Optimismus.»

«Ich habe in letzter Zeit viel an dich gedacht. Muss sehr schwer sein für dich, oder?»

«Es gibt schwierige Momente, ja, aber insgesamt fühle ich mich gut, habe jetzt viel Zeit für andere Dinge, wie diese Workshops, beispielsweise.»

«Klar, mein Lieber. Aber wenn man bedenkt, dass du auf dem Gipfel gestanden hast und – was ich dir selbstverständlich keinesfalls wünsche, aber die Möglichkeit ist ja nicht von der Hand zu weisen – vielleicht niemals wieder auftreten können wirst ... schaurig, was?»

«Ich bin überzeugt, dass ich wieder auftreten werde. Aber selbst wenn nicht, ist das, was ich erlebt habe und was ich dem Publikum geben konnte, Grund genug, ewig dankbar und glücklich zu sein. Du wirst das wahrscheinlich nicht verstehen können.»

«Ja, natürlich ist das die Haltung, die du nach außen bewahren musst; aber jemand, der dich kennt wie ich, weiß, dass da drinnen der letzte Funken Furcht bestimmt noch nicht erloschen ist», sagt er lächelnd und stößt dir drei Mal seinen Zeigefinger vor die Brust.

«Nun ja ...», erwiderst du und versuchst einen Themenwechsel herbeizuführen. «Und wie geht es dir, nach all der Zeit?»

«Gut, gut. Ich bin nicht so berühmt und reich wie du, aber abgesehen davon, dass die Welt ein Scheißhaufen ist, kann ich mich nicht beklagen.»

«Wie fandest du die Übungen? Ich hatte den Eindruck, du warst nicht ganz bei der Sache.»

«Nein, ach was! Jede Übung, die sich ein Superstar wie du ausgedacht hat, wird ihren Wert haben. Aber wenn ich ehrlich

sein soll, scheint mir dieses ganze Gerede von ‹den anderen berühren› und ‹Instrument der Spielenergie werden› doch etwas aufgesetzt, wenn in Wirklichkeit jeder nur auf Applaus und Bewunderung, auf die Anerkennung seines Talents aus ist. Alles andere ist doch Mumpitz.»

«Nun, da bin ich anderer Meinung.»

«Ha, ha, du willst mir doch nicht weismachen, dass du wirklich daran glaubst!»

«Ich glaube wohl, dass du Applaus, Bewunderung und Anerkennung suchst; aber du machst den Fehler, deine persönlichen Wünsche zur allgemeinen Regel zu erheben. Ich weiß aus Erfahrung, dass Applaus und Bewunderung Folgen und keine Ziele sind, und wer sie unbedingt erreichen will, entfernt sich nur immer weiter von ihnen.»

«Klar, mein Lieber, für dich sagt sich das so leicht. Aber was anderes: Bringt dich das, was man in letzter Zeit über dich in der Zeitung liest, nicht manchmal zur Weißglut?»

«Nein, weil ich nichts davon lese.»

«Dann sieh mal hier, da habe ich gerade einen Artikel, den der Kritiker Ert Bui über dich geschrieben hat.»

Er zieht eine säuberlich gefaltete Zeitungsseite aus der Tasche.

«Ich stimme mit diesem Unsinn absolut nicht überein», sagt er, während er das Blatt auseinanderfaltet, in dem ganze Absätze mit einem gelben Marker unterstrichen sind, «aber es zerreißt mir das Herz, wenn ich mir vorstelle, wie du dich fühlen musst, wenn du Sachen liest, wie …», er deklamiert jetzt mit lauter Stimme, als hätte er es eingeübt: «Balancín ist das Paradebeispiel für den Niedergang der Bühnenkunst … Sein Egoismus und vollkommener Mangel an Teamfähigkeit sind eine

Beleidigung für jedes Ensemble ... Diese launische Primadonna *sollte sich ein Beispiel an den wirklich großen Helden des Theaters nehmen ... Balancín ist am Ende ...»*

«Danke, du brauchst nicht weiterzulesen», sagst du und legst die Hand auf die Zeitungsseite. «Du hast recht, solche Bemerkungen kränken mich. Darum lese ich so etwas nicht. Denn auch wenn sie von einem als Polemiker bekannten Journalisten wie Ert Bui kommen, erscheinen sie immerhin in einem Blatt, das von vielen Menschen gelesen wird. Niemand möchte sich so charakterisiert sehen. Das bin nicht ich; das ist das, wozu dieser Kritiker mich aus unerfindlichen Gründen gemacht hat. Und jetzt entschuldige, ich muss los.»

Gute Wünsche werden ausgetauscht, man umarmt sich und gibt sich das Versprechen (von dem beide wissen, dass sie es nicht halten werden), sich anzurufen und mal zusammen ein Bier zu trinken.

Dann gehst du nach Hause. Verlaine wird später kommen, weil sie noch den Dienstplan für morgen aufstellen muss. Die Worte deines Bekannten und was der Kritiker geschrieben hat, haben dich tiefer getroffen, als du wahrhaben willst. Als wäre etwas Dickflüssiges über dein bisheriges Leben ausgegossen worden und hätte deine Gefühle verkleistert. Diese klebrige Masse muss ausgespült werden. Im kleinen Zimmer schiebst du das Bett an die Wand, dann nimmst du Anlauf, um allen zu beweisen, dass sie sich irren. Du wirfst deinen Körper zum Handstand nach vorn, doch mitten in der Bewegung hörst du wieder deinen Bekannten, der aus der Zeitung vorliest: «Balancín ist am Ende ...», und schon fürchtest du, dein Rücken könnte dich im Stich lassen. Als deine Füße sich in die Luft heben, stürzt du ab und krachst zu Boden.

Nein, mahnst du dich, lass nicht zu, dass das Echo seiner Worte deine Stimme vergiftet. Miss ihnen keine Bedeutung bei, Balancín, suche weiter, glaube weiter, wage weiter. Geduld!

Du stellst das Bett an seinen ursprünglichen Platz zurück, holst das blaue Buch und schreibst, wie zwei Rüpel dem Clown Macolieta eine Tracht Prügel verpassen.

Vor seinem Spiegel – den Glühbirnen umranden, von denen nur noch drei ihren Dienst tun – beginnt Macolieta sich abzuschminken. Sandrines Brief legt er an den Rand des Schreibtisches. Der Spiegel zeigt ihm das Gesicht eines müden und verprügelten Clowns und lässt ihn an diesen anderen denken, der unter einem Baum saß und zusah, wie sein Zirkus davonzog.

«Nein», sagt er flüsternd zu sich selbst, «es ist unmöglich, in die Welt der anderen vorzudringen. Wir sind dazu verdammt, für unsere Mitmenschen ein Rätsel zu sein.»

Sein Blick wandert zum Schachbrett, auf dem die Figuren zu einer Partie ohne Sieg aufgestellt sind, weiter hinauf zum Bild mit dem Satyr, dem fahrenden Ritter und dem Maskenschnitzer inmitten ihrer Winzlingsschlacht (der feuchte Fleck über dem Bild hat eine bedrohliche Größe angenommen), und auf dem Weg zurück zum Spiegel begegnet er einer hochgewachsenen Pflanze ohne Leben: seiner vertrockneten Sonnenblume. Sich mit beiden Händen aufstützend, kommt Macolieta mühsam auf die Beine, geht zu der pflanzlichen Leiche, nimmt sie aus dem Topf und wirft sie ohne weitere Umstände in den Abfalleimer, der in der Küche steht.

«Pardon», murmelt er, als er zu seinem Stuhl zurückkehrt.

Dann nimmt er die rote Nase ab, ohne sich dabei im Spiegel anzusehen, danach zieht er sich die grüne Perücke vom Kopf. Mit zwei Abschminktüchlein beginnt er das Clownsgesicht abzuwischen, das nicht mehr weiß, sondern staubig und verdreckt ist.

Auf alle Zeit dazu verdammt, jeder für den anderen nur eine Maske zu sein.

Mit kreisenden Bewegungen schminkt er den Bereich um die Augen ab, reibt sich über die Nase, nimmt neue Tücher und reinigt den Rest des Gesichts. Mit raschen vertikalen und horizontalen Bewegungen reibt er sich die weiße Schminke von Stirn, Wangen und Hals. Die letzten zwei Tüchlein färben sich tiefrot vom geschwungenen Lachen, das den ganzen Tag lang seinen ernsten Mund umrandet hat. Auf dem Tisch liegen jetzt Tüchlein voller Schminke, und aus dem Spiegel schaut ihn das nichtssagende Gesicht eines Mannes an, der ein kleines Universum in sich trägt, das nichts lieber täte, als sich mit den Universen anderer Menschen zu vereinen.

Ihr löscht das Licht. Heute Abend stehen keine Weingläser auf dem Tisch, es gibt keine leise Hintergrundmusik und kein Parfum, das die warmen Gerüche eurer Körper überdeckt. Heute Abend werden keine flackernden Schatten von sinnlichen Kerzenflammen an die Wände geworfen. Diesmal gibt es kein Vorspiel, denn als Verlaine erschöpft von der Arbeit kam, hat euch beide die Lust übermannt, und jetzt sind da nur zwei nackte Leiber, die unter den Berührungen eurer gierig tastenden und alle feuchten Dunkelheiten erforschenden Hände zusammenzucken. Du küsst ihre Lust und knabberst an ihren Lippen, die

die deinen suchen. Sie zieht dich hinein in das warme Meer ihrer Körperfieberwelt. Du stammelst Worte der Liebe und des Begehrens, die den Rhythmus deines Herzschlags tragen und ihre Seele erfüllen; sie wandelt sie um in Stöhnen, in Schreie, in ein tiefes Knurren, bis eure ineinander verschlungenen Zungen die Worte zu formen nicht mehr imstande sind und sich ganz dem wahnsinnigen Tanz in euren Mündern hingeben. Du küsst ihren Namen, Verlaine, und leckst ihre Schenkel und den warmen Tau, der eure verschlungenen Körper bedeckt. Heute Nacht ist der Mond ein blindes Auge, das euer Sturmtosen zwischen den Bettlaken bewacht und eure liebkosten Bäuche, die sich immer schneller und fester aneinanderreiben. Das Schlafzimmer ist ein köstliches Chaos von Dunkelheit, Stöhnen und blinden Bewegungen inmitten des Geruchs und dem Geschmack von Salz und Regen. Du küsst die Fingerspitze, die deine streunenden Lippen am Ende der Halswölbung im feuchten Gespinst ihrer Haare entdecken. Du beißt in den Finger, küsst die ganze Hand, leckst ihr Gesicht und hältst damit den Schrei zurück, der sich schon ankündigt. Doch dann gibt es kein Halten mehr, eure Stimmen vereinigen sich zu einem Zwillingsgeheul der Lust. Wieder liebst du sie wie niemals zuvor und sinkst dann schwer und siegreich auf ihre triumphierenden Täler und Mulden herab. Wieder habt ihr den Tod besiegt, die Zeit, die sinnlos sich drehende Welt. Bevor du zu den Worten zurückkehrst, fängst du die Träne, die von ihrem Auge fällt, auf deinen Lippen auf und teilst sie mit ihr im letzten Kuss. Die Nacht verbirgt den Mond hinter dem Wimpernschlag einer Wolke und deckt die erschöpft ineinander verschlungenen Leiber mit Dunkelheit zu.

••• Dritte Triade •••

Zusammen und in Aufruhr

Wir sind diktiert gewesen, das heißt, wir waren nötig, damit die Erfüllung einer höheren Stimme das Ufer erreichte, sicheren Grund unter die Füße bekam.

José Lezama Lima, *Paradiso*

2.3.1
Tick Tack

Macolieta geht wieder in die Sprechstunde von Doktor Julius. Das Wartezimmer ist diesmal leer. Über dem Türrahmen hängt eine Inschrift, von der er meint, sie bei seinem letzten Besuch noch nicht gesehen zu haben: «Wir sind, was wir lesen». Ein solches Motto im Wartezimmer einer Privatpraxis erregt Aufmerksamkeit, vor allem, wenn man die Auswahl an Zeitschriften bedenkt, die den Wartenden zur Verfügung stehen. Sport, Klatsch, Inneneinrichtung, Fernsehprogramme. Da ihn nichts davon interessiert, lässt er sich in einen Sessel sinken, verschränkt die Arme vor der Brust, richtet den Blick auf die geschlossene Sprechzimmertür und holt sich die Freunde, die er so vermisst, ins Gedächtnis zurück. Er ruft sich das letzte gemeinsame Essen im Café an der Ecke in Erinnerung, bevor sie zum Vorspielen in den Zirkus fuhren, bevor die Freunde davongefahren sind. Sie hatten an dem Tisch gesessen, an dem Macolieta gewöhnlich mit Don Eusebio Schach spielte. Claudio rührte mit dem Kaffeelöffel in der Tasse, Max konzentrierte sich auf die Herstellung winziger Brotkrümelfigürchen, und Macolieta blätterte in dem Buch über Quantenphysik, das Claudio ihm gegeben hatte.

«Also, nach der Kopenhageninterpretation scheint das Elektron als reales Objekt nur zu existieren, solange es beobachtet wird», erinnert sich Macolieta, gesagt zu haben.

«Die Realität wird zum Teil von dem, der beobachtet, geschaffen», bestätigte Claudio.

«Oh nein! Geht das schon wieder los», nörgelte Max.

«Und was ist es, wenn es nicht beobachtet wird?», fragte Macolieta.

«Dann verhält sich das Teilchen wie eine Welle, das heißt, es ist an keinem bestimmten Punkt lokalisierbar. Wenn quantische Einheiten nicht beobachtet werden, lösen sie sich in Wellen auf und stellen verschiedene Wahrscheinlichkeiten dar.»

«Was ich sehe, ist das, was existiert. Ich sehe, also lasse ich die Welt existieren», fasste Macolieta mit einem Anflug von Verzweiflung zusammen, während er zusah, wie Claudio stoisch in seinem Kaffee rührte, die Tasse aber nicht zum Mund führte. «Warum trinkst du nicht endlich?»

«Moment. Ohne Beobachtung folgt die Welt, die Welle, einem vorgegebenen Lauf. Erst durch die Beobachtung wird dieser Lauf verändert.»

Max gähnte und applaudierte, als ihm das gut durchgebratene Stück Fleisch gebracht wurde, das er bestellt hatte. Claudio, der endlich doch seine Tasse an die Lippen führte, fuhr fort:

«Natürlich ist eine solche Interpretation immer schwierig. Schrödinger hat sich dafür ein mentales Experiment ausgedacht, das ungefähr so funktioniert: Ein Kasten mit einem einzigen Elektron darin steht in einem Raum, in dem sich sonst nur eine Katze befindet. Sinkt das Elektron in die eine Hälfte des Kastens, bleibt alles, wie es ist; fällt es jedoch auf die andere Hälfte, setzt es einen Mechanismus in Gang, der den Raum mit Giftgas füllt und die Katze tötet.»

«Das arme Tier», kommentierte Max mit vollem Mund.

«Der gesunde Menschenverstand sagt uns, dass die Katze eine Chance von fünfzig Prozent hat, zu überleben, und von fünfzig Prozent, zu sterben. Richtig? Aber die Wellenfunktion des Elektrons beschränkt sich ja nicht auf den Kasten, sondern wirkt im ganzen Zimmer. Bis jemand eintritt und nachschaut, wo sich das Elektron befindet, haben wir es mit sich überlagernden Zuständen zu tun, und die Katze ist zur gleichen Zeit tot und lebendig.»

«Es gibt also zwei Katzen?»

«Solange die Wellenfunktion nicht zusammenbricht, gibt es eine Katze mit zwei verschiedenen, parallel laufenden Realitäten.»

«Und wenn die Wellenfunktion gar nicht zusammenbricht?»

«Dann besteht die Realität aus endlos weiterlaufenden Parallelwelten.»

«Ah!», schrie Max auf und knallte sein Besteck auf den Teller.

Die Blicke aller Gäste richteten sich auf ihn.

«Jemand muss dieses Elektron finden!», rief er. «Mein Steak hat gemuht!»

Die Arzthelferin sieht neugierig zu Macolieta hinüber, der bei der Erinnerung an Max' Aufschrei laut aufgelacht hat.

«Verzeihung», murmelt er und schaut zur Seite. Er entzieht sich dem forschenden Blick der jungen Dame, indem er sich in die Seiten des blauen Buches vertieft.

Auf dem Tisch im Wartezimmer stapeln sich Sportzeitschriften, Klatschblätter und Fachzeitschriften über klassische Musik. Sie alle sind schon mehrere Monate alt, und die Kritiken, Besprechungen, Analysen und Tratschgeschichten interessieren keinen Menschen mehr. Du blätterst ein paar Zeitschriften durch, und dann nimmst du das blaue Buch und beginnst darin zu lesen, überbrückst damit die Zeit, bis Doktor Julius dich in sein Sprechzimmer bittet. Einer der Clowndoktoren hat ihn dir empfohlen und dir versichert, dass die Methode dieses Arztes – eine Kombination aus orientalischen Techniken und westlicher Medizin – nicht nur die Heilung deines Rückens beschleunigen, sondern vor allem helfen kann, deine Selbstsicherheit wiederzufinden und dein Vertrauen darin zu stärken, dass du wieder auftreten können wirst.

«Du hast ein Trauma erlebt», sagte der Clown, «und daher musst du eine Methode finden, die dir hilft, aus dem Posttrauma herauszukommen.»

Und es stimmt. Je besser du dich körperlich fühlst und je näher die Möglichkeit rückt, wieder auf der Bühne zu stehen, desto deutlicher macht sich die Angst bemerkbar, streckt ihre Tentakel der Beklemmung, Verunsicherung und Zweifel nach dir aus.

Du schüttelst den Kopf, um die finsteren Vögel zu verscheuchen, und konzentrierst dich auf die aufgeschlagene Seite deines blauen Buches.

«Bitte sehr, mein Herr», sagt die Arzthelferin mit kokettem Augenaufschlag zu Macolieta und zeigt auf die offene Sprechzimmertür.

«Danke», erwidert er und lässt seinen Blick einen Moment lang in den ihren eintauchen. Ob sie ihn ungeschminkt wiedererkennt? Ob sie weiß, dass er derjenige ist, der gestern mit einem großen dicken Clown hier war, der im Wartezimmer auf Fliegenjagd ging, und mit einem langen, sehr ernsten Clown, der die ganze Zeit in einem dicken Buch gelesen hat? Natürlich weiß sie es, der Name ist ja derselbe. Aber wenn er einen anderen Namen angäbe, ob sie ihn dann erkennen würde?

Er klappt das Buch zu und steckt seinen Kugelschreiber ein.

«Danke», sagt er noch einmal mit einem letzten bewundernden Blick in ihre verheißungsvollen Augen und tritt ein.

«Wie fühlen Sie sich?», fragt der Arzt mit Vegetarierstimme.

«Der Rücken ist ein bisschen besser; aber die Seele schmerzt.»

«Ich habe Ihre Röntgenbilder studiert», fährt der Onkel Doktor fort, «und ich freue mich, Ihnen sagen zu können, dass es in physischer Hinsicht nichts Ernstes ist.»

«Wie schön! Und die Schmerzen, woher kommen die?»

«Ich könnte mir vorstellen, dass das psychosomatisch ist. Haben Sie es schon einmal mit Hypnose versucht?»

«Nein, noch nie», antwortet Macolieta vergnügt angesichts dieser Möglichkeit.

«Dann versuchen wir es jetzt gleich einmal. Wenn ich es Ihnen sage, schließen Sie die Augen, konzentrieren sich ganz auf das Ticken der Wanduhr dort und folgen den Anweisungen meiner Stimme.»

Das Telefon unterbricht den Arzt, er nimmt den Anruf entgegen. Macolieta betrachtet die Wanduhr. Ein langer grauer Kasten, von dessen Ziffernblatt das schwingende Pendel herabhängt, das ihn an ein überdimensionales umgekehrtes Metronom erinnert und daran, dass sechzig Schläge pro Minute ein *Larghetto* anzeigen.

Der Rhythmus, der unser Leben regiert, denkt er, die Zeit der Uhren, die wir erfunden haben, ist ein *Larghetto*.

«Verzeihung», sagt der Doktor, erhebt sich und geht zur Tür, «ich muss noch mit einem Patienten sprechen; danach werde ich die Sprechstundenhilfe anweisen, keine Anrufe mehr durchzustellen, damit wir bei unserer Hypnosesitzung nicht gestört werden.»

Neben der Wanduhr hängt ein modernes Gemälde ohne Signatur; ein plumpes, asymmetrisches, stehendes Skelett, dessen Schädel dem Betrachter zugewandt ist. Sein Schatten ist ein auf dicken grünen Kreisen liegender menschlicher Körper. Dem Körper-Schatten entwachsen verschlungene Linien, die sich zu einem labyrinthischen Gekrakel verdichten. Jede Linie endet in einem kursiv von rechts nach links geschriebenen Wort, als wäre es das Spiegelbild seiner selbst. Macolieta tritt näher heran und versucht, die Wörter zu lesen. Die Linie, die aus dem Gehirn der liegenden Gestalt führt, endet in dem Wort *Herz*; die Linien, die aus der Leistengegend kommen, enden in *Leben* und *Chaos*, und aus all den Bauchlinien kann Macolieta nur drei Wörter entziffern: *Angst*, *Stille* und *Entsafter*. Von den Füßen führen Linien zu den Wörtern *Flug*, *Wurm*, *fern* und *langsam*. Es gibt noch mehr Linien und noch mehr Wörter und einen Schädel aus Rauch oben rechts im Bild.

Neben dem Gemälde hängt ein kleines Schild, auf dem steht: «Wenn dir das Bild gefällt, bewundere es; wenn nicht, vergiss es; aber bitte frage nicht den Doktor, was es bedeutet.»

Lächelnd kehrt Macolieta zu seinem Stuhl zurück und wartet auf den Arzt.

In seinem weitläufigen Sprechzimmer hat sich der Arzt deine Geschichte angehört, hat dir dann seine kleinen warmen Hände auf den Kopf gelegt und mit den Fingern auf verschiedene Stellen deines Schädels gedrückt. Er hat dich gebeten, den rechten Arm auszustrecken und seiner Hand, die den Arm nach unten drückt, Widerstand zu leisten. Danach hat er dir Döschen mit Naturheilpillen gegeben und dich noch einmal gebeten, dem Druck seiner Hand zu widerstehen. Einige Male fällt es dir ganz leicht, beim letzten Mal nicht, der Doktor nickt zufrieden. Er hat deine Handflächen berührt und legt jetzt seine Hand auf deine Stirn. Danach bittet er dich, eine Minute lang mit geschlossenen Augen auf der Stelle zu gehen. Als du die Augen wieder öffnest, stellst du fest, dass du dem Arzt den Rücken zukehrst und etwas links von ihm stehst. Er bittet dich, die Übung zu wiederholen, dabei aber mit den rechten Backenzähnen auf einen Papierstreifen zu beißen. Als du diesmal die Augen öffnest, befindest du dich ungefähr an derselben Stelle, nur ein kleines Stück noch weiter links. Der Arzt setzt sich und stellt ein Rezept aus. Draußen geht die Alarmanlage eines Autos an. Er fragt dich, ob du schon einmal unter Hypnose gestanden hast. Du antwortest mit Nein, und dich reizt die Aussicht, diese Technik jetzt kennenzulernen. Der Arzt erklärt dir, dass du deinen Geist dabei an einen fernen Ort reisen lässt, wo du vielleicht einen Schlüssel zu deinen physischen und psychischen Leiden findest.

«Schließen Sie die Augen und konzentrieren Sie sich auf das Ticken dieses Metronoms», sagt der Arzt und setzt den Apparat in Gang, der auf seinem Schreibtisch steht. «Folgen Sie den Anweisungen meiner Stimme und versuchen Sie nicht, Ihre Gedanken zu kontrollieren. Konzentrieren Sie sich nur auf Ihre Atmung.»

«Soweit das bei diesem gellenden Autoalarm möglich ist», denkst du und lässt entspannt die Schultern hängen, tust alles, damit dieser ernste, ungekämmte Arzt dich hypnotisieren kann.

«Was schreiben Sie da?», fragt der Doktor, als er wieder ins Sprechzimmer tritt.

«Eine Erzählung», antwortet Macolieta.

«Gut, darüber sprechen wir ein anderes Mal. Jetzt können Sie wertvolle Informationen für Ihre Genesung bekommen. Schließen Sie die Augen und konzentrieren Sie sich auf das Ticken der Uhr.»

Soweit das bei dem Verkehrslärm da draußen möglich ist, denkt Macolieta und schließt die Augen.

Der Doktor spricht mit sanfter Stimme, und seine Sätze kommen ohne Hast, sind wie eine Gehirnmassage. Er bittet Macolieta, an seinen kleinen Zeh zu denken und sich vorzustellen, ein Kügelchen aus Feuer würde darin seine Kreise ziehen. Tick-tack, tick-tack, das heiße Kügelchen geht in den nächsten Zeh über und wächst darin, bis es ihn ganz ausfüllt, dann geht es einen Zeh weiter, tack, tick, tack, der Verkehrslärm klingt jetzt wie eine Meeresbrandung zwischen den Sekundenschlägen der Uhr, tack, tick, tack, tick, die Feuerkugel ist zu einer Lavazunge geworden, die langsam das Bein hinaufkriecht, in den Knöchel, die Wade, und *die Stimme des Doktors reißt Widerstände ein, schaltet Lärmquellen aus, und das Piep-piep des Autoalarms entfernt sich, bleibt hinter dem* Tick-tack und der Stimme zurück, die ihre Anweisungen jetzt mehr zu summen als zu sprechen scheint, tick-tack, tick-tack, und das Feuer ist jetzt überall in seinem Körper, ist auch kein Feuer mehr, *tack, tick, tack, ist gar nichts mehr, dein Hirn vernebelt sich,* tack, lassen Sie sich jetzt treiben, folgen Sie Ihrem schwebenden Geist, tack, tick, *der Alarm ist nicht mehr zu hören, tack*, und das Geräusch von fahrenden Autos auf der Straße gibt es auch nicht mehr, tack, tick, tack, tick, tack …

In dem mit Spielzeug angefüllten Zimmer, in dem der Teppich mit aufgedruckten Raumschiffen liegt, sitzt der Junge auf seinem Bett und sieht verwundert zu, wie der silberne Lichtbogen, der durchs Fenster hereingekommen ist, sich in einen Weißclown verwandelt und die bunte Nachttischlampe in einen lächelnden Dummen August. Sein Vater war gerade da gewesen und hat sich nach einem heftigen Streit mit der Mutter für immer von seinem Sohn verabschiedet. Die beiden Clowns schauen sich überrascht an, erkennen sich, begrüßen sich. Der Weißclown bietet dem Jungen einen aufgeblasenen blauen Luftballon an, den er einem kleinen Pappkoffer entnimmt. Der Junge nickt, ohne sich vom Bett fortzubewegen, und der Dumme August übernimmt die Rolle des Boten, um ihm das Geschenk zu überbringen. Doch als er den Luftballon in seine großen Pranken nimmt, platzt er.

Der Weißclown verdreht die Augen zum Himmel, zieht

dann aber zum Erstaunen des Jungen einen neuen Luftballon aus dem Pappkoffer, der noch größer und blauer ist als der erste. Diesmal nimmt der Dumme August ihn ganz behutsam in die Arme, prüft die Straffheit des prall aufgeblasenen Ballons, indem er tollkühn mit den Fingern darauf herumdrückt, zeigt eine breit grinsende Zufriedenheit, trippelt zu dem Kleinen, um ihm den Ballon zu übergeben, doch kurz bevor er ihn erreicht, stolpert er, fällt hin und bringt den Luftballon mit dem Gewicht seines Körpers zum Platzen.

Der Weißclown klappt ungeduldig seinen Pappkoffer auf und bringt einen dritten Luftballon zum Vorschein, der noch größer ist als die beiden vorherigen. Diesmal ergreift der Dumme August den Ballon ganz vorsichtig mit Daumen und Zeigefinger am Knoten und trägt ihn – wie in Zeitlupe auf Zehenspitzen gehend – zu dem vor Freude lachenden Jungen. Er macht nervöse Geräusche mit dem Mund, als er ihm den Ballon entgegenstreckt, und der Junge will ihn gerade ergreifen, glaubt schon, das straffe Gummi des aufgeblasenen Ballons an seinen Fingerspitzen zu spüren, sieht über dem blauen Rand die Gesichter des Weißclowns und des Dummen August, deren Zähne vor Aufregung wie Kastagnetten klappern, und da, an dieser Stelle, an der die Erinnerung sonst jedes Mal versiegt, o Wunder, da bleibt sie diesmal erhalten. Der Junge nimmt den Luftballon entgegen, der Dumme August applaudiert ebenso wie der Weißclown, doch dann, bumm, platzt der Luftballon, und der Junge hat nur noch ein paar Seidentücher in der Hand. Der Weißclown ergreift sie und schüttelt sie, wie man ein Fieberthermometer herunterschüttelt, eins, zwei, drei Mal, und –

zack – richten sich die bunten Schleier auf, und er hat jetzt einen Strauß weißer Blumen in der Hand, die er stolz dem Dummen August zeigt. Der nimmt sie genau in Augenschein, riecht an ihnen, und der Blütenstaub bringt ihn derart zum Niesen, haatschii!, dass ihm die Hose runterrutscht. Der Luftzug seines Niesens hat die Blüten fortgeweht. Die zarten Blütenblätter schweben in der Luft, drehen sich, wirbeln im Kreis, sinken nicht mehr herab, denn sie sind zu weißen Flügeln geworden, zu Schmetterlingsschwingen. Der Weißclown holt einen neuen Luftballon aus seinem kleinen Pappkoffer, der Dumme August bringt ihn zu dem Jungen, und als der ihn nimmt, bumm, platzt auch dieser Luftballon genau wie der davor, und wieder hat er nur Seidentücher in der Hand. Der Weißclown schüttelt sie, zack, werden wieder Blumen daraus, an denen der Dumme August riecht, woraufhin er ein weiteres Mal niesen muss, haatschii!, was Blütenblätter in die Luft wirbelt, aus denen Schmetterlingsflügel werden. Und noch ein Luftballon, bumm, neue Seidentücher, zack, weitere Blumen, haatschii!, und bumm und zack und haatschii! Das Zimmer ist voller Schmetterlinge. Wir sind von einer Wolke aus weißen Flatterflügeln umgeben. Wir halten uns an den Händen und tanzen im Kreis, und ich kichere wie hicksende Ameisen im Gänsemarsch, vollführe Luftsprünge mit meinen gelenkigen Gummibeinen und singe glückstrunkene Lieder, flankiert von zwei Clowns. Dann halten wir inne, und auf dem kleinen Schreibtisch landen drei Schmetterlinge, drei weitere folgen und setzen sich auf die Rücken der ersten. Alle anderen machen es ihnen nach, als würden sie vom Instinkt dazu angeleitet, und bilden so allmählich drei Säulen aufeinandergestapelter

Schmetterlinge. Als die letzten Schmetterlinge auf den Rücken ihrer Vorgänger landen, biegen sich die drei Säulen auseinander und nehmen an Umfang zu. Aus den Flügeln weicht die Spannung, sie verlieren ihre luftige Zerbrechlichkeit und werden zu raschelndem Papier. Ein warmer Windstoß fährt ins Zimmer, die drei Schmetterlingssäulen knicken ein, fallen zusammen, und vor unseren sechs Augen liegen jetzt drei blaue Bücher. Ich mache mit meinen Gummibeinen einen federnden Luftsprung, greife mir lachend eines der Bücher und werde ein silberner Lichtstreif. Ich nehme mir ein anderes Buch, kichere mein hicksendes Ameisen-im-Gänsemarsch-Kichern und werde zum kreisenden Farbenspiel an der Wand. Schwindlig und etwas benommen greife ich nach dem letzten blauen Buch, ziehe den Vorhang zu, sodass das Mondlicht nicht mehr ins Zimmer fällt, lösche das Licht, das die bunten Figuren über die Wand laufen lässt, und lege mich ins Bett. Ich lächle versonnen in mich hinein, schließe die Augen, vermisse meinen Vater ein wenig und schlafe ein.

Tick-tack.

Wir schlagen die Augen auf und reiben sie uns mit den Fäusten.

«Ich war in der Nacht, in der ich zum ersten Mal nicht mehr ins Bett gemacht habe», sagt Macolieta zum Arzt, der ihn fragend ansieht.

«Und das alles», sagst du, nachdem du dem Doktor berichtet hast, was du gesehen hast, «war nichts weiter als ein Traum.»

Dann steht er auf, *du bezahlst ihn*, und er geht.

2.3.2
Die anderen

«Auf Wiedersehen», sagt die Arzthelferin zu Macolieta und hat wieder den koketten Glanz im Blick, ergänzt dieses Mal um die Andeutung eines einladenden Lächelns.

Macolieta ist noch etwas benommen von dem, was er unter Hypnose gesehen hat, und bleibt der Arzthelferin gegenüber stumm. Ihr Telefon klingelt. Sein Geist ist leicht und unbeschwert und lässt ihn wie einen glücklichen Idioten aus der Wäsche schauen. Das Telefon klingelt immer noch, die Arzthelferin wendet ihren Blick von Macolieta und hebt ab. Und schon ist der Clown dabei, zwei Türen hinter sich zu schließen: die der Arztpraxis von außen sowie die eines möglichen Gesprächs und wer weiß was sonst noch alles bei diesem verheißungsvollen Blick und dem vielsagenden Lächeln. Besser so, denkt er, ich brauche Zeit, um diesen neuentdeckten Freiraum in mir zu spüren. Ich habe da jetzt ein Loch, als wäre das Stück vergessener und jetzt wiedergefundener Erinnerung ein herausgezogener Korken, der einen Schwall von neuem Leben, von Magie freigesetzt hat, von frischer Luft, die mich schwindlig macht und idiotisch grinsen lässt. Und was fange ich nun damit an?

Er geht zur Haustür. *In dem schlecht beleuchteten Durchgang, in dem deine Schritte dumpf widerhallen, riecht es nach erhitztem Mais und heißer Butter. «Popcorn!», rufst du mit kindlicher Begeisterung. Du atmest den Geruch tief ein, der dich in deine Kindheit zurückträgt, in dunkle Kinosäle mit strahlenden Leinwänden und überlebensgroßen Gestalten, die Abenteuer erleben; mit Lautsprechern, die Dialoge, Melodien und ungeahnte Geräusche hervorbringen; mit Zuschauern, die wie hypnotisiert nach vorne starren.* Der metallene Türknauf ist der Kopf eines traurig blickenden Löwen. *Als du auf die Straße trittst, fährt dir der Wind durchs Haar, und der Himmel kündigt ein Unwetter an. Wieder atmest du tief ein. Eine im Keller deiner Erinnerungen verborgene Welt ist ans Tageslicht gekommen und hat einen Platz frei gemacht.* Und Macolieta kann noch immer nicht glauben, dass alle die in seinem Kinderzimmer versammelten Gestalten das eine Kind sein sollen, ihre Geschichten seine eigenen Parallelgeschichten, die wahren Leben desselben Ichs. «Alle ich, außerhalb von mir.» *Du bist verunsichert. Wer waren diese Gestalten in deinem Kindertraum? «Alle ich», gibst du dir selbst die Antwort, als du vor einem Schaufenster stehen bleibst, in dem Karnevalsmasken ausgestellt sind. Alle ich, drinnen in mir.* Und jetzt, denkt Macolieta, heißt es, das Leben unverzagt in Angriff nehmen, und zwar ohne dieses metaphysische Geschwür, das sich in meiner Seele festgesetzt hatte, sondern mit dem Loch, das zurückgeblieben ist, dem Freiraum für neue Möglichkeiten, dessen, was hätte sein können und nicht sein wird oder bereits ist, in einer anderen Dimension; mit diesem Loch, das in einer Parallelwelt ausgefüllt ist und die neue Fülle darstellt, die ich in dieser Welt bin. In Macolietas Brust hat sich ein Knoten gelöst, ein Knoten wirbelnder Funken, die auf all die zappeligen Bewohner darin herabgeregnet sind. *Etwas in dir kocht. Dein im Schaufenster mit den*

Masken sich spiegelndes Gesicht ist ein vergnügtes Fragezeichen, das dich zum Lachen bringt. «Alle Ichs, da drinnen in mir», wiederholst du im Weitergehen. Die ersten Regentropfen fallen. «Alle Ichs, außerhalb von mir», sagt Macolieta zu sich, «sind irgendwie genauso real wie dieses Ich, das jetzt nass zu werden beginnt.» *Der Himmel hängt so schwarz über der Erde, dass er jeden Augenblick herunterzufallen und alles zu überschwemmen droht. Du beschleunigst deine Schritte, verfällst in Laufschritt, als sich der Bus, der dich nach Hause bringen soll, der Haltestelle nähert.* Gerade als Macolieta in den Bus einsteigt und sich auf dem einzigen freien Platz an einem Fenster niederlässt, reißen die schwarzen Wolken auf, und das Unwetter bricht los. Wie zornige Tränen rinnen die Regentropfen an den Busfensterscheiben hinunter. *Dicke, senkrecht verlaufende Wasserlinien verzerren die Umrisse der Gebäude, die Silhouetten der Strommasten, den Lauf der Straßen, die Symmetrie der Gitterzäune, und verwandeln so die Stadt, die du durch das Busfenster siehst, in eine undeutliche Geisterwelt. Der Regen prasselt zornig auf das Blechdach des Busses, und* Macolieta denkt an seine Ohren, die ihn das Prasseln des Regens hören lassen, denkt an seine Augen, die ihn die Stadt sehen lassen, und schaut auf seine Hand, die Seite um Seite des blauen Buches vollgeschrieben hat. «Sie alle sind meine Geschichten und doch außerhalb von mir», murmelt er. *«Sie alle sind in mir», sagst du dir zum dritten Mal, und wenn du es recht betrachtest, hast du in dem Kampf, den Künstler in dir zurückzugewinnen, die anderen entdeckt.* Der Mensch ist ein weißes Blatt, denkt Macolieta. *Das weiße Blatt Papier ist ein Abgrund. Wenn dir das mit dem Rücken nicht passiert wäre, wenn du nicht hättest operiert werden und die lange Phase der Rehabilitation durchlaufen müssen, wärst du heute auf Welttournee, würdest ein neues Programm vorführen, Jahr für Jahr auf der Bühne stehen, bis du eines Tages – sehr spät vielleicht – feststelltest, dass der Mensch – dieses Du mit deinen unendlichen Möglichkeiten – in der tyrannischen öffentlichen Wirklichkeit, im Schneeflockentaumel des erfolgreichen Clowns Balancín erstickt ist. Doch es ist anders gekommen, und du konntest in fremde Regionen vordringen, deine Kreativität entwickeln, im Spiegel neue Gesichter entdecken, die verborgen waren hinter dem des berühmten Künstlers. Du betrachtest deine Hände, die jonglieren und Kunststücke vollführen, und du denkst an die Figur, die du in dem blauen Buch beschreibst.* Warum befreit ihn der Gedanke, dass diese parallelen Welten ebenso real sind wie seine eigene Welt? Vielleicht liegt es an dem Wissen, dass man nichts dadurch verliert, dass alle Möglichkeiten wirklich werden und auf irgendeine unerklärliche Weise dazu beitragen können, seine Option, sein Leben, zu bereichern und vollkommener zu machen. Alles bleibt. *Existiert eine Figur, weil jemand sie sich ausgedacht hat? Oder existiert sie erst, wenn sie als Wort auf dem Papier erscheint? Und wenn wir sie beschreiben, aber niemand es liest, existiert sie dann? Der Bus macht eine Vollbremsung, die Fahrgäste beschweren sich lautstark, du löst dich von der Rückenlehne des Sitzes vor dir, gegen die du geprallt bist. Vielleicht war alles vorbestimmt, und die Szene im Kinderschlafzimmer war nichts anderes als eine Vorankündigung dieses einen erkenntnishaften Augenblicks. «Sie alle sind in mir», sagst du dir wieder und schwörst bei dir selbst, es dir immer wieder zu sagen, damit sie nicht vergessen werden.* Man kann sich unmöglich an sie erinnern, denkt

Macolieta, während er sich nach dem Zusammenprall mit der Rückenlehne wieder zurechtsetzt, an die unzähligen Wege, die sich vor uns auftun. Man kann sie nur erahnen. Ich bin der gewählte Weg, doch die ihn umgebende Landschaft ist das Werk anderer Entscheidungen, Bestandteil dieser anderen Welten. Nichts ist vorbestimmt. Vielleicht war das die Botschaft für das Kind, das ich einmal war, in jener Nacht der Besuche. *Hat sich diese magische Szene wirklich in unserem Kinderzimmer zugetragen? Du betrachtest die an den Scheiben herabrinnenden Regenfäden, die verzweigten Bachläufe, die aus derselben Quelle gespeist werden, aus dieser kompakten Wasserwand, und dennoch eigene Wege gehen. Die Frau auf dem Nebensitz niest.* Macolieta bietet ihr ein Papiertaschentuch an, das sie ablehnt, ohne ihn anzusehen, denn ihre ganze Aufmerksamkeit ist darauf gerichtet, einen Schuhkarton zu durchsuchen, den sie auf ihren Knien hält. Macolieta muss unwillkürlich lächeln, da er sich den Ausdruck ehrlichen Schreckens auf Maxens Gesicht ins Gedächtnis ruft, als dieser den Spruch vom muhenden Stück Fleisch auf seinem Teller brachte, woraufhin Claudio, der gerade das Beispiel von Schrödingers Katze erklärt hatte, die Augen verdrehte. Das Spiegelbild seines Lächelns auf der Fensterscheibe nimmt er wohlwollend zur Kenntnis. *Dieses Lächeln ist nämlich eine Aufforderung, dein Leben auf eine neue Art und Weise anzugehen, indem du die Vielzahl von Seinsarten in dir akzeptierst und dich nicht an eine einzige klammerst. Kann man auf diesem Meer existentieller Ungewissheit überhaupt eine Identität bilden?, fragst du dich. Und deine Antwort lautet, dass man einfach Tag für Tag drauflosleben muss.* Ist da sonst noch jemand, der uns schreibt? *Von wo?* Aus weiter

Ferne, in einem Universum neben *unserem eigenen, oder ist er in uns, zusammengekauert in diesem unsichtbaren Organ, das wir Geist, Unterbewusstsein, Seele nennen? Der Regen hat nachgelassen,* die Wolkendecke reißt genau in dem Moment auf, als der Bus die Haltestelle erreicht, an der Macolieta aussteigen muss. *Der Bus hält, du holst ein paar Münzen aus der Tasche und steigst aus, wirst kaum noch nass.*

Macolieta denkt an sein blaues Buch, an die wenigen leeren Seiten, die noch auf ihn warten, und beschleunigt seinen Schritt. Es ist nicht mehr nötig, die Geschichte seines parallelen Lebens im Auge zu behalten und aufzuschreiben. Die Geschehnisse sind die gleichen. Es ist an der Zeit, sie freizugeben, sich von ihnen frei zu machen. Der Regen ist zwar kein Platzregen mehr, doch immer noch das, was man einen Landregen nennt, und Macolieta spurtet nur deswegen nicht los, weil ihn der immer noch schmerzende Rücken daran hindert. *Du beschließt, die letzte Seite im blauen Buch frei zu lassen, so, als wolltest du deutlich machen, dass das letzte Wort dem Kindergeburtstagsclown und seinen Freunden gehört und nicht dir. Du erlaubst ihm, seinen eigenen Weg zu gehen.* Morgen wird es einen Macolieta geben, der das Flugzeug nimmt, um sich mit Sandrine zu treffen. Morgen wird es einen Macolieta geben, der zu Hause bleibt und sich mit seinen Fragen quält, sich treiben lässt, wohin das Leben ihn führt. Morgen wird es einen Macolieta geben, der sich auf die Suche nach Lorena, der Animateurin, macht, und einen anderen, der losfährt, um seine Freunde zu suchen, und einen weiteren … Als welcher von ihnen wird er morgen aufwachen? Auf welcher Seite des Kastens wird sich das Elektron befinden, wenn die Sonne aufgeht? *Morgen wird es einen Clown geben, der sich erneut seinen Platz auf der Bühne erkämpfen muss. Du stehst jetzt vor deinem Haus und freust dich, deine Familie wiederzusehen.* Als er die Wohnungstür öffnet, findet Macolieta einen Zettel, den jemand unter der Tür durchgeschoben hat. In den wackligen Großbuchstaben einer Kinderschrift steht da: «Don Eusebio ist außer Gefahr und in guter Gesellschaft. Er lässt Ihnen viele Grüße ausrichten und wünscht Ihnen alles Gute. Ich auch.» Mehr nicht. Macolieta kratzt sich am Kopf und bemerkt, dass der Feuchtigkeitsfleck an der Wand auf das Bild von Satyr und Ritter übergegangen ist. Er geht zum Schreibtisch, auf dem sonst immer die Spinne spazieren ging, sucht einen Lappen und findet den Brief von Sandrine. Er nimmt eine seiner roten Nasen, setzt sie sich auf und sagt mit leiser, aber entschlossener Stimme: «Ich werde die Schiffe hinter mir verbrennen. Dies ist die letzte Nacht, die ich hier verbringe.» *Du schaust dich um und stellst fest, wie sehr du diese Umgebung liebst, die du dein Heim nennst. Der fröhliche Gruß, der dir beim Eintreten über die Lippen hüpfte, hat keine Antwort gefunden. Verlaine ist mit den Kindern ins Naturkundemuseum gegangen, und sie sind vom Betrachten der Riesenskelette noch nicht zurück. Du schaust auf die Uhr, bald werden sie wieder da sein. Du fühlst dich gut. Du befreist die angenagelten Jonglierbälle, ziehst einen Stuhl mitten ins Zimmer und stellst dich auf die Sitzfläche. Dann fängst du an zu jonglieren. Es kommt dir wie ein Wunder vor, dass du tief in deinem Innern, gleichsam aus den Eingeweiden heraus erkannt hast, dass du viel mehr bist als dieser Clown mit den Gummibeinen und Zauberhänden, die mehrere Dinge gleichzeitig durch die Luft wirbeln lassen können. Die Bälle fliegen immer schneller, du merkst es gar nicht, die Figuren werden immer komplizierter, und ohne nachzudenken, springst du vom Stuhl, nimmst Anlauf und stellst die Welt auf den Kopf, bleibst eine ganze Weile ungläubig staunend auf deinen Händen stehen, dann springt die Tür auf, deine Kinder kommen ins Zimmer gerannt, starren dich an und stürzen sich auf dich, dass das Ganze in eine purzelnde, kitzelkichernde Balgerei ausartet, der Verlaine – tropfnass im Zimmer stehend – begeistert applaudiert. Draußen regnet es noch immer.*

Es ist Nacht geworden, Macolieta zieht den Schlafanzug an und legt sich – die rote Clownsnase noch im Gesicht – aufs Bett. *Die Kinder schlafen schon.* Er schließt die Augen, *und du kuschelst dich an Verlaines warmen Körper, schlingst deine Arme um sie,* drückt das Kopfkissen an seine Brust, und so schläft er ein.

Zzzz.

... Im Traum war er der Schatten einer Katze, die träumte, eine Marionette auf der Suche nach ihrem Puppenspieler zu sein, der träumte, er wäre ein geflügeltes Pferd mit Höhenangst, das in seinem Traum eine Marionette auf der Suche nach ihrem Puppenspieler war, der träumte, der Schatten einer Katze zu sein, die träumte ...

2.3.3
ANFANG

Das blaue Buch liegt auf dem Tisch. Du klappst es zu und hältst es einen Moment lang auf deinen Handflächen, als wolltest du es wiegen, als wolltest du abschätzen, um wie viel Gramm es die Wörter schwerer gemacht haben, die du hineingeschrieben hast. Du lässt seine Blätter über die Kuppe deines Daumens sausen, spürst den Hauch im Gesicht, und bei der letzten Seite angekommen, die noch unbeschrieben ist, lässt du die Blätter zurück in die Gegenrichtung flattern, als wolltest du die Abschnitte mischen, dann hältst du inne und legst das aufgeschlagene Buch wieder auf die offene Handfläche, nimmst eine Seite zwischen die Finger, knautschst sie und erfreust dich am Rascheln des Papiers, auf dem die Wörter, die du mit schwerer Hand hineingegraben hast, fühlbare Furchen bilden. Ohne eine Zeile zu lesen, schlägst du es schließlich zu und verwahrst es in jener Schachtel voller Zeitungsausschnitte, Programmhefte, Ansichtskarten, alter Rechnungen, Briefe von Bewunderern, Weihnachtskärtchen und aller möglichen anderen Dinge, die du dich nicht wegzuwerfen traust, die nach und nach jedoch unweigerlich in Vergessenheit geraten werden. Du bewahrst es dort auf, um es nicht zu verlieren. Um es zu vergessen. Macolieta hat die letzte Seite bewusst frei gelassen, eine Kinderei vielleicht; aber so hat er das Gefühl, der Gestalt, die er erfunden hat, die Zügel ihres weiteren Daseins zu überlassen und zugleich die Zügel seines eigenen Lebens wieder selbst in die Hand zu nehmen. Die unbeschriebene letzte Seite ist gleichsam ein offenes Vorhängeschloss. Er klappt das Buch zu und stellt es zu den anderen Büchern ins Regal. Der Koffer steht gepackt an der Tür. Du bist nervös, Balancín, kalte dicke Schlangen kriechen durch deinen Bauch. Heute ist der Tag deiner Rückkehr auf die Bühne. Ein Heer betrunkener Ameisen tanzt ausgelassen in Macolietas Magen. Er geht und lässt die Wohnung mit der ganzen Einrichtung hinter sich, damit ein anderer sie mit seinem Alltagsleben füllen kann. Bevor du dich auf den Weg ins Theater machst, drückt und herzt dich deine Familie. Verlaine, Iris und Marco umfangen dich mit wärmender Liebe und Zuneigung, und wenn sie auch das eisige Gewimmel der Vipern in deinen Eingeweiden nicht zum Stillstand bringen, geben sie dir doch die Kraft, nach vorn zu schauen, dich über das giftige Gewürm zu erheben, das deinen Mut und deine Zuversicht in die Flucht zu schlagen droht. Diese Umarmung, der das Kinderlachen einen Hauch von Frühling verleiht, von frischem Wind und Wellenschaum, der unnötige Feierlichkeit hinwegwischt; diese Umarmung, die Verlaine mit Zuversicht und Beständigkeit füllt; diese Umarmung gibt deinem ganzen Leben seinen Sinn. Er nimmt den Koffer, wirft einen letzten Blick auf diese kleine Welt, die er nun hinter sich lässt, und bedauert nur, dass er das Bild, das Max ihm geschenkt hat, nicht mitnehmen kann. Vorgehabt hatte er es, doch als er das Gemälde von der Wand nahm, stellte er fest, dass die Feuchtigkeit schon einen zu großen Teil der Leinwand befallen hatte. Er hatte einen Lappen geholt und versucht, sie vorsichtig zu säubern, doch alles, was er damit erreichte, war das Verwischen der Farben und das Auslöschen einiger Engel und Dämonen neben dem Schachbrett sowie eines Teils des Gesichts des kleinen Maskenschnitzers. Er betrachtete das nicht wiedergutzumachende Missgeschick in Ruhe, ohne Wehmut, und wischte dann mit dem Lappen über den Satyr und sein von einem Narrenhaupt gekröntes Zepter; über den Ritter und seinen Schild mit dem geflügelten Ross; über die kämpfenden Heerscharen von Engelchen und kleinen Teufeln, den Maskenschnitzer und dem zwischen seinen Beinen ruhenden Maskottchen. Als er den Lappen von der Leinwand nahm, war sie, genauso wie das Tuch, ein großer verwischter Farbklecks, ein chaotisches Universum in Bunt. Du gibst Verlaine einen langen, verliebten Kuss. «Ich sehe dich später im Theater», sagt sie lächelnd, dann verabschiedest du dich von den Kleinen, indem du sie kitzelst und zum Lachen bringst. Mit einem Koffer in der Hand verlässt Macolieta die Wohnung, zieht die Tür hinter sich zu, schließt aber nicht ab. In der anderen Hand hält er immer noch den mit den Farben des Gemäldes beschmierten Lappen.

Ich erwache.
Die Nacht verbeißt sich in meine Augen.
Ich wische mir den Schweiß von der Stirn.
Schreibe die vorletzte Seite.

Du betrachtest dich im Spiegel. Eine winzige weiße Fluse hat sich in deiner dichten dunklen Braue verfangen und lässt dich an einen einzelnen Stern am Himmel denken. Da musst du unwillkürlich lächeln. Ein Flusenwölkchen, das an einem Fransenhimmel hängt. Und als würden aus diesem eingebildeten nächtlichen Universum sämtliche Stimmen der in deiner Brust eingeschlossenen Planeten in ihrer ganzen explosiven Stille erschallen, mit lichtschweifenden Sätzen, und in wirbelnder Rotation die Illusion einer einzigen – deiner – Stimme erzeugen, sagst du zu deinem Spiegelbild, schreist es ihm zu und trommelst dazu mit den Handflächen auf die Schminktischplatte:

«Auf, altes Ross, raus auf die Bühne, springen, stürzen, fliegen!»

Die Schlangen wimmeln immer noch in deinem Magen, deine Handflächen sind nass von Schweiß, und der dritte Aufruf ertönt.

(Der Platz hinter dem Vorhang, durch den die Künstler die Zirkusarena betreten. Durch einen Spalt im Vorhang sieht man einen Ausschnitt der Trapeznummer, die gleich zu Ende geht. Max und Lulatsch haben eine Kanone auf Rädern dabei, die sie für ihren Auftritt brauchen. Im Hintergrund erkennt man undeutlich die Gestalt eines weiteren Clowns.)

MAX: *(knöpft seine lange bunte Jacke zu, die beharrlich immer wieder aufgeht)* Heute werden wir die Leute nicht bloß zum Lachen bringen, wir werden ihnen das Paradies der Freude zeigen.

CLAUDIO: Große Worte, mein Freund. Genießen wir einfach unseren Auftritt, lassen das Publikum seinen Spaß haben und ein bisschen lachen. Das reicht doch schon.

MAX: Das reicht nicht! Das Paradies der Freude, habe ich gesagt, das will ich. Nicht weniger.

CLAUDIO: Je höher die Erwartungen, umso größer die Aussichten, dass sie enttäuscht werden.

MAX: Ohne hohe Erwartungen erklimmt man keine Gipfel.

CLAUDIO: Ach, immer diese Gipfelmetapher! Man kann das Glück auch in der Betrachtung des Gipfels finden.

MAX: Das reicht nicht. Hinauf auf den Gipfel! *(klettert auf die Kanone)*

CLAUDIO: Und dann?

MAX: Auf den nächsten Gipfel. *(erklimmt einen Stapel Kisten)*

CLAUDIO: Wie lange?

MAX: Bis mir das Herz stehenbleibt. *(Der Kistenstapel kippt um, Max kracht auf die Erde.)*

CLAUDIO: Es gibt äußere Berge und innere Berge. Wer durch die Betrachtung der Berge draußen seine Erfüllung findet, hat hohe innere Gipfel erklommen.

MAX: Draußen, drinnen, draußen, drinnen. Da kriege ich Lust, zu vögeln. Die Welt ist draußen, Claudio.

CLAUDIO: Was du die Welt da draußen nennst, ist nur deine Wahrnehmung von ihr, so wie deine Sinne dir im Innern die Welt von draußen übersetzen. Die Draußenwelt ist in Wirklichkeit die Innenwelt. Puuhhh, stinkt das hier!

MAX: Das ist ein Furz, den meine Innenwelt an die Außenwelt geschickt hat, damit deine Innenwelt auch was davon hat.

CLAUDIO: Du bist ein Schwein.

MAX: Und du ein Porzellanpüppchen.

DRITTER CLOWN: Und ich?

MAX UND CLAUDIO: Macolieta! *(Sie laufen zu ihm und schließen ihn in ihre Arme.)*

Macolieta: Habt ihr Verwendung für einen dritten Clown in eurer Nummer?

Max: Aber na klar! Wie ich schon sagte: Heute zeigen wir den Leuten das Paradies des irdischen Glücks.

Claudio: *(vorlesend)* Robert Nozick zufolge kann Glück herrlich sein, vielleicht sogar erhaben, und trotzdem ist es nur eine bedeutende Sache unter anderen.

Max: *(sich die Ärmel aufkrempelnd)* Und meiner Großmutter zufolge kann man Nasenbluten stoppen, indem man sich eine Münze auf die Stirn legt. Ich hoffe also, du hast eine bei dir, du Sack, denn du wirst sie brauchen.

(Max verfolgt Claudio, der Macolieta als Schild vor sich hält. Sie umkreisen die Kanone, einer landet einen Faustschlag, einer duckt sich, der Dritte bekommt den Hieb ab, neues Gerenne, weitere Hiebe, großes Durcheinander und Stolpern. Aus dem Zirkuszelt erschallt Applaus. Die Clowns halten inne. Zu ihnen tritt ein Junge mit einer Ziehschleuder in der Hand. Macolieta erkennt ihn.)

Junge: Ab in die Arena, ihr Clowns! *(rennt davon)*

Max tapert in die Arena und stößt einen komischen Schreckensschrei aus. Huch! Claudio schiebt schnaufend die Kanone mit der brennenden Lunte hinter ihm her. Dann kommt Macolieta hereingetrippelt, mit den Kanonenkugeln jonglierend.

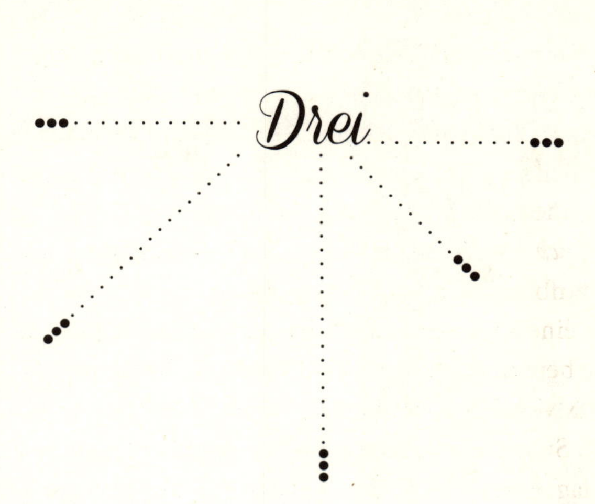

Drei

Der Durst weckt ihn. Nun sitzt er im Sand und schaut zu, wie die kleinen Wellen auf den Strand laufen und ihre Schaumränder manchmal das Haar seines Schattens berühren. Die Sonne leckt seinen Rücken, und der Wind hinterlässt Salz auf seiner nackten Haut. Er schließt wieder die Augen und lässt sich vom Schwappen der Wellen, dem Geschrei der Seevögel und den auf- und abschwellenden Stimmen der anderen Nudisten einlullen.

Bei dem knirschenden Geräusch der sich auf dem Sand nähernden Schritte schlägt er die Augen auf, und dann sieht er neben sich den schlanken, so lange erwarteten Schatten.

«Salut toi!», hört er ihre vergnügte Stimme hinter sich.

Wie viele neue Landschaften werde ich wohl in ihren Augen entdecken?, denkt er. Sein Mund zieht sich zu einem breiten Lächeln auseinander, sein Herz klopft zum Zerspringen. Aber er wartet mit der Antwort. Noch nicht. Er betrachtet ihrer beider Schatten, lauscht den Wellen und dehnt noch für ein paar Sekunden den Glücksmoment hinaus, indem er den Kopf wendet und sie nackt vor sich stehen sieht, umflutet von den Sonnenstrahlen der neuen parallelen Welt.

Epilog

«Parallelwelt, am Arsch!», ruft Max mit Stentorstimme.

«Wie schon Galileo sagte …», beginnt Claudio bedächtig.

Danksagungen

Bemerkungen und Anregungen folgender Personen haben mir geholfen, *Kunststücke* in die endgültige Form zu bringen. Ihnen allen möchte ich hier von Herzen danken:

Lucía (Lupilú) Escobar
Roy (singender Eisbär) del Valle
Josep Maria (Tenor) Martí
Mónica Martín und die kleinen Literaturhexen
Rocío (Manis) Martínez
Judith (JuhuSan) Neuhoff
Berta (tatán) Noy
Und – ganz besonders – Jorge Volpi.

Eine große Inspiration für diesen Roman waren meine Gespräche mit Darío und Mateo, mit der Clownin Nola Rae und dem Philosophen Juri Viehoff. Und Dank auch dir, unbekannte/r Leser/in, die/der du mich bei der Niederschrift stets begleitet hast.

Das Gedicht «Nevermore» von Paul Verlaine auf Seite 52 stammt aus dem Band *Europäische Liebeslyrik*, Insel Verlag, Leipzig 1906. Aus dem Französischen von Wolf von Kalckreuth.

Das Gedicht von Charles Baudelaire auf Seite 116 stammt aus *Le Spleen de Paris. Pariser Spleen*, Reclam Verlag 2008. Aus dem Französischen von Kay Borowsky.

Das Gedicht «Sätze» von Arthur Rimbaud auf den Seiten 176 und 179 stammt aus dem Band *Arthur Rimbaud. Sämtliche Dichtungen*. Zweisprachige Ausgabe, dtv 1997/2013. Aus dem Französischen von Reinhard Kiefer und Ulrich Prill.

Inhalt

◆◆ Zwei ◆◆

••• Drei •••